# 島尾紀小論

寺内邦夫

これまで長いあいだ書きつらねてきた島尾敏雄先生についての論考を「島尾紀」と名をつけて上板いたしました。

それに加え、折にふれ記しましたエッセイをここに「島尾紀小論」としてまとめました。お読みくだされば幸いにぞんじます。（2007年秋）

# 島尾紀小論

## 一、シマオという地名と苗字

太平洋側に住んでいると、降雪に包まれた日本海沿岸の土地に心が向くことがある。中学校社会科地図の中部地方のところを開いて見ると、日本海に向かって大きな能登半島が突き出ており、その根元に富山湾がある。富山の隣り町である高岡から全長一三・五kmの氷見《ヒミ》線が北上している。そして、伏木・越中国分・雨晴《アマハラシ》・島尾・氷見の各駅が続いているのが示されている。

このシマオという地名について島尾敏雄は次のような文章を書いている。

　中学生であった私は、…中略…曾祖母の名前をようやくにして掘りだすことに成功したのだが、それもそこで行きどまってしまい、その先にはたどり進めなかったとは！　よくよく私は私の先祖を知ることから遠ざけられているみたいだ。彼女はソーマのオノマオイの人出の中に捨てられていた赤子だったというのだから。捨てた親はエチゴのひとらしいということだ。…中略…母の方の先祖をたぐってみたら、カントウはクロバネのハンシ、シンガイゲンダだと教えられた。

（「消された先祖」『島尾敏雄全集第14巻』）

越中の国から磐城の国、小高町へシマオ原人が移動して行ったかも知れないその道程を眺めてみるのも興味深いことである。〈島尾の郷〉から海沿いに北上し新潟あたりから陸路を取り会津・猪苗代・郡山を通ってイワキから太平洋をのぞむ相馬の小高あたりに定着したその系譜を想像できる。

島尾敏雄先生がご存命ならば、ぜひ氷見線に乗りシマオ駅へお誘いしたいところだ。その昔、源義経が京より奥州へ逃れるとき、このあたりの海辺の岩陰で雨宿りしたという伝説から雨晴《アマハラシ》の地名が生まれたとの話にも心誘われる。

あのハニカミの表情を、駅名の文字板とともに富山湾のかなた白雪を冠する立山連峰を背景にして、写真に記録したい

# 島尾紀

## 島尾敏雄文学の一背景

寺内邦夫

和泉選書

昭和18年11月23日、旅順にて
海軍予備学生、26歳

# 奄美大島

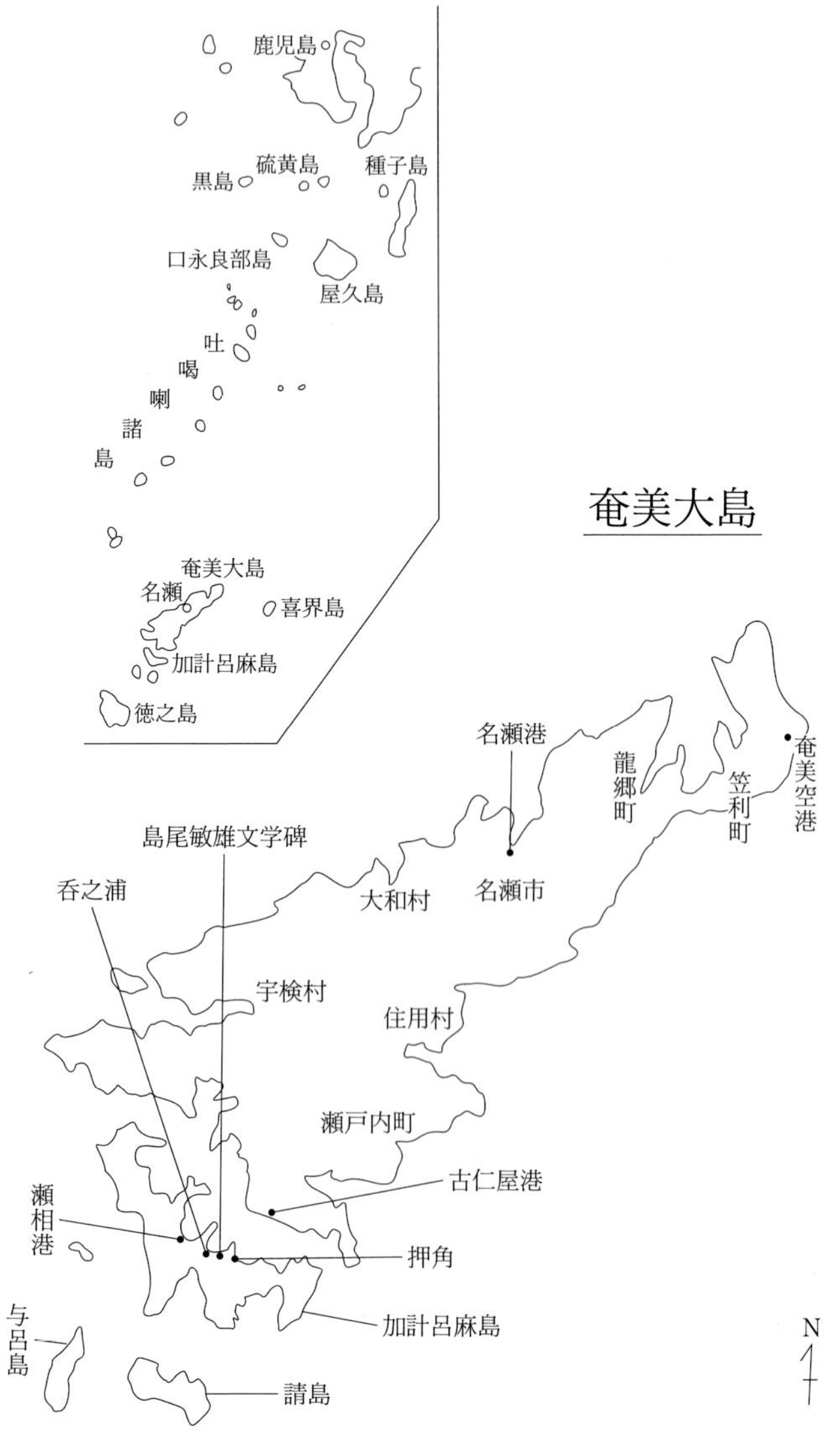
鹿児島
硫黄島
種子島
黒島
口永良部島
屋久島
吐噶喇諸島
奄美大島
名瀬
喜界島
加計呂麻島
徳之島
名瀬港
龍郷町
笠利町
奄美空港
島尾敏雄文学碑
呑之浦
大和村
名瀬市
宇検村
住用村
瀬戸内町
古仁屋港
瀬相港
押角
加計呂麻島
与呂島
請島
N

# 『島尾紀』に寄せて

島尾文学研究会代表・甲南大学文学部教授　髙阪　薫



寺内邦夫氏（島尾文学研究会では「寺内先生」「寺内さん」と呼ぶ）とは、いつお知り合いになったのであろうか。研究会の発足（平成五年・一九九三年）以前からお付き合いしている筈である。なぜなら研究会の発起人のお一人として、島尾敏雄の神戸外国語大学助教授時代の教え子たちの同人誌『タクラマカン』のメンバーを研究会会員に勧誘して下さったからである。多分神戸外大で行われた島尾敏雄の記念集会であったろうか。するとかれこれ十四～五年のお付き合いになる。寺内さんは、神戸生まれで関西学院を経て十七歳で従軍、その後神戸外大に学んでいる。現在大阪河内にお住まいであるが、その青少年時代は戦争に巻き込まれ、戦中傷痕のトラウマを秘めて戦後を生き抜かれた方である。しかしそのことは心奥に収めて常日頃は、島尾の言う「緊張感の少ない関西弁」を巧みに操る話の面白い方である。いつも研究会では寺内さんの周りに人垣ができる。話題が豊富で、弁舌さわやかな語りに、吸い寄せられるからであろう。時に白熱の討論をし、時ににぎやかな談笑をし、わが研究会にあって、その存在感は随一である。なぜそうなるのか。その魅力あるお人柄はいうまでもないが、やはり、島尾の教え子であり、島尾家の人々に信頼されている人であり、なによりも島尾に寄せる敬愛の念が強く、島尾の全作品の最高の読み手であるからである。この度上梓された『島尾紀—島尾敏雄文学の一背景—』にそれが溢れている。島尾文学に関する渉猟された資料と知識とを総動員して纏められている。おそらく寺内さんの生涯に亘って、島尾は人生の師であり、研究の対象であり、その幸運が、この著を完成させたのであろう。ここには寺内さんしか知らない、寺内さんだから知り得た、島尾の、島尾文学周辺の事実と真実が、本書のそこかしこに散りばめられている。それは読む者に改めて島尾文学再評価の心地よい展望を与えてくれる。これは研究者だけでなく、広く島尾に関心を持っているものにとって教わることの多い有難い書籍となっている。

この労作は、いずれも寺内さんの個人誌『島尾紀』、同人誌『青銅時代』、研究会での発表や島尾研究書所収のものを収めている。私もすでに読んだ作品もあるが、改めて纏められたものを読んでみて、普通の研究者のやること以上に、細部にわたってきめ細かく深く掘り下げられている。寺内さんの作家としての眼は、島尾の人間や作品を照射する時、ふつう人の見過ごすような些細な風景、些末な日常に鋭い視線を注ぎ詩的な文章にまぶして核心を穿っていく。

例えば、「九州大学の最後の夏休み」は、誰もいままで島尾の九州大学時代のことは触れられないままできたが、日記、作品、友人の証言を通して、時系列的に島尾の学生時代、文学活動、卒論、兵役志願等を精緻に描きだしている。「掌編『はまべのうた』到来記」は、奄美の島尾文学研究会で発表され、『南島へ南島から』に所収されているが、その中で「N中尉をさがし求めて」は、寺内氏の足でまとめた執念の傑作である。「島尾マヤさんの葬送」は寺内氏の島尾家への、マヤさんへの切々たる思いが伝わってきて「涙そうそう」なくして読めない。「島尾敏雄に導かれて南島めぐり」は、二〇〇三年の奄美の島尾文学研究会開催日前後の離島訪問からつづられている。「島尾敏雄と大阪」は本書の中で一番ページを割いているが、戦中戦後の伊東静雄を中心とする大阪文壇の作家の人間模様を描いて圧巻である。そこでの伊東静雄周辺における、島尾や庄野潤三、三島由紀夫、富士正晴などの文学仲間の連環は、お互いがお互いの批評を通しての熾烈な人物像が見てとられなかなか面白い。彼らは日本浪曼主義に傾倒する仲間と見做されがちであるが、中で島尾の伊東静雄に対してのスタンスは、傾倒しつつもその詩・文学には一線を画して接していた、など興味深い指摘があった。また彼らの徴兵検査の対応の仕方において、進んでやった者、仕方なしに応じた者、そして三島のように巧みに逃げた者等、文学仲間が対比的に描写されていて、作家の生き方、あり方を考えさせられた。これも寺内さんの従軍体験が書かしめたものであろうか。戦中戦後の大阪という文学環境に視座を据え、よく資料を検証して比較考察したものである。手法の鮮やかさに感嘆した。「島尾敏雄と東北とのえにし」は、これは二〇〇五年度の研究大会・福島県小高大会の研究発表を纏めたものである。この時も寺内さんは、島尾の小学校時代の恩師佐藤二郎先生を求めて、山形まで訪れている。こうした徹底した調査探索は最近作の「シルク貿易の父島尾四郎とその家族たち」にみる、執拗な追跡調査研究にもおよび、それぞれの論中にいきいきと蘇っている。島尾敏雄は放浪の漂泊の作家とも言われるが、寺内氏もまた島尾の足跡を求め、いやそれ以上にその背景までも調べ上げる作家魂がみられるが、これも師・島尾の謦咳に接し、薫陶を受けていたからであろうか。

それにつけても、私は、島尾の作品、『出発は遂に訪れず』等戦記作品、『死の棘』等病妻・家族作品、そしてヤポネシア・エッセー群を読んでいて、引き込まれながらも何か曖昧な不分明な不安定な読後感を覚えてきたが、それが何なのかいつも考えさせられるのである。それが島尾文学の特徴であり持ち味なのかも知れないが、寺内氏もまたそういった島尾文学を追究して、なお不分明で不安定な点を問題提起しながら論評していたように思われる。

島尾は自分の文学をどうみていたかに関しては、妻ミホに次のような発言がある。

島尾は「これ迄の文学はなべて未だし」と死ぬ直前ミホに語ったという。そして死ぬ前に書こうとした「今度の作品が完成出来たら、世界に嘗て無かった」作品となり「満足できると思う」と言ったという（『南島へ南島から』島尾ミホ氏巻頭言）。島尾は自作には常に不満足で、完成されたものと自分でも認めていなかったという。寺内氏は本書の「島尾敏雄と大阪」の中で、既に島尾の不満足な不安定な傾向を見抜いていたのは、神戸時代の『VIKING』同人誌仲間の富士正晴であったという。富士正晴は島尾文学を「永遠につづく不安定志向の文学である」。或いは「無分別に常にあこがれ、アヴァンチュールにあこがれた」島尾文学は「無分別志向の分別」といったそうである。なかなか鋭い指摘である。そうすると急逝する前に書こうとしていたものは、妻ミホが期待し、島尾が自らの「未だし」の文学にピリオドを打つ「世界の何処にも存在しない新しい作品」となっていたのであろうか。そこには私たちの読後感を納得させるものがあったであろうか。私たちもまた島尾の真に完成された作品を読みたかったものである。

寺内さんの文章は、島尾の人生の光や闇を、文学作品の背景や裏面を剔抉するがごとく、背後の資料をつぶさに当たり、鋭く内実と真相に迫っていく。その手法は、まるで蜘蛛が糸で丁寧に網目を紡ぎ、仕掛けをして、そこにかかる獲物を巧みにさばいていく手口に似ている。時にユーモアを交え、時に警句を放って寸鉄人を刺す。その技は従来の研究手法にない実証性に満ち、究明すべき問題は飽くなき追究をする。そして不明なものを暴き出すが、それでも手に負えないものなら今後の課題として後輩に示唆を与え問題提起をする。これもまた、島尾敏雄に学んだからであろうか。それは私が、奄美の研究会でも、小高の研究会でも、常に人より早く来て、その土地に関係する島尾の事跡を調べ、そして研究会で発表して成果を問い、さらに残って追跡調査をやる寺内さんの姿を何度か見たから思うのである。

私たち寺内さんを敬愛する多くの人々は、終生寺内邦夫先生が「島尾敏雄紀」に関わって、さらなる成果を積み重ねられることを、切に願っていることを申し述べておきたい。

二〇〇七年三月二十一日

# はじめに——島尾の残党

寺内邦夫

敗戦直後の廃墟・神戸に新設された外国語学校の講義で島尾敏雄先生に歴史学入門を伝授された陸海軍よりの復員学生の文学少年ぼくたちは、同時に教場の外側で海軍特攻隊隊長だった先生の指導のもと文学小集団をつくり、手製の同人雑誌『タクラマカン』をだし、飢餓に耐えながら文学に熱情を傾け始めていた。その矢先、先生の東京への突然の旅立ちを啞然として見送らねばならなかった。

その後「島尾の残党」と呼ばれ、めいめいが自分たちの信じる文学をひそやかに守り続けて、いま人生のさいはてに立っている。

世の中に残す一連の美しい言葉も刻まず、それでいて言葉だけを頼りの杖として島尾の残党はここ終点まで来てしまっている。

そして過ぎ去った青春のあの日、この街かど、あの愛しい人たちのおもかげを鮮明に想起しながら身を低くし、静かに転生の時を待つばかりだ。

**島尾敏雄先生・生誕九十周年を記念して**

こころに

# 目次

# 島尾紀

## 島尾敏雄文学の一背景

## 「島尾紀」の表記法について

一　引用文については、なるべく原文を尊重しつつ文字表記を読みやすくした。
(1)　原則として旧かな遣いで書かれているものは原文表記のままにする。ただし旧漢字のものは新漢字にあらためる。
(2)　代名詞、副詞、接続詞などのうち、かなにあらためても原文を損わないものはかながきにする。読みにくいと思われる漢字にはふりがなをつける。

二　『島尾敏雄全集』一九八一年、晶文社刊を底本として使用。

三　島尾敏雄作品・刊本には、島尾敏雄の名前を割愛した。

四　敬称については略した。

五　本文中、※印は著者（寺内）の注である。

# 九州大学最後の夏休み
## ——繰り上げ卒業・予備学生への道——



### はじめに——「卒業論文」『幼年記』出立

島尾敏雄『戦争小説集』(冬樹社)には『出孤島記』『出発は遂に訪れず』『その夏の今は』の三部作のほか十三篇収録されており、これら一連の作品にて島尾の海軍文学を味読できる。
また『魚雷艇学生』『震洋発進』に加え、未完の「(復員) 国やぶれて」(絶筆)にて戦争ものの一大総括を意図したものと考えられる。これら全ては、学生服から軍服に着替え、海軍軍人になって以後の時点より奄美・加計呂麻島駐屯をへて佐世保軍港での復員時までと、その後の海軍事跡への回帰が作品に刻まれている。

それに引き比べ、大学繰り上げ卒業から入隊までの筋道を島尾は作品化していない。

昭和十八年(一九四三)の燦々と照りつける真夏の太陽のもと、島尾たち九州帝国大学の学生は、「学徒出陣」とよぶ入隊直前をどのように過ごしたかを、一年後輩である庄野潤三が日記風に書きまとめ、それを同人雑誌『まほろば』に寄稿した作品「雪・ほたる」がある。また戦後に同作品に手を加え『前途』として出版されている。

今回これらの作品を参考とし、島尾自身が書き記した戦後の作品を引用して、昭和十八年七月六日より九月五日にいたる島尾敏雄の日常を追ってみた。

六十有余年前の歴史的現実の中を走り抜けるようにして生きた島尾を凝視しようとする時、卒業直前の最後の夏期休暇中に島尾が行った「卒業論文」作成と自家版『幼年記』刊行の二大事業の追跡と、その時代背景に肉薄しなければならないであろう。帝国大学、帝国海軍など制度上は勿論、当時の戦時下市民生活の細部に目を向けなければ「雪・ほたる」を読み取ることができない。予備学生徴募の細部資料を垣間見ることさえも、今では困難である。限られた資料に筆者の知見と注釈を加えながら、九州帝大繰り上げ卒業より予備学生参加にいたる島尾敏雄の姿をとらえようとしたこの小論に対し、大方のご叱正を心からお願い致したい。

また、島尾敏雄自身の手になるこの期間の日記が公開されれば、予備学生〈1〉への道筋がより立体的に理解できるであろう。日記公開の早からんことを熱望してやまない。

【昭和十八年（一九四三）の状況】

＊二月ガダルカナル戦線からの敗退。　＊四月山本五十六連合艦隊司令長官戦死。　＊谷崎潤一郎

「細雪」中央公論連載中止。＊五月アッツ島守備隊全滅。＊六月学生の長期勤労奉仕。＊八月島崎藤村死去。＊九月女子勤労隊結成。鳥取大地震。御前会議にて絶対防衛線の後退きまる。＊十月文系学生の徴兵猶予制度の廃止。＊十月二十一日学徒出陣壮行会挙行。＊徴兵年齢の十九歳への引き下げ。＊十一月米英ソ首脳のテヘラン会談。
流行語「撃ちてし止まむ」　敵性語言い換え「ワンストライク／よし一本」「アウト／ひけ」
流行歌「ラバウル海軍航空隊」「若鷲の歌」「勘太郎月夜歌」

## 一　島尾敏雄　予備学生出願　博多　昭和十八年（一九四三）七月六日（火）

庄野潤三と島尾敏雄とは九州帝国大学法文学部の学生で、島尾（満二十四歳）は庄野（満二十二歳）の一年先輩であった。島尾は博多箱崎の下宿街、網野町御茶屋跡所在の藤野慶次郎宅に下宿し、近所に下宿していた庄野との交流を深めていた。

この日は朝、昼、夕方と雨模様の中二人は箱崎の下宿街ですれ違いながら顔を合わせていた。午後庄野が銭湯の湯船につかっていたところへ島尾が入ってくる。そして庄野が身体に石鹼をつけて洗っていると、湯船に入った島尾が急にうしろから湯を掌で汲んでかけた。庄野は驚いて「テンゴしな」と言った。二人だけの会話には時折大阪の言葉を交えて興じていた。

湯の中で肩を並べると、島尾が言った。「予備学生の志願票をいま学校に出して来た。一昨日（七月四日）の晩、辻豊のところへ寄って予備学生の申込書を見せられ、薦められたのが運の尽き、そのまま駅へ行って、神戸へ帰って、親父に話した。親父は俺の顔見るなり、相談ごとがあるのやろと云ってくれた。お前も長いことふらふらしとったが、やっと〈正業〉についたなと言ったよ。ゆうべの夜行で博多に帰って来て、今日、一日遅れたけれど学校へ提出して来た。さっきから君にこのことを言おう言おうと思うて、うずうずしてたんやで」（庄野潤三「日記」『前途』）。

島尾は一息にそれだけ言って、湯気でほんのり上気した顔を手ぬぐいでひと撫でした。その話を聞いた庄野は大へん喜び、そして興奮した。僕らの「戦友別盃の歌〈2〉」を作らんならんなと島尾が言った。

東北の農家出身の島尾の父親は永年横浜で絹貿易業に従事し、関東大震災後は神戸に移住して絹製品輸出業を独立して手広く営んでいた。その父親から見れば、中等学校卒業後、一年浪人し、長崎高商卒業後は一年課程の海外貿易科にまなび、昭和十五年九大法文学部経済科に入学したが、一年で止め、翌十六年あらためて文科を受験して再入学した島尾敏雄の経歴は「ふらふら」としか認定できなかったのである。当時帝国軍人はまさに「正業」中の正業であったといえよう。戦死などの危険度は高かったが、戦時下ではすばらしい職業だと見なされていた。また傍系を迂回してたどりついた法文学部文科の学生であった二十四歳の島尾に徴兵猶予の期限がせまっており、いずれにしても身体検査さえ合格すれば陸軍か海軍のどちらかに入隊しなければならない状態におかれていた。

私の大学生活は、その太平洋戦争の前半とほぼ重なったためか、所与の三年を完全に学習することが叶わず、殊に文系統の就学が制限され繰り上げ卒業を強いられた十八年末に結局二年半で学窓を出、軍隊に入隊した。

（「九州帝大生の頃の回想」）

風呂から出て、裸のまま腰掛けに並んで腰を下ろし、島尾が取り出した煙草を吸った。

「海軍予備学生に採用されて飛行機に乗るやて思いもしなかった」と、島尾が言った。

それを聞いた庄野は、島尾の痩せた長身の骨格が今日は不思議にどこやら頼もしく眺められた。三月十日の銭湯での体重測定の結果では庄野十六貫（六十kg）島尾は一月には十五貫（五十六kg）もあったのに十三貫七百匁（五十一kg）に落ちていた。

最終的に島尾は海軍飛行科予備学生ではなく一般兵科予備学生に採用された。

昭和十五年十二月に受けた徴兵検査[3]では胸部疾患で第三乙種であったが、後日民間の医者の診断をうけ、格別悪いところはないと言われた。

庄野によれば、初めて島尾に逢った者が誰もその顔色の蒼いのに驚くことや、彼の体重の減り方が激しいことを見れば、やはり胸のどこかが悪いに違いないと推察していたが、島尾はよく自分の生理を弁えて、いわば、疾患と馴れ合いの暮らしを営む術に長けていると思えた。身体状況がどんな風になっているのか他人にはいつも見当がつかない、島尾はそのような身体の持主であった、とされていた。

自分の疾患と馴れ合って暮らしを営む才能の持ち主だとの庄野のするどい観察は、後日、島尾敏雄がえがく作品『魚雷艇学生』中の「かかとの腫れ」にも一つの例として提示されている。

神戸から下宿へ帰る車中で、向い側の座席にいた生まれて二月ほどの赤ちゃんを抱いた若妻が、疲れてうとうとしてはその子を落としそうになる。それで二度ばかりその赤ちゃんを抱いてあげた。その人が島尾から子供を受け取るとき袖のところを寄り添えるように持ってきて彼の手にふれた。「赤ちゃんはきれいなあ。ほんとに綺麗なあ。こうして抱いていたら切なくなって困った」と話したのを聞いた庄野はいたく同感して、「真実切なかったろう」と思い、島尾の福島県小高町近郊の純農家の娘との縁談話を想起している。

庄野潤三作品集『前途』の「四月二十一日」の項にある話を引用しよう。

叔父が選んだお嫁さんの候補者の顔を見に二度行った。一度は、娘さんは洗濯をしていて、よく見えなかった。二度目は、裁縫の帰りを自転車で追い越して、振返ってみた。そしてその翌日、叔父がもう一度その娘さんの家へ見に行こうと、雨の日でまだ寝ていたのを起されて、行きたくないのに無理に行かされ、空気銃を持って出かけた。

娘さんは留守だった。お婆さんが居って、屋根の上にたくさんとまっている雀を撃ってみよと云う。空気銃には、弾が一発もないのである。鳥うちに行く恰好で来ただけなのだから。「もう撃ってしまって、無い」と云おうかと思ったが、それもおかしいから、空《カラ》の銃を折り曲げて、撃つ真似をしたという。

こうした経緯をきかされていた庄野は「今度の島尾の予備学生志願で、恐らくその田舎での縁談話は立消えとなるだろう。そのことを思うて、僕は島尾の話に感慨深かった」としている。

予備学生出願の手続きを済ませ、高揚する気持ちを島尾は庄野たちに次のように要約して見せている。

「兵隊にとられることがひとごとのように思っているうちにだんだんせり上がってきて、気が付いてあたりを見たら自分らが一番絶頂のところにいて、うしろにも前にももう誰もいない、そんな気持ちだなあ。」

この年の六月十一日前後一週間ほどのあいだ、新聞は連日海軍航空士官への誘い記事を掲載していた。敵国である米国の航空機の操縦者の大半は学生であり、大学卒業者の八割が航空士官に進むと報道していた。

清沢冽の冷静な『戦争日記』（七月十二日）をみれば「海鷲の志願者が、学生から沢山出る。早稲田の如きは一九九八人すでに志願し、東大は四五八人という有様だ（毎日新聞七月十一日付）。英国ならば、この大学生を採用する場合に、選択して、人的合理化をするであろう。大学教育を受けたものを、全部飛行人にさせたら、それだけ他に穴があくわけだ。しかし、こういうことを言い出す人は絶対になく、不合理が、訂正されることなく進行していっている。」

昭和十八年（一九四三）七月六日の風呂あがりの庄野潤三の下宿には森道雄（九州帝大学友）、島尾たちが集合し、わずか一本の貴重な配給ビールに島尾持参の海苔をあてにして、やがて次ぎつぎと戦雲に突入して行く青年たちの語らいの午後が過ぎ去るのだった。

## 二　庄野の帰省を見送る　博多　昭和十八年(一九四三)七月九日(金)

庄野は夏期休暇のため、この日午後九時二十七分博多発の急行で大阪に帰省する予定だった。夕方銭湯の帰り道、島尾の下宿先を通ったら、ちょうど島尾が二階から顔を出した。「今夜大阪へ帰る」と庄野が言うと、「ああ、そうかー」と島尾が答えて、しばらく黙ってから、ビールのジョッキを持ち上げる真似をしてみせたが、庄野が笑ったまま通り過ぎようとすると、島尾が「行こうかー」ともう一度ビールを呑むふりをして見せたので、庄野もやっと「行くよ」と返事をした。

身の回りの品をいれたリュックを庄野が背負い、島尾と箱崎の停留所までくると、箱崎宮の方から、揃いの衣装をきた大人や子供が各町内ごとにわかれて「お塩とり」の行事に威勢よく走ってくるのに出会った。この日は博多の夏祭り、山笠の第一日目であった。

博多駅前の島尾馴染みの喫茶店「門」に立ち寄り、庄野は大学の制帽や制服の上着とリュックをあずけ、日暮れの壽通りに出た。

島尾の着ている純白のカッターシャツは、今度神戸から持って来たもの。小さい時に亡くなったお母さんが敏雄用と書いてしまってあったのが出てきたので着用して来た。純綿のシャツはやっぱりいいなあ」と、島尾が歩きながら話した。

「もうちょっとで着ないうちに兵隊に行くところだった。

ビール園でビールを一杯のむと時計はすでに八時三十分をさしている。発車まであと一時間足らずしかない。庄野は時間を気にして「お茶を飲もう」といったが、島尾は「酒を呑もう」と言って東中洲のおでん屋街にどんどん入っていき、島尾が二、三度来たことのある店で銚子一本ずつ呑んでいた。そこへギター弾きの男が入ってきて、古い流行歌を弾きながら、面白い声で歌うのだった。それを聞いている庄野は汽車に乗り遅れはしないかと気が気でなかった。

八時五十分ごろ、島尾はまだもう一軒のもうと言って、急いで走りながら、あちこちの店を覗いてみて、無客の店にとびこみ「いそぐんだ」といって、駆けっこするようにして呑んだ。

「これから帰るのさ」「どちらへ」「北海道　トマコマイって所だよ」と軽くあしらって店をでた。

つぎに射的屋の前にくると、島尾は「おれの射撃の鮮やかなところをちょっと見てくれ」といって、的をねらったが腕はさえなかった。庄野は一発で的の小鳥を撃ち落とした。

もう九時五分。「門」で手荷物をとり、急いで博多駅に向かった。

「予備学生、ひょっとして体格検査で落ちはしないかと心配しているのだ。たぶん大丈夫だと思うけど」と島尾はいう。

「合格したら海鷲の文学がまだ現れていないから、俺が行ったら書くぞ。刮目して待たれよ」とも歩きながらいった。

駅につくと、九時二十二分だった。発車まであと五分ある。島尾は「ここで失敬しよう。ホームまでは入らないからね」といったが、改札口までくると、突然庄野のそばを離れ、入場券を手にして走って戻って来た。東京行急行列車にはすでに乗客が乗り込み、ホームにいるわずかな見送りの人達も静かに発車を待っていた。

島尾にもらった煙草を一本ずつわけ、車窓の上と下とで二人がすった。

島尾が窓越しに次のように語りかけてくる。

「七月中に卒業論文を書き上げて、八月いっぱいは神戸の自宅にいる。入隊前の最後の休みだからな。九月には下宿をたたみにもう一度博多に出てくる。大阪でまた会おうな。」

庄野が車上から「このリュックの中に遼史百十六巻あるよ。夏休みに全部よむつもりなんだ」という。

「ああそうか。あのな、ずうっとな、目を通していけばいいよ。ただ目を走らせてゆけばいいんだ。僕も元史をとうとう全部目を通さんづくで、後悔している。そしたら、何か思いがけない、いい論文課題がひとりでに出てくるよ」

島尾はこれらのことを早口に熱心に言いながら動きだした列車について行った。

「じゃあ、身体に気をつけてやってくれ」と庄野が手を振りながらいった。

「さよなら」ぐるぐる手を廻した。島尾は無人のプラットフォームを歩き、列車が見えにくくなって、線路の側にぐっとその長身の身体を乗り出して、手を振っていた。すっかり見えなくなるまで振っていた。庄野の指の間の煙草は、気がついたらもう火が消えていた。暗い窓の外を博多の町が遠のき夜汽車は東上して行った。

## 三　庄野、島尾宅訪問　神戸　昭和十八年（一九四三）八月十四日（土）

まず神戸の六甲にあった島尾宅についての庄野潤三の回想「篠原北町」（『島尾敏雄作品集』月報）をみてみよう。

島尾がゐた六甲口の家が、私には懐かしい。それは私が最初に彼と知り合つた時代の思ひ出を残してゐる家だ。

大阪から神戸へ行く阪急電車に乗つて、急行停車駅である西宮で各駅停車に乗り換へ、夙川、芦屋、御影あたりまで来ると、山が近くに迫つて空気が非常に明るいあの地方独特の景色が現はれる。

次が六甲だといふ時にいつも感じる一種の胸のときめきがあつた。

駅のフォームから改札口を通つて、広いゆつたりとした駅の前へ出て来るあたりの品のある、落着いた感じも好きであつた。そこからすぐに舗装道路がかなり急な勾配で山に向つている。この道は神戸大学へ行く道である。

ここを少し上つたところに六甲ガーデンというレストランがあり、島尾の「単独旅行者」の出版記念会がこの店で開かれた。（略）島尾の家は駅から上つて来た道が最初に幅の広い道路と交叉するところで左へ折れて、その少し先の細い坂道を上つた右側にあつた。石垣があつて、そこに門へ上る段がついてゐた。勝手口の方に上る段も別にあつた。

庄野は八月十四日の午後、島尾宅を訪問した。大阪湾の眺望がよい二階の八畳間でいろいろ話し合った。庄野が久しぶりに父母の郷里である徳島を訪れ、剣山《つるぎさん》へ登山したことを話すと、島尾も県立商業五年の時に、剣山から祖谷《いや》にそって阿波池田へと踏破したことなどを話しだした。

それから島尾の「兵営宿泊五日間」と去る十二日にうけた「海軍予備学生試験」の話をした。試験官の前での応答動作には余すところなき気勢を示したので当日の判定ではA合格で航空適性だったから多分採用してくれるだろう。兵営宿泊からの風邪が神戸へ帰っても取れないので、試験までに何とか治そうと思って、外へも出ず、夜は早くから厚い布団をかぶって寝たりして養生したら、試験の前の日にやっと咳が出なくなって安心して受験できたと語り、予備学生試験の重荷を下ろした島尾は庄野といつしか好きな文学論――小高根二郎の「浜木綿の歌」などについて話し合うのだった。

すでに用意されていた豪華な夕食をよばれる。庄野のために残してくれていたビールが二本。庶民の食卓から消えていたビフテキ、鮭の燻製、トマト。それからライスカレーを二杯おかわりした。空が暗くなって、夕立が来た。この十七日に伊東静雄先生の家へ島尾をはじめて連れて行く事、十九日に一緒に博多へ帰ることに相談がきまる。階下に妹の友人（ドイツ人との混血）が来ていて、四人でトランプをして遊んだ。九時ごろ、駅まで島尾兄妹に送られて別れた。自宅で妹たち若い女性に囲まれている島尾の姿に庄野は驚いた。「東洋史の研究室や学生食堂、それから下宿の近くを歩いている時の彼は、いつも概して沈鬱であったから」と庄野は回想している。

島尾の経験した「兵営宿泊五日間」について島尾は、吉田満との対談『特攻体験と戦後』のなかで次のように回想している。

――島尾さんの場合、予備学生を志願された動機はとの質問にたいして、

立派で勇ましい動機ではなく、軍隊生活が怖かった、とくに新兵並の陸軍の内務班生活を経験した。一つの内務班に学生が二、三人ずつほり込まれ、なんともいえない状況を体験して、こりゃだめだと思った。軍隊機構の中で、命令したり命令されたりすることや、元来共同生活が嫌いだったもので耐えられないと思った。海軍飛行科予備学生なら、一、二人乗りの戦闘機に乗れる、それだと楽じゃないかと当時思った。

と答えている。

この体験入隊は「学校教練」〈4〉の課目に包含されており、教練成績は進級、卒業査定に強い影響力を持っていた。たとえば教練成績五十九点以下で特記事項に該当すれば「卒業セシメサルコトヲ校長ニ

申出ツルモノトス」という規定が設けられてあった（学校教練に関する取極事項―秘―東大内田文書昭和十七年）。

また教練合格認定証がなければ陸軍幹部候補生など初級士官への応募資格が認められず、一般兵卒として入隊せざるをえなかった学徒も存在した。島尾たちの文学仲間矢山哲次〈5〉は幹部候補生試験に落ち、一兵卒として従軍し、陸軍病院に入院、除隊後電車事故でなくなった。

いずれにしても戦前、中等、高等、大学を通じて行われた学校教練制度や青年学校制度などに見られる教育行政と軍事間の強力な連携面の研究が進められるべきであろう。

## 四　堺の伊東静雄宅訪問　神戸　昭和十八年（一九四三）八月十七日（火）

島尾は庄野に誘われて堺市北三国ケ丘の詩人伊東静雄の自宅を訪問した。この正月に二人で訪ねたが伊東先生は学校の宿直で不在だった。先生宅では文学談義より目下展開している戦争に話題が向けられた。日本人の戦争はドイツ的悲壮主義ではなくて、日本の軍記物の（略）むずと組んでどうと落ちる（略）精神だということ。「凄愴苛烈」などという言葉で戦争を伝えることが、いかに国民を誤らせるかということ。日本人のように国体観と「もののあわれ」とを身に兼ね備えて、痛快な戦をする国民は世界に類例をみないことを明確に国民に知らせて安堵させたらよいなどのことを話された。

この日のことを島尾敏雄自身の文章で見てみよう。

友人に伴われて、はじめて堺の伊東静雄の家をたずねたのは。私が甲斐ない抵抗をこころみ、行きしぶっていたのを、友人は無造作に引っぱりだした。彼（※庄野）が中学のときの旧師の家に遊びに行くのに私（※島尾）がついて行くのがどうしておかしいか、というのが、彼が私のために用意していた弁疏であった。それに手みやげに持参した彼の重い西瓜を私も分け持ったことが、私のためらいをいくらか軽めてくれたし、なによりも私はそのひとの詩に関心が向かなかったことが、私を勇気づけていた。

（「私の内部に残る断片」昭和四十二年）

伊東先生は牛肉の天ぷら、鯛味噌などを用意し、貴重なビールを大切にして皆で呑み、食後には持参した西瓜も提供された。戦中の当時としては、この接待は最上のものであった。

事はあっけなく終わった。私はそこにひとりの背丈の低い中学教師を見た。彼は着物を引きずるように着て、戦場に出て行く若者の緊張をときほぐすことばを私たちに言った。私はまもなく軍隊にはいることになっていたし、友人もいずれはそうなることにまちがいなかった。玄関につづくせまい部屋でのことで、たしか本箱につまった国文学の全集ひとそろいそれだけがその部屋に置いてあった。子供が生まれようとして夫人はふせっているところだと言ってふすまが閉ざされていた。

（「私の内部に残る断片」昭和四十二年）

彼（※伊東）は私とエス（※庄野）に、戦場に行ったらサツジンでもゴーカンでもなんでもやって来なさいとはげまし、ふたりとも彼のはげましに元気づいてそうやって来ますと胸を張って見せたのだったか。（略）伊東静雄は狼の目、自在のひととなって中空をかけりながら、私たちの憂鬱を吹きとばしてくれたと思えた。それはひどく透明な思想に思え、戦場に出ると言っても、うすよごれた泥だらけの軍服をまとったすがたとしてではなく、顔に薄化粧をほどこし下着はまあたらしく、衣服も鎧も華美な装いに覆われた一騎打ちの若武者の群れが敵の方に歩いて行く光景が、私のまぶたに浮かんでいた。それは彼が私たちの未知の戦場へのためらいとおそれを解きほぐすためのざれごとだということがことばの外にあらわれているのだと受けとりながら、なにやら勇み立ってくる軽やかな調子を注入されたのがふしぎであった。

（「伊東静雄との通交」昭和四十三年）

庄野たちが伊東先生宅を辞去するとき、玄関先でもうすぐできる島尾の創作集『幼年記』のことが話された。

「その本が出来たら私にも一冊くれませんか」と先生に言われた。島尾はいたく畏んで、「はあ、読んで頂けましたら有り難いです」と言った。あれは島尾の最上級の畏み方で、庄野は内心おかしかった。先生の家を辞して外に出ると、みささぎ（反正陵）の上にまんまるな月が上がっていた。帝塚山の庄野宅へ戻って南海上町線の停留場まで来ると、万代池の方へ涼みに行く若い夫婦連れにあった。その浴衣をきた二人の後姿が電車道をとおって向こうの道に消えて行くのを見送っていた島尾が「あんなのもしてみたいねえ」と言った。

関西でのお盆が過ぎ、日がしずむと冷風が吹き始めていた。島尾にとって学生生活最後の夏休みもあと残り少なくなっていた。

## 五　島尾・庄野、門司行急行列車同乗　神戸→博多　昭和十八年(一九四三)八月十九日(木)

伊東宅を訪問してから二日目の朝八時に庄野は東京発門司行の急行に大阪駅から乗車し、島尾は八時半に神戸・三ノ宮駅から乗り込んで来た。このころから急行には座席指定制度が強化され、二人は別車両にわかれて乗車していた。島尾が三度も庄野のところにきて、アイスクリームを食べたり、庄野の読んでいた中勘助の『蜜蜂』を座席にもたれて読んだりしていたが、岡山で島尾の車両に空席ができたので庄野が移動し、二人は揃って弁当を食べることにした。

庄野の弁当は小学校の頃よく作ってもらった懐かしい様式のもの、つまり黒海苔をしいて白いご飯を弁当箱のまん中あたりまで詰め、その上に鰹節をのせてもう一度海苔をしき、さらにご飯を重ねてその上に鰹節と海苔とを敷き醤油で味付けした手の込んだものである。

また今日は特別に一番上に黄色い卵焼きを細かく切ったのをのせてくれてあった。そして別のお菜入れに卵焼きが入っていた。島尾の弁当は握り飯をただ海苔で包んである単純なものである。庄野は副食の卵焼きを取って三分の二ほどを島尾に手渡した。それをおいしそうに食べていた十七歳で母親と死別した島尾がぽつんと言った。

「やっぱり、おかん（母）がいないとあかんわ」その声に深い感情が籠もっていた。

夕方庄野が車中で突然鼻血をだし、ひじ掛けに頭をのせて休んだ。島尾は自分の持っていた手ぬぐいを水で絞ってきて庄野の額に当てて冷やし、間もなく庄野が起き上がると、島尾は手ぬぐいを取って、そのままひろげて自分の顔をくるりとふいてみせた。

午後五時半門司駅に到着し、普通列車鹿児島行きに乗り換えた。午後八時、箱崎駅で下車したがなにか荒涼たる天候になっている。人影とだえた暗い家並みを、自宅から詰め込んできた食料や書籍の入った重いリュックを背負って歩いて行くと、まるで見知らぬ街を歩くような気がする。海岸から音を立てて颪さえ吹き出して心もとない感じに襲われる。

「あなすざまじの空の気色やな」と二人はわび合いながら歩いて箱崎の下宿に辿りついた。

島尾たちが「あなすざまじの空の気色やな」と詠嘆しているころ地中海シチリア島は米軍の手におち、イタリア敗北は目前の事態であった。『星の王子さま』で有名なサン＝テグジュペリ（一九〇〇〜一九四四）飛行中隊長は次頁の感謝状受領＊の翌年コルシカ島沖でかえらぬ人となった。当時日本の島尾たちには知り得ようもない欧州の戦局が急展開していた。

＊フランス空軍司令官宛に在北西アフリカ・米合衆国空軍司令官気付　エリオット・ルーズヴェルトより感謝状が打電された。

「在北西アフリカ・米合衆国空軍司令官は、この機会に、作戦協力のゆえをもって、フランス空軍の関係者に感謝と敬意を表明する。署名 Agd 大佐空軍高級副官感謝状を複製し、アントワーヌ・ド・サン＝テグジュペリ大尉に手渡されたし」（昭和十八年〈一九四三〉七月十五日）

## 六　九州帝国大学　島尾敏雄・卒業論文　博多　昭和十八年（一九四三）八月

「元代回鶻人の研究一節」

元朝に於ける特殊な位置を有した色目人の中、回鶻について、それが主として政治的、文化的（と云つても寧ろ政治に随伴した政治的な機構の中に於いて有した彼等の位置に特色があつたのであるが）に活躍した点が多く、一般に考へられてゐる如く、経済的には実にその担当者ではなかつたのではないか。その点については、尚回鶻、畏兀児、回回などの当時に於ける使用法などをも併せて考察し、回回は、回鶻といふより、アラビヤ人、粟特人を指すもので、アラビヤ人、粟特人こそ経済的活躍をしたものの実体ではなかつたろうかといふ考察をしたのであつた

（島尾論文・卒業論文草稿「元代回鶻人の研究一節」「結」より）

戦況が激化し、島尾たちは元来翌昭和十九年三月卒業予定のところ、半年繰り上げて十八年九月に卒業しなければならなかった。そのため八月二十五日が卒論提出期限であり、そのための準備は春以

来すすめられていた。

**五月二十四日　　博多**

「論文があてが外れて、いまからやり直すわけにもゆかず」と島尾が云った。

「困るね」と庄野が云うと、「困るね」と嘆息した。

「夜逃げしたら？」と云うと、「実際、できるものなら、夜逃げしたいね」と云った。

この庄野の文章（「雪・ほたる」）が論文の執筆状況をあらわしている。七月中に論文を博多で書き上げて、八月一杯は神戸にいる予定だった。ただこの最後の夏休みに島尾には自家本『幼年記』刊行というもう一つの課題があり卒論と並行して準備を進めていた。

八月二十日には庄野の下宿へ『幼年記』のゲラ刷を見せにきて、「今夜から面会謝絶で論文を書き上げる」といい残している。

**八月二十四日火曜日　　博多**

夕方、庄野のところに島尾が来た。「やっと今書き上げた」と言って、上り框のところで眩暈するような姿勢をする。「これから清書にかかって、今夜は徹夜せんと間に合わん」そう言って急いで出て行った。

**八月二十五日水曜日　　博多**

庄野は、昼過ぎ、今度家から持って来たハッタイ粉の缶を持って島尾のところへ出かける。島尾がちょうど外から戻って来た。今朝から朝飯昼飯抜きで清書に大童になっていたら、さっきふらふらしかけたので、うどんを食べに行ってきたのだと言う。島尾がハッタイ粉をそのまま紙にのせて嘗め、論文の清書に精出すかたわらで、庄野は向いの部屋の工学部・土木科の学生が話す夏休みの実習のことを聞いて島尾の下宿から立ち去った。

四時ごろ庄野が森といっしょに銭湯へ行くと、すでに島尾が湯船にぐったりして入っていた。論文締切時間ぎりぎりに間に合って、学校から今ちょうど帰って来たところだと、情けない声を出して言った。夕食後三人でビールを飲みに出たが、結局どこも売り切れで飲めず「門」へ行って果物とソーダ水を注文した。話していたら島尾が不意に、「ああ早う帰って論文書かんならんと錯覚した」と言った。庄野たちは「可哀そうになあ」と言って顔を見合わせた。

この提出論文の末尾に「八月二十五日午後三時」と刻んでいる。

島尾敏雄「回帰の想念・ヤポネシア」（昭和四十五年）

中央アジアのことが頭にありましたから、西の方の人たち、漢文式に言えば色目人を選んだのです。彼らは元の時代にいろいろな役割をしていますね。上下関係で言えば、蒙古人の次ぐらいに重く用いられている。蒙古、色目、漢人、南人という具合に、――蒙古が一番偉くて、その次に色目人、というのはトルコ人だとか、ペルシャ人、アラビア人とかで、それから漢民族、北部の方、それから南東の方は最後まで抵抗したというので、身分が一番下というふうに記憶していますが(略)色目人の中でも、東洋的な色彩が強いウイグル、あれはトルコ系じゃないかと思います(略)そのトルコのうちのウイグル人、つまりカイコツと言われるものをやったわけです。あの人たちなんかも、やはり特殊な、何か夢をかきたててくるような民族じゃなかったかと思います。

島尾敏雄「私の卒業論文」(昭和五十四年)

当時私はできれば西域に潜入したいと夢みていました。回鶻はウイグルのこと、元朝に於けるウイグル人の活躍状況をしらべたものです。資料は『元史』です。ほかに『西域華化考』などという本もみたように記憶します。指導教授は亡くなられた西域史の碩学重松俊章先生でした。現九大の重松泰雄教授(日本文学)の御尊父です。軍隊入隊直前の仕事で杜撰極まる論文でしたのに、重松先生は優の評価をくださった。

(『過ぎゆく時の中で』)

重松俊章教授(西域史)について

この世の中で何を職業として生活をたてて行くかが定まらず不安にゆれうごいていたまだ社会にでないときに、私は東洋史を研究している積りだった。その研究に関連した仕事を見つけることによって、世間の中にはいりこむより仕方がないと考えられた。そこでいわゆる史部の漢籍を先ずもって手あたり次第に蚕食しなければならない作業が課せられた。私は東洋史の分野では、場所としてはトルキスタンのあたり、時代なら蒙古人が勢力をもった頃に心がひかれた。やっと見つけることができたテーマは元の時代に色目人といわれた眼の色のちがった人たちの仲間の一つのカイコツについてのあれこれだ。（略）私の研究指導者は西域史研究家の重松俊章教授だったが、かれは幼児の歩行を手助けする周到さで、私をその研究の入口につれて行き、その見通しもつかぬ深い奥の方をのぞかせてくれた。（略）私がどんな小さな珍しいテーマをひっぱり出してきても、それに関してうんざりするほどの文献を、教授はたちどころに引き出された。（略）二百十巻を一つの帙におさめた「元史」は中国の二十四史の中でも一番杜撰な悪いものだという定評がある上に、私の持っているのは点石斎の石版印刷本というごく安価な、いわば最悪の刊本だ（略）。元代を研究するのにはどうしても通過しなければならないと思い、京都の和漢書を取扱う古本屋で一番安いのを父に買ってもらった。（略）とにかく自分が選んだテーマの研究文献のリストをこしらえているうちに、約束の期限がやってきてしまい、そして、のがれることができない具合に観念していた戦争にもって行かれた。

（「東洋史の入り口で」）

　戦争で入隊しなければ島尾は大学にのこり学究生活に没頭したかったとの思いを持っていたと述懐したことがある。

（島尾ミホ談）

**重松俊章**　しげまつ・しゅんしょう　一八八三〜一九六一、九大名誉教授、東洋史学者。

新義真言宗豊山派の僧侶・権大僧正。愛媛県温泉郡生。一九一三年東大史学科卒業。松山高校（旧制）教授をへて九大法文学部教授（一九二七〜四四年）。松山商科大学教授（一九四九〜五七年）。「西域史研究より中国古代の民俗学的研究にすすみさらに邪宗門としての白雲宗門、末尼教徒、弥勒教匪、白蓮教匪などの研究に入り、この分野の研究開拓者として大きな功績があった」（日野開三郎）

## 日野開三郎助教授（唐宋史）について

庄野潤三の「白墨の字」（「重松先生の思い出」）に昭和十八年九月の日記を参照した文章がある。

東洋史専攻の学生で九月に卒業するのは森道雄・島尾敏雄・辻豊の三名であり、鈴木正と私（庄野）とがこれを送る側にあったが、一と月あとに東条内閣による徴兵猶予令の廃止により法文系学生は徴兵検査を受け十二月には入隊することに決まった。森は陸軍、島尾・辻は海軍予備学生に入隊したあと、三月おくれて私は大竹海兵団に入隊した。

当時の九大東洋史は、重松先生を中心に日野先生がよき女房役としておられ、私たちは本当に恵まれた、幸福な学生であったと思う。

その日野先生は自宅裏の川で海老、鰻を仕掛け漁で捕り、重松先生や学生たちをもてなされた。その席は、次のように述べられている。

重松先生のフランス留学夜話と日野先生のうなぎ料理は我々のグループの饗宴となった（略）そうしている間も、戦争はぐんぐん展開し、当時の日本の政府は大学の文科を閉鎖した。我々は

（「重松教授の不肖の弟子たち」）

ごっそり戦場に持っていかれた。

また戦後、島尾は昭和五十五年（一九八〇）「日野先生『東洋史学論集』刊行に寄せて」（三一書房パンフレット）に次のような一文をあらわしている。

私が九州帝大法文学部東洋史学科の学生であった時分の忘れ得ぬ事の一つに、日野開三郎先生の「後勃海国史」なる講義があった。（略）その無造作と見えた講義が実は画期的な内容を持ったものであることに気づき、甚だ畏敬の念を抱いたのであった。（略）当時「後勃海国史」の実体など大方の歴史書では見かけることができなかったのに、日野先生は実に精密なそれを建国し発展させそして滅亡させたのであった。まるで私は一編の推理小説を読むかの如くにその講義をわくわくしながら聴講した。そのような講義が可能であったのは、おそらく当時先生自身話されていた、漢籍読破のために四季の移ろいにも気づかず、尿に血が混じるに至った猛烈極まる勉強振りがあっての結果であったに違いない。私は右のことをじかに知ることによって学問の怖ろしさを知り、その場所を逃げ出したのであるが、先生はその後も一貫してその東洋史探求から一歩も引かず、営々築き上げられた成果がこの『東洋史学論集』として結晶したのである。われわれはそのどの巻を手にしても、学問の厳しい方法が感得されることは疑いないが、しかもそれは人の生きる方法を暗示する一面とも重なってきて、その妙味に快哉の語を発しつつ、大きな励ましを受けないわけには行かないだろう。

**日野開三郎**　ひの・かいざぶろう　一九〇八〜一九八九、九大名誉教授。
愛媛県伊予市出身。松山中学、松山高校、東大東洋史学科入学、池内宏・和田清・加藤繁に学ぶ。旗田巍・青山定雄・板野長八らと学問形成をともにし三一年卒業。東京府立第九中学校教諭、三五年九州帝国大学法文学部に招聘され、四六年教授、五八年文学博士、七二年退職。八四年まで久留米大学教授。著書三十一、論文大約二百編。日野史学と呼ばれる東アジア研究を展開した。『東洋中世史』（一九三四）、『支那中世の軍閥―唐代藩鎮の研究』（一九四二）『五代史概説』などが代表著作。（清木場東）

## 神戸市外国語大学での島尾敏雄の同僚教官による島尾論文寸評

唐代以前から新疆省にいたウイグル族とモンゴル族のもとでの元朝との関係を島尾論文は考察している。なかでも当時活躍しているウイグル人の中には、インド、イラン系統のアーリヤ族の血をひいたソグドがウイグル人の名のもとにかくれて活躍していた事跡の立証を試みている。

「ジンギスカン時代に西方より商人が蒙古の地まで拡大されてやって来て交易していたことがわかるのである。よって漠北から東西土耳其敢坦《トルキスタン》にかけては、想像される以上に交通は円滑に行われ且つ一箇に統一され易い事情にあったのではないであろうか」との島尾論文の推定は戦後証明されたことであり、当時すでにこの推論をたてた島尾氏の着想は立派と言わねばならない。

元朝の社会状態を知るためには色目人に注意し、色目人を考察するためには中央アジア事情の吟味が必要である。而して色目人中の回鶻人について考察を意図した島尾論文の問題提起は称賛されるべきであろう。この論考は島尾の従軍で中断を余儀なくされたが、もしそのまま研究が推進され展開されておれば近年史学界に旋風をまき起こしたに違いないとおもわれる。また戦後この論究テーマは日本および世界で探求されたことから見ても十分根拠のある推察と言えるであろう。

島尾研究論文の壮大な意図は、当時戦中の限定された史資料と与えられた時間では多少の制約があったと言わねばならないであろう。たとえば京都の古書店より購入した『[元史]点石斎石印本』に準拠した点に多少の制約が存在する。また戦時下の半年繰り上げ卒業という特別措置により論文準備期間が短縮されたのも同様である。

「史料の蒐集の不完全に由来して甚だしく粗雑であり（略）粟特人なるものを究明し、又アラビア人の中央亜細亜に於ける足跡等を明らかにし、それらを中央亜細亜の坩堝の中で考察しなければならないが（略）非才そのことを全くしなかったことは悔ゆるとも詮ないことである」と島尾論文の末尾で付言している。

あの動乱のあと、いのち永らえて平和日本で往時の自分の論文を発掘した島尾敏雄氏と、その論文閲読の機会を得た同僚教官としての私（長田夏樹）は懐旧の念を持たざるをえない。すべてを未完のまま戦争の波間に埋没しなければならなかった多くの同世代人を思うとき格別の感想を抱くものである。（長田夏樹教授談）

**長田夏樹**　おさだ・なつき　一九二〇～、神戸市外国語大学名誉教授（島尾敏雄と一九四八年春神戸市立外事専門学校（旧制）に共に着任した同僚教官）、蒙古文化研究所などに勤務。中国語・中国文学・蒙古語・朝鮮語・言語学担当。著書『原始日本語研究導論』『近代漢語の成立と胡漢複合文化』『漢字文化圏と比較言語学』など。

**付記**　島尾の卒業論文草稿は、宮下和夫（弓立社）が探しだし、『幼年記―島尾敏雄初期作品集』昭和四十八年（一九七三）にはじめて公表された。

「元代回鶻人の研究一節」（約二三七六〇字）

一、序　二、回鶻推移　三、元朝統治下の回鶻人　四、結

## 七　島尾敏雄自家版『幼年記』刊行　博多　昭和十八年（一九四三）

まず、「幼年記のあとがき」から著者の考えをここに引用してみよう。

過去の作品の整理出版は単独でするものに非ず。くだらなくなって滅入る事甚だしい。親しい友に原稿の整理や装訂をして貰い、殆ど知らぬ間に出来上がっている事が望ましい。が今はそれも叶わず、半ばやけ気味に自分で行う。近時南方が登場し、私も横浜に生まれ（大正六年生）神戸、長崎、福岡と住み移り一たんはマニラに迄も南に下がってみたものの、父母共に陸奥（磐

城）の国の人であるので、南の風が心情を培っては呉れたが骨肉に迄しみ込んだとは思えない。朔風は私の血を呼び支那、蒙古に眼は向い勝ちだ。私の眼の底には東北角の偏奇があると思い出した。又旅びとの出たらめの言葉遣い多く、旅情、旅心などとも副題したい所である。尚此の小冊子七十部総ていささか交情ありし諸兄姉に微意以て贈呈する。

昭和十八年四月三十日　　箱崎にて　島尾敏雄　誌す

この記述のあとに次のような二つの追記を行っている。

七月三十一日

この小冊子は父、亡き母、南海に派遣されている弟、奉天に嫁いだ妹及び末妹にささぐるもの也と此処に記す。

八月七日…甲麓にて

尚印刷に当たって児玉精一氏の旧情に負う所多大でありました。

（奥付）

創作集　幼年記

昭和十八年八月二十五日印刷　九月一日発行　七十冊限定非売品也

著作発行者　島尾敏雄　神戸市灘区篠原北町一の一

印刷所　九州印刷株式会社　福岡市因幡町三四

印刷者　　児玉精一　　福岡市因幡町三四
発行所　　こをろ発行所

『幼年記』刊行までの経緯を庄野潤三の作品『前途』を参考に描写してみよう。

○三月十日

島尾の第一創作集出版の話をする。「三百円あればなあ」と云う。友達にだけ送り、七十部ぐらい刷るのだそうだ。

○六月八日

今度彼が自費出版で出す創作集の題を何とつけようかと迷っている。印刷代はお父さんが出してくれることになったそうだ。「東北角から」というのが彼の案である。庄野は「東北角から」というのはとにかく良くないと云った。

○八月十七日

伊東先生宅を初めて訪問し幼年記ができたら見せてほしいと先生に言われ、島尾が「読んで頂けましたら有り難いです」といった。

○八月二十日

島尾が庄野の下宿へゲラを見せに訪問した。

○八月三十日

島尾が出来あがったばかりの本を持ってきた。真白の表紙で、背のところに普通の活字で「幼年記島尾敏雄」と記してあるだけの、清潔な感じの本。島尾敏雄の活字が少し小さくなり過ぎて、大層気兼ねしているみたいなのが惜しい。島尾は、表紙も中と同じ位の薄い紙を用いてくるくると巻いてポケットに入れられるようにしたかったのにこんなきっちりした表紙にしてしまってああ野暮ったいと、不服なのだ。

本の外形ばかりかその内容も雑然と中途半端な作品を集めたことに島尾は不満を持ち、幾篇かの力作をならべて一冊の本をつくれたら嬉しいのにと、残念そうな表情を示した。

隣室から硯をかり、「庄野潤三様　島尾敏雄」と二、三度かく練習をしたのち、扉に次のような言葉をかいて渡してくれた。

　こんなもの限りなく、不満です。わたしに詩ごころあるのかしらん疑わしい。
ゆうべかりそめに東洋史専攻の学生三人集まって麦酒二本のんだが、容姿崩れて
愚痴らしき、かたこととめどなくしゃべっていたひとりは　しまお・としお
　幼年記一巻　庄野潤三に贈ろうと爾云う
　　昭和十八年八月三十日　　　庄野の下宿にて

そして、八月十七日庄野に連れられて初訪問した伊東にもこの幼年記の進呈を用意した。泣き笑い

しているような文字で、「伊東静雄先生　どうかお読み下さいますように　島尾敏雄」と書いているのを庄野は見守っていた。五、六冊、文学仲間にも添え書きして庄野の下宿に配布用として置いた。

○九月一日

朝、島尾は本を作ったことがこの一、二日いやになってきて滅入りそうだと言う。温泉へ一月ほど引き籠もってゆっくりと読み暮したらいいけどなあと島尾が言った。

そして今度は海軍航空予備学生が任官後だいたい六ケ月の命で、その期間中に殆どの者は戦死する。七十％が死ぬということを、島尾が昨日聞いて来たと話をする。そんなに死ぬのかと庄野はびっくりして何度も確かめた。

「自分の親しい友達が次々と戦死して行くのを聞いたら、くそーと思うだろうなあ。かくかくたる武勲を立てたい」と島尾が言ったと庄野は書いている。

島尾敏雄「昭和十八年日記」の一月には五ケ所ほど創作集のことが記載されている。

▽一月六日　県立商業の学友に出会ったとき「本出したら一冊買うたるわ」「うん買うてくれ」

▽一月十五日　自分はひとりぼっちで創作集を作ろうと、下宿に帰り、自序をかき、あれこれのせる作品の選択をした

▽一月十七日　山崎姉妹の一行にあい　自分流に創作集を出すことをなめらかにしゃべった

○九月二日

島尾は海軍へ入隊が確実であることと、もう四、五日のうちに神戸へ帰る予定ですと言ってから、『幼年記』を入院中の日野先生に差し上げた。帰るとき島尾が「もうお眼にかかれないと思いますが、お世話になりっぱなしで…」と言ってお辞儀をしたが、日野先生もちょっと辛そうにしておられた。

重松先生宅で、「いま君たちの努力された論文を見せて貰っているところです」と言われたので、島尾と森は同時にいたく恐縮した。論文を見て今までに気付いたところについて二人に向かってねんごろに感想と希望とをお話しになった。

晩、島尾の下宿で話をした。東北の田舎のことでまだ書きたいことが沢山あるということを話し、今年の春休みに帰郷したときのノートを読んでくれる。島尾が少し好いている十七の従妹の事、子供たちのはなす言葉について、祖母（バッパ）さんの初孫として大事にされていた幼時の思い出など。東北の中学の先生になって行きたい。そして田舎に引きこもって田園通信を書いて過ごしたい望みを島尾がはなした。

「いつも隅っこの方で泣き笑いしながら物事をじっと見つめている子のような、ひ弱でいて強靭な持ち味は、幼年記を読んでいて羨望の思いに堪えないほどユニイクなものだ」と風呂の帰りみち庄野が島尾に読後感を話した。

**付記**　七十部刊行した初版『幼年記』は戦争中、戦後の混乱期に散逸し、原本を手にとることは困難である。関西の古本市で百六十万円で競り落とされたとの伝聞があったがその後古本市にでたとの情報はない。

そのような環境の中、自家版『幼年記』の完全版が福岡県田川市在住の岩井利満氏（七十九歳）より奄美大島の瀬戸内町立図書館へ寄贈され、島尾敏雄コーナーにて保存されている。同氏は九大時代島尾敏雄たちの同人誌「こをろ」に参加して同書を入手し、大切に保存してきたが、このまま島尾さんの記念すべき作品集が朽ち果ててしまうのは残念と寄贈したとのことである。

## 八　シナ学の送別会　博多　昭和十八年(一九四三)九月三日(金)

微雨。午後一時より三畏閣桐の間にてシナ学の送別会が行われた。重松先生、松枝先生と学生八名、日野開三郎助教授は病気療養中のため欠席。シナ学のいつものようにささやかだが心の通う会であった。

なお、みなの揃うのを待つ間に別の部屋で島尾と庄野は柔道をやった。はじめは庄野が勝ち、つぎは寝技になって引き分けになった。そして庄野のシャツの肩のところが破れ、島尾は革帯が二つに切れた。島尾はふうふう言いながら横目で睨んでみせて、「この頃もうこんな革のバンドはないねんで」といった。

大学で島尾は松枝茂夫助教授に現代中国語初歩の授業を受け、また「水滸伝」のゼミナールを傍聴し、松枝訳『浮生六記』の文庫本を携帯し、心にしみ通ってくる箇所にはペンや鉛筆で記号をつけたりしたと回想している（「沈復の「浮生六記」」）。

また満州日記（昭和十六年七月十六日）に「浮生六記を読んで背後にあるべき男性的なものをつつしみ深く表面に浮かべてだしていない所に心ひかれた」との島尾の感想も記されている。

## 九　島尾壮行会　博多　昭和十八年（一九四三）九月四日（土）

夜八時ごろ下宿の外で「庄野ォ」と勢いよく島尾の呼ぶ声が聞こえた。庄野が思わず「おお」と返事したほど、勢いのよい声だった。そして部屋へ入ってくるなり、「明日神戸へ行けなくなった」と言った。「予備学生募集のことをおしえてくれた同学の辻豊から手紙がきて、九月十日入隊確実ということが分かったので明五日の朝の汽車で神戸へ帰るつもりだった。お昼に下宿屋で餞別のお酒を出してくれたので同宿の学生四人でのんだら、ほかの者はあまり飲まないから、大方ひとりでぐいぐい飲み、つい不覚を取って今まで眠り込んでしまった。準備不足で明日の朝、神戸へ向け出発できなくなった。明日、昼間に何とか荷物片付け、夜の汽車にのる。入隊するまでにもう一度、東北の田舎小高町へ帰るつもりでいたが、それも出来なくなった。残念だけど、いっそ早く入隊する方が僕はいいんだ」と一息に島尾が言った。


それを聞いていた庄野は「そうか、そうか」と繰り返し言うばかりであった。

「お昼、一緒に飲もうと思って、君を呼びに来たんやけど、おらなんだ」と残念そうに島尾が言った。

また島尾は「明日は質へ入れてあるものを出さんならんし、金を作らんならんし、荷造りせんならん」「これから明日の朝の急行券を頼んであった友人の家へ取り消しに行くのだ」と言ってそこにあったお茶をついでのむと慌しく立ち去った。

庄野たちの仲間で計画した島尾送別小旅行が時間の制約で実現しなかったので島尾の下宿でささやかな壮行会を行うことにした。日野助教授差し入れのビール五本を呑み、白米を炊いて食べ、島尾を送り出そうというのである。

庄野が、島尾の下宿へそのことを言いに立ちよったが不在で、机上の便箋に島尾の走り書きが残されてあった。

「自ら己が行を壮にするなり、そのこころは肩を張る意味では決してない」

庄野は、別の紙を取って書き置きを残した。

「島尾兄
明五日の夕刻以後　僕らに空けておいてくれないか。日野先生から麦酒を貰ってくる。右しらせに。」

庄野は自分の下宿にかえり、日記をつけようとしていると、前の道で呼び声がした。手すりに出ると、下の暗いところに森が佇み、「島尾来ていないか」とたずねた。「まだ下宿に帰っていないらしい」というと、「おれもいま、島尾のところへ行ってみたんだが。知り合いの海軍少尉と酒飲んでいても、なにやら淋しいてなあ」と答えた。

森はそのままちょっと佇んでいたが、「じゃ明日、おやすみ」とだけ言って引き返した。

静かな闇のなかに下駄の音が遠のいていった。

友人たちが島尾の所在を探索したが島尾は友人たちの前に姿を現さず箱崎の夜が静かに更けて行くのだった。

## 十　島尾出立　博多→神戸　昭和十八年（一九四三）九月五日（日）

送別会用のビールを日野先生に寄付してもらい、庄野が島尾の下宿にくると、ちょうど向こうから彼が帰ってくるところだった。

「ゆうべ、あれから電車に乗り、友達のところへ出掛けたが、途中でまたもどして、どろどろになって歩くこともできず、とうとう宿屋に泊まった。いまその帰りだ」という。

島尾は風呂敷に数冊本を包んで古本屋にいき、庄野たちは島尾の実家あての小包みを天神町の郵便局で出した。島尾が体調をくずしたので予定していた送別ビール会はとりやめ、荷造りを手伝った。アイスクリーム屋に行き、二つたべて、島尾は知り合いの女性たちのところへ挨拶にいくと言い残して出掛けた。

夜七時すぎに島尾がきたので一緒に森を呼びに行き、島尾の下宿に集まる。

庄野は前に島尾がくれた岩波文庫本『李太白詩選』下巻は入手ずみなので、上巻にかえて貰う。「今度帰って来た時生きてたら、返して貰うわ」と島尾が言う。

午後七時半に下宿をでて博多駅周辺で冷たいものを飲み博多駅についてみると、文学集団応援団の令嬢たちがにぎやかに見送りにきている。島尾の下宿の小母さんもきれいにして、下の女の子を連れて来ている。ベルがなり、汽車が最初に大きくひとつ揺れたとき、庄野は森たちと三人で声をそろえて、「シマオ　トシオ君　万歳」と叫んだ。

そして、森と庄野とは汽車についてプラットフォームを走った。

森は「お互いに頑張ろうぜ」とどなった。

（島尾敏雄は十月一日呉海兵団に入隊し庄野潤三は十二月大竹海兵団に入隊した。）

ぼく達の背後に
美しい娘達が待っている
誰か知らないが待っているのだ
そうしてぼく達は
前方にまっしぐら死地へ歩いてゆく

矢山哲治〈5〉（『こをろ』同人）

昭和18年(1934)、後列右より3人目重松俊章、島尾敏雄。
前列右より2人目、庄野潤三。

写真提供・島尾ミホ氏

福岡市箱崎・藤野宅　平成十二年(二〇〇〇)七月現在
島尾敏雄はこの下宿で卒論を書き、『幼年記』をまとめた。
(著者撮影)

島尾敏雄　昭和十七年（一九四二）頃
九州帝国大学新聞より（発行日不明）

昭和十七年（一九四二）一月八日春吉橋畔のかき舟「かき福」で「こをろ」同人中、二月入営予定者及び応徴予定者の矢山哲治、大野克郎、山下米三、富士本啓示、小山俊一の壮行会。写真提供・千々和久弥氏

『こをろ』同人　矢印・島尾敏雄　写真提供・千々和久弥氏

昭和16年(1941)頃
後方は博多湾の能古島
写真提供・千々和久弥氏

矢山哲治の詩集刊行記念パーティ
昭和15年(1940)ごろ。矢印・島尾敏雄　写真提供・千々和久弥氏

## ◇補　注◇

### 〈1〉「海軍・予備学生」について

海軍士官育成のため海軍兵学校があり、その卒業者は士官として任官し各配置につくという本流（通称本チャン）つまり正規士官であった。これに対して予備員制度下にある予備学生出身をスペアー（SPARE）とよび、あくまでも傍流士官扱いであったとされている。

**【歴史】**

昭和七（一九三二）年、米国のNROTC（NAVAL RESERVE OFFICERS TRAINING CORP）をわが国に導入することを研究するため大井篤海軍大佐（海兵51期）が渡米した。当時日本の大学・高等専門学校では陸軍の軍事教練が行われており、海軍が割り込むことは無理であり、逆にその陸軍式訓練の成果と一般的大学教育の学識、教養の利用に着眼した。海軍の地上部隊、たとえば陸戦隊などの兵科士官は兵学校出身でなくとも任務に耐えうるであろうし、その学識教養が有用なうえ、平時の軍縮時代になれば海軍を止めても一般社会での再就職が容易だと予想できたと大井は回想している。

初期…本来予備員制度は高等商船学校卒業生が艦船乗り組みの予備士官としての制度であったが、昭和九（一九三四）年十月の勅令で予備学生制度が定められ、十一月、六名の第1期航空科予備学生が採用され、以後毎年三〇～四〇名規模の採用が行われた。昭和十三年整備科もひらかれた。

昭和十七年一月、一般兵科予備学生制度が創設され、一四五五名が採用された。すなわち艦艇乗組、陸戦、対空、通信、電測など航空科以外の兵科であり、約一年の教育過程終了後海軍少尉に任官された。

昭和十八年九月入隊の第13期飛行予備学生では七万人の応募者の中から四七七五名が採用されている。

これは激化する戦局対応策としてとられた大学繰り上げ卒業などに原因した。島尾敏雄は最初航空科を志願したが、一般兵科（第3期生）で採用され九月末日入隊した。

この時、司馬遼太郎も陸軍に入隊している。つぎの学徒出陣とよばれる、在学中の動員と、島尾たちの入隊とは区別されなければならないが、しばしば混同されている。

昭和十八年十月一日勅令第七五五号により大学、専門学校生は徴兵猶予停止され満二十歳以上の学生は徴兵検査をうけ、軍役につかねばならなかった。ただし例外として理科系、師範系学生は徴兵検査受験のうえ入営延期がみとめられた。十月二十一日、明治神宮外苑で、あの有名な出陣学徒壮行会が開催された。学徒入隊は陸軍十二月一日、海軍九、十、十一日（予備学生飛行科は14期、兵科は4期、予備生徒は1期）に入団した（島尾の所属期まで水兵生活は未経験。陸軍では一般兵卒生活のなかから幹部候補生などへの選抜試験を実施していたので、海軍の優遇処置に異論が出たため海兵団の水兵生活の中で選抜試験を実施することになった。また予備学生収容施設未整備のため海兵団を利用したと言われている）。ちなみに庄野潤三はこの時兵科第4期で入隊した。

「第3期兵科予備学生」（飛行予備学生第13期に対応）昭和十八年九月三十日入隊者三六二八名は横須賀第二海兵団、館山海軍砲術学校、旅順方面根拠地（島尾参加）に別れて教育実施。

昭和十九年一月ごろ基礎教育終了し、各術科学校に分散した。

| | 任官者 | 戦死者 | ％ | |
|---|---|---|---|---|
| 水雷学校 | 二一三 | 五五 | 二五・八 | 島尾所属 |
| 航海学校 | 一四二 | 四五 | 三一・七 | |
| 対潜学校 | 二六八 | 九四 | 三五・一 | |
| 計 | 六二三 | 一九四 | 三一・一 | |

なお入隊者数と任官者数の差異については不明。

また吉田満によれば「全将兵の人数が、太平洋戦争中の戦死者四三万人、終戦時の生存者一七〇万人をあわせて総計二一三万人であるのに対し、海兵出身者は1期から最後の卒業生74期までを合計しても約一万一千人と、〇・五％のウェートを占めるにすぎなかった。神風特攻隊の戦死者約二千二百人の内、江田島出身の本チャンがわずか百人、学徒出身が六百人、残り千五百人は、予科練中心の下士官である」(エリート支配)

**〈2〉大木惇夫**(一八九五〜一九七七)

戦友別盃の歌

——南支那海の船上にて

言ふなかれ、君よ、わかれを、
世の常を、また生き死にを、
海ばらのはるけき果てに
今や、はた何をか言はん、
熱き血を捧ぐる者の
大いなる胸を叩けよ、
満月を盃にくだきて
暫し、ただ酔ひて勢へよ、
わが征くはバダビアの街、
君はよくバンドンを突け、
この夕べ相離るとも
かがやかし南十字を
いつの夜か、また共に見ん、
言ふなかれ、君よ、わかれを、
見よ、空と水うつところ
黙々と雲は行き雲はゆけるを。

詩集『海原にありて歌へる』より

昭和十六年(一九四一)当時四十六歳の大木惇夫は、「白紙召集」つまり徴用令により文科部隊といわれる陸軍宣伝班の一員としてジャワ作戦に参加した。バンタム湾敵前上陸作戦中、乗船「佐倉丸」は魚雷をうけ沈没した。作家阿部知二、富沢有為男、評論家大宅壮一、浅野晃、作曲家飯田信夫、漫画家横山隆一たちと共に重油の漂う海面に飛び込み、漂流数時間後に救出された。この詩は昭和十七年に現地アジア・ラヤ出版部から刊行され詩集『海原にありて歌へる』に掲載された。

『海原にありて歌へる』が当時の若者に与えた感銘は、それを見聞経験しなかったものの思い及ばぬところと思われる。詩というものが、どんな教えや戒律よりも力あるものであるか、ということを我々はまざまざと見たのである（保田與重郎『大木惇夫詩全集第二巻』解題、昭和四十四年）

現地にてこの詩を目にした兵士たちが日本へ転写して郵送したことで流布し、やがて昭和十八年北原出版にて刊行され、日本出版会および文部省推薦図書にえらばれた。大東亜文学賞を受賞した。

大木惇夫（おおき／あつお）広島県出身
詩集十六巻、訳詩集七巻のほか長編、短編小説、伝記物、児童文学など百巻をこえる創作を行った。戦後一時期、福島県浪江町大堀村で静養したことがある。島尾敏雄の故郷小高町の近隣である。

資料…『復刻大木惇夫詩全集』　全三巻　金園社　東京

**〈3〉徴兵検査**

**徴兵**…人民を徴集して兵士とすること。国家が国民中の壮丁に兵役義務を課し、強制的に徴集して、兵役に服させること。強制兵役。（『広辞苑』）

**徴兵検査**…旧兵役法のもとで、徴兵官が毎年各徴兵区にて、徴兵適齢（満二十歳）の壮丁を召集して、兵役に服する資格の有無を身体及び身上にわたって検査したこと。（『広辞苑』）

**徴兵検査の区分**（戦時下）

甲種…身長一五二cm以上にて身体強健な者　—現役として徴集

乙種…甲種につぐ体格の者

　第一乙種　—現役として徴集

　第二乙種　—第一補充兵役／徴集

　第三乙種　—第二補充兵役／徴集（島尾）

　　—第二国民兵役

丙種…現役不適者

丁種…兵役不適者

戊種…兵役の適否を判定しがたい。—徴集延期。

**在学徴集猶予制度**（昭和十八年法文系のみ猶予制度を廃止）

旧制中学在学者は遅くとも二十二歳、高校、師範学校は二十五歳、専門学校・大学在学生は二十七歳まで徴兵検査を延期した制度。

（『事典　昭和戦前期の日本』）

## 〈4〉学校教練

**配属将校**

大正末期に行われた軍備縮小の一環として、大正十四年（一九二五）宇垣陸軍大臣による千二百名の将校を含む三万三千人の退役策がすすめられ、その失業将校救済として始められた制度である。陸軍現役将校学校配属令により、全国の中等学校以上において軍事教練などを行うために将校が配属された。これら学生に週三時間の教練と年五日間の軍事講習（野営演習）を施すことなどで戦時における下級将校予備員の確保も図れることになった。

**学校教練**

学徒に軍事的基礎訓練を施し至誠尽忠の精神培養を根本として心身一体の実践鍛練を行い以て其の資質を向上し国防能力の増進に資するを以て目的とす

A　実施要綱

左の要綱により其の成果を学徒の全生活に具現実行せしむへきものとす

（一）　国体の本義に透徹し国民皆兵の真義に則り左の徳性を陶冶すへし

1　礼節を重んじ長上に服従するの徳性

2　気節廉恥の精神質実剛健の気風

3　規律節制責任観念堅忍持久濶達敢為協同団結等の諸徳

（二）　旺盛なる気力鞏固なる意志強靱なる身体を鍛練すへし

（三）　皇国民として分に応じ必用なる軍事の基礎的能力を体得すへし

B　実施要領

教練は学内、その周辺にて教練、野外演習、軍事講習に分ける

教練は毎週三〜四時間宛連続実施す。別命なけれ

ば常に武装の上兵器庫前に集合するものとす

C　教練成績の審査及び検定

（一）　教練は必修課目とし其の成績は独立して採点し他必修学術科の採点と同様に進級又は卒業に際し及第を決定す

（二）　教練の検定は左の時期に於いて実施す

卒業時、中途退学時、入営の為休学時、転学時

（三）　左の各号の一に該等する者は教練の検定に於いて不合格とす（検定規定三条）

1　正当の事由なくして屢々教練に欠席したる者其の他教練実施に於いて怠慢なる者

2　思想正順を欠く者又は素行不良なる者にして屢屢訓戒を受くるも改悛せさる者

3　前学校に於ける検定に合格したると否とに拘はらす其の成績不良なる者

D　教練に関する心得（抄）

教科書として左記書籍を購入すへし

1　陸軍省兵務局編纂　教練教科書　学科の部

2　歩兵操典

3　作戦要務令

これまで教育機関の軍隊化に対する反対運動が展開されていたが、上智大学靖国神社参拝拒否事件により陸軍現役将校学校配属停止がおこなわれ、そのことは学生にとって在営期間短縮（普通人は二ケ年のところ高等教育機関での学校教練合格者は十ケ月）、幹部候補生受験資格の特典を放棄させられることを意味した。またカトリック教精神にもとづく教育課程、教育組織が、「特典」維持のため崩壊した。

このことは、同志社大学での神棚事件や立教大学御真影奉戴問題などにも波及した。

これらの軍国化は大正期デモクラシー運動の限界によるものとされている。

**参考**

久保義三著『昭和教育史 上』（一九九四年、三一書房）

『九州大学七十五年史』

百瀬　孝著『事典 昭和戦前期の日本』（一九九一年、

吉川弘文館）

**〈5〉矢山哲治**（一九一八―一九四三）詩人

福岡市生まれ

九州大学時代島尾敏雄たちの「十四世紀同人会」に参加。

昭和十八年鉄道事故で死去。自殺、事故による死亡の両説がある。

昭和十五年第二詩集「友達」七五部発行。

この詩集の冒頭に「僕たちの背後に～」この詩が掲載されている。

詩集刊行パーティーにて島尾は「我々はこの詩集を支えている一本一本の指となりお互いの友情を大切にして助け合おう」とテーブルスピーチをしたといわれている。

# 掌編『はまべのうた』到来記

## はじめに

ここでは、震洋特別攻撃隊の出撃命令を待つ緊迫した戦火のなかで創作された作品『はまべのうた』の手稿が、南の孤島より内地に逓送され、戦後文学作品として世にあらわれた道筋を追い、その作品内容を瞥見し、ひいては島尾の戦記文学の基盤である特攻作戦をも視野に入れ考究を試みたい。

## 一　作品『はまべのうた』(1)について

この作品は、島尾特攻隊長が駐屯した加計呂麻島の押角村と呑ノ浦を舞台として小学生ケコとミエ先生とが登場する童話風の作品である。学芸会に隊員を招待するなど地域と部隊との友好関係が進み、ケコちゃんを介してミエ先生が隊長の前に登場する。沖縄の戦火がこの島に波及し震洋特別攻撃隊に出撃命令が予感されるころ、少女と隊長は先生宅に招かれ団欒の一夜を過ごした。その後、少女一家は突然疎開してきたこの島から転出した。

『はまべのうた』は次の文章で締めくくられている。

その日ケコちゃんは小さなお舟にのってニジヌラの入江を出て行きました。隊長さんはアンダゲの木のかげでじっとそれを見て居りました。ケコちゃんは大きな目に一ぱい涙をためていました。（略）今度は隊長さんをはじめニジヌラのへいたいさんたちがいなくなりました。どこに行ったかは誰も知ることは出来ませんでした。

お月夜の晩にはウジレハマでもニジヌラでも、ふくろうがやっぱりくほうくほうとないて、はまべにはちどりがちろちろとんでいたと言うことです。おわり。

（これは昭和二十年の春に加計呂麻島でつくりました。祝桂子ちゃんとその先生のために）との付言で結ばれている。

この文のなかで隊長はじめ兵隊が特別攻撃隊として出撃し「どこに行ったかは誰も知らない」と書いている。「私は誰の為に死んで行き、そして私の死んだ後には誰が生き残っているのだろう」と『出孤島記』に記載されている主題に連なって行くのである。

爆弾砲火の哮ぶ南の島で、島尾が書き私が清書した『はまべのうた』は、半世紀を経た今も尚私の手許にあって、掌にのせる度に遠い戦争の日々の恐ろしさと青春の愛しさ、それに今は天に帰った亡き夫への追慕をふかぶかと訴えかけて心弦をふるわせます。

（島尾ミホ「秘蔵の書13」『一冊の本』平成九年十月）

島尾敏雄が隊長室で書いたこの遺書的童話の原稿はあとで記すように奇跡的な方法で逓送され、戦後昭和二十一年に庄野潤三・三島由紀夫たちと創成した『光耀』第一号に掲載された。

## 二　作品『はまべのうた』の背景

### (1) 島尾海軍中尉について

特別攻撃隊とは戦争遂行上、本来の武器攻撃で果たし得ない戦いを戦闘者自身が武器となり攻撃を行う大戦末期日本で採用された戦法であり、海軍の「震洋」もその一戦闘形式で、陸軍も同じような作戦を採用した。震洋艇とは「長さ五米、幅一米の大きさを持ったベニヤ板で出来上がっている、木っ葉船がそのボート」（『出孤島記』）であった。

一人乗りで目的の艦船の傍にもって行って、それに衝突し、その場合頭部に装着してある火薬に電路が通じ爆発することになっていた。衝突場所がうまく選ばれていた場合には、多分二隻で目標の輸送船一隻を撃沈させることが出来るであろう。もう少し欲をだして軍艦一隻を撃沈させる為には近接が成功したとして更にもっと多数の我々の自殺艇を必要とするだろう。

（『出孤島記』昭和四十九年）

やがて私は或る特攻隊長となって奄美大島に進出した。私は色々のことを経験した。いろいろのことを見きゝして敵を待つうちに私は不思議なひとたちを得た。それは祝《イハヒ》桂子と呼ぶ初等科三年の女の児とその先生である一人の婦人であつた。私は明日をも知れぬ日日のいのちであるのに奇妙な充実した生命がつけ加へられる思ひをした。私は顫へるやうな悦びのなかで童話を書き綴つて、それに「はまべのうた」といふ名前をつけた。そしてひそかにその先生なるひとにさゝげた。それからといふものは月の満ちかけと潮の満干《ひ》につかれたやうにひきつけられた。その不思議な現象がぐる〳〵周つて現はれることに大きな運命を感じた。私とそのひととは磯づたう二羽の「浜千鳥」であつた。

（「加計呂麻島敗戦日誌」昭和二十年八月二日）

## (2) 作品「はまべのうた」をミホに捧げる

「はまべのうた」を、島尾は昭和二十年五月の居待の月の晩に私に手渡しました。南の島の大きな月が中天に皎皎と耀き、蒼白い光を地上に隈なく振りそそぎ、その月光に誘われたのか裏山で、夜啼く鳥が二羽、胸に沁み入るような声でやさしげに啼き交わしている晩でした。

敵機のにぶい爆音が月夜の清澄な空気をふるわせて遠く近く間無しに耳の奥に伝わってきました。時折爆弾の炸裂音も島山を揺るがせて轟きわたっていました。

すさまじい数の爆弾の炸裂や、低空飛行の直接の機銃掃射も、身近に直面する時以外は、遠く遥かな事のようにさえ思える程にいつしかなっていました。

長身のその人は、私の前で立ち止まり、大きな目で私の瞳をじっとみつめて挙手の礼をしました。そして白い薄絹の風呂敷包みを私に手渡し、腰に吊り佩いた海軍士官の短剣を取って「これは付録です」と添えました。私は拝し受け、遺品の思いで波立つ胸にそっと当てました。その人はもう半ば此の世の人ではないような思いを胸裡に秘めていましたから。

書院の黒檀の応接台を間に島尾隊長と私は対座しました。灯火管制下でともしびのあかりもままならず、銀の燭台の上に行燈の枠を置き、その上に絹の衣を掛けた暗い燈火の許で、ふるえながら風呂敷包みを解くと、海軍罫紙に丁寧な鉛筆文字で、

《はまべのうた》

――乙女の床の辺に吾が置きしつるきの太刀その太刀はや――

と書かれてあり、紙縒で綴じたのを捲ると二十五枚程の童話風な掌篇でした。特攻出撃待機の緊迫した戦況下にありながら、隊長という重い責務の間に書かれたその掌編は、彼の遺書のように思えて私は胸が込みあげ、涙が降る降る零れました。

私は納戸の唐櫃に、星祭りの宵のためにと納めてあった短冊に、歌を認めてお返しにしました。

征き（出撃）ませば加那（君）が形見の短剣でわが生命綱絶たんとぞ念《おも》ふ
大君の任《まけ》のまにまに征き給ふ加那ゆるしませ死出の御供
はしきやし加那が手触りし短剣と真夜をさめゐてわれ触れ惜しむ

島尾部隊が特攻出撃を決行する時には、この短剣で喉を突き、島尾隊長の黄泉路の旅のお供を、と心の裡にそっと思いました。

（島尾ミホ『島尾敏雄II』かたりべ叢書30）

**付記** また戦後刊行された『昭和万葉集巻六』にミホの三首が収録されている。

月読の蒼き光もまもりませ加那征き給ふ海原の果て

わが想ふらめ山の上の明けなむとする薔薇光のそら

たのむぞと特攻艇の舷うちたたき胸張り給ふ御姿念ほゆ

## (3) 昭和二十年（一九四五）六月四日のこと

その居待ちの月の晩から暫く日を措いた六月四日の夜のことでした。

『神風特別攻撃隊琴平隊の特攻機が、沖縄の戦場への決死出撃の途次不時着し、島尾部隊の基地に避難しているが、一旦本土の基地に引き返すことになり、搭乗員のN中尉が内地への手紙を預かろうと言ってくれるので、「はまべのうた」を友人の真鍋呉夫のところへ手紙に托して送りたいから、出来るだけ枚数が少なくなるように清書をして貰いたい』と島尾が私に頼みました。

灯火管制下の、行燈に袷の絹衣を懸けた暗い灯火の許で、身を引き締め、衿を正して机に向かった私は、鉛筆の芯を針のように細く削いで、拡大鏡を必要とする程の細い字で『はまべのうた』を何回となく書き直し、その度毎に枚数を減らす工夫を重ねた結果、漸くにして、海軍罫紙二十五枚の『はまべのうた』を藁半紙二枚に書き納めることが出来ました。生まれて初めての清書でした。…（※結婚後ミホ夫人は敏雄の手稿の清書を担当した）

（島尾ミホ『島尾敏雄』かたりべ叢書25）

## (4) N海軍中尉に手稿を託す

昭和二十年六月初旬のある日、神風特別攻撃隊琴平隊のN中尉が沖縄へ特攻出撃の途次不時着し、震洋隊基地に避難してきたので一夜をかたりあかしたことがあった。彼はいったん本土の基地に引返すことになっていたが、ついでに手紙を運んでやろうと言った。おそらく最後のたよりになるはずの手紙を二通だけ書いて彼に托した。一通は父に、そしてもう一通は真鍋呉夫氏の、応召先の軍隊にではなく彼の郷里の留守宅に宛て、その中に、ミホが書写した二枚の藁半紙の「はまべのうた」を入れておいた。敗戦のあと真鍋呉夫氏がそれを送り返してくれたので、N中尉があのとき本土にもどり得たことはたしかだが、そのあとふたたび特攻出撃をしたかどうかはわからない。

（『幼年記』解説）

八月十三日に特攻戦発動の下命を受け待機状態のまま八月十五日の敗戦により無事復員した島尾敏雄の手により『はまべのうた』は昭和二十一年五月刊行の『光耀』に掲載された。加計呂麻島から波濤を越え本土にたどりついた大平ミホは『はまべのうた』を捧げてくれた島尾敏雄とその三月十日神戸で結婚した。島尾敏雄は生活上のさまざまな試練をこえて、作家としての名は世上にひろがった。とりわけ昭和五十六年十二月、日本芸術院会員に選ばれ各新聞に島尾敏雄の名前がその軍歴とともに大きく掲載された。もし「N中尉」が存命なら、加計呂麻島の震洋隊基地駐屯の元島尾隊長への通信が必ずあるだろう、それがないのは敗戦末期の南溟のあの寂しい海に再度特別攻撃隊として出撃したに違いない、と島尾敏雄は生前感慨深く島尾夫人ミホ氏に話していた。

## 三　「N中尉」をさがし求めて

ひとたび沖縄方面にむけ特別攻撃し、奄美に不時着したN中尉が本土に無事帰着したのは事実である。しかしその後の行動がすべて空漠のかなたに消え去っている。戦後五十余年を経過した今日、従軍した往時の青年世代にも高齢の風がふきはじめている現状では一刻も猶予できない思いで筆者はN中尉の存在を探索した。

### (1)　島尾敏雄「戦中日記」の発掘

平成九年（一九九七）七月十六日より二十日まで奄美大島名瀬市浦上の島尾新宅での「戦中日記」および「生涯日記」さがしに参加する幸運に恵まれた。書庫からだされた九百個ちかくのカートン箱を一度島尾邸の前庭に積み、地元名瀬市関係者の人達と島尾伸三夫妻はおもに搬出した図書の整理に従事し、文芸出版社「新潮社」の島尾敏雄担当の編集者（小島千加子、伊藤曉、前田速夫各氏）と寺内邦夫をふくむ四名は島尾敏雄日記類の発掘、選別を分担した。

カートン箱を切り茶色の書類箱を発見すれば直ちに屋内に運びこみ、内容を点検し日記なれば年代別に整理した。たまたま衣装箱のなかに書類箱が混入される場合もあり、開封作業も慎重さが要求されたがやがて搬入作業が終了した。

いよいよ編集者たちの大奮闘が開始された。本土から運びこんだ大型複写機で島尾日記を丁寧につしとるのである。原文を読み取り年代を確認し、傷めたり、乱丁しないように注意ぶかく二部複写し、各年代別、月日別に確認しながら整理仕分けを行う作業である。複写機は高温のためしばしば停止したり紙詰めをおこす。文芸誌編集長は汗まみれになって慎重に複写作業に従事した。そうした努力奮闘の甲斐が報われるときがきた。夜半に開けられた茶色の箱に昭和二十年日記が内蔵されていたのだ。編集者は『新潮』九月号に掲載する目的が果たされるのである。ミホ夫人の了解をえた頁が順次東京の編集部あてファクスで送信される。版下が返送されると即座に校正を行い返信される。文芸雑誌作成の熱気の籠もる部屋で、私の目は次の文章に吸い寄せられた。

昭和二十年六月三日神風特別攻撃隊琴平隊ノ西村三郎中尉不時着ノ途次立寄る。

父と真鍋呉夫（『はまべのうた』同封）とに通信託す（島尾敏雄）

この文章は『新潮』九月号に「加計呂麻島敗戦日記」としてミホ夫人の文章と共に掲載され、同時に大きく新聞報道もおこなわれた。

これでN中尉が西村三郎氏と特定できた。再度特攻出撃されたのか、無事復員されたのか西村中尉の安否が気遣われる。その後これまでの探索に献身的な助力を頂いてきた山崎久海軍少尉（第一四期飛行専修予備学生）より「N中尉東京に生存」との知らせがとどいた。鹿児島県指宿海軍航空基地での慰霊追悼会の生存者名簿に東京の住所が記載されていたというのである（西村三郎中尉　二十四歳早稲田大学経済学部・第十三期航空予備学生）。

## (2) N中尉と巡りあえて

梅雨の中休みで酷暑到来といわれる平成十二年（二〇〇〇）七月二日の夜、故島尾敏雄氏とN中尉のあいだに結ばれた五十五年という時空の橋を今一挙に渡ろうとする、興奮で逸る心を抑え西村氏宅へ電話した。「奄美ではなく加計呂麻島に不時着しました。奄美大島ではなく海峡の向こう側です。」

暫くの沈黙がつづき、西村氏の思いが今太平洋のかなた加計呂麻島に飛翔しているのが電話口を通して感じられる。島尾敏雄という作家の存在に不案内な様子の西村氏に『幼年記』を郵送し、七月二十日（海の記念日）東京新宿の京王ホテルで昭和二十年のことなどの話をうかがった。

昭和二十年五月二十四日、西村中尉は天草海軍航空隊所属のゼロ式水上観測機一一型で指宿海軍航空隊に移動し飛行機に爆弾をつみ込んだ。沖縄への直行コースを飛行中、奄美大島の北西海面において米軍夜間戦闘機（グラマンF6F、またはF4Uコルセア戦闘機）の攻撃をうける。当時すでにレーダー装備の艦上攻撃機アベンジャーに誘導された夜間戦闘機は尾部に橙色の標識灯をつけており、日本軍機を発見すると標識灯を消し攻撃を開始した。二番機に発火信号にて奄美大島・古仁屋基地に退避するよう指示を出し、同時に敵機の注意を自分の方に引き付け交戦するもついに被弾する。軽快な戦闘体勢をとれない状態のままこの場所で敵機に撃墜されれば本来の目的にも反するので、徳之島北西海上にて爆弾を放棄し、身軽になって北上し、敵との夜戦状態より離脱した。

古仁屋航空隊基地に向かうも、大島水道入口上空には明るく輝く黄色い標識灯をつけた敵戦闘機が待ち構えている。やむなく加計呂麻島の西側に着水した。本隊には連絡不通でやむをえずそのまま二十四日の夜をあかした。

翌朝五月二十五日残存する燃料にて愛機を発動し古仁屋航空隊に飛ぶ。基地に着水と同時に燃料切れでエンジンストップ。愛機の滑水が止まり沈み始めたが、その場所が丁度基地のパート（滑り台）上であったので機体を破損しなくて済んだが愛機の一部とフロートには敵機と交戦したときにうけた機銃弾の穴があいていた。飛行長に修理を要請したが部品の在庫がなく結果的には修理不能になった。

二番機は前夜無事古仁屋基地につき、「西村隊長は敵に撃墜され戦死した」と報告していた。六月三日または四日ごろ加計呂麻島、呑の浦にある震洋特別攻撃隊島尾部隊を訪問し、隊員の案内で裏山に登り、さる五月二十四日着水した海岸を望見した。予備学生出身の島尾中尉と隊長室で食事を共にして話した。その時、内地への郵便物を委託されたかについては記憶がない。

約十三日間古仁屋基地に滞在したが愛機の修理不能のため六月八日他機に便乗して天草へ帰還した。その時多くの人から内地への郵便物を委託されたので個別的な差出し人の記憶はないが島尾隊長分も預かったのであろう。当時奄美地方への郵便物はすべて途絶えていた。公用便以外の私用郵便受託は軍規違反だった。

この時期を回想した島尾敏雄・小川国夫の対談記録を参照してみよう。

ぼくの震洋隊の基地は、非常に要塞堅固な基地だったんですけど、そこへ「神風」で突っ込んでゆく連中が不時着して、ときどきはいって来たんです。それらを入江の奥にしばらくかくまっておいて、状況のいい時にいったんまた基地に帰り、それから再出撃に出た人もいるし、生き残った人もいるでしょうし、そういう連中に、たとえば同期の連中……飛行機のほうはちょっと期の称え方が違うんで、ぼくたち一般兵科のほうは三期予備学生、飛行機のほうは十三期ですけどね。その十三期の連中もいて、ま、時期がおなじだから親近感があるわけですね、たとえば大学を出てたりなんかするから。そういう連中が二、三日泊まった時は、ぼくの隊長室がまるで学生の下宿部屋みたいになって、ちょっとした無礼講でしたね。その中にはまた突っ込んで行かなくちゃならない連中もいる。突っ込んで行く時には別になにも特別なこともないんですよ。ぼくにしても出て行く時には、よう、よう、という調子で、ちょっと笑ってみせたり、少しやくざっぽい格好をしてみせたりして出て行ったにちがいない。
（「対談　極限状況の中の青春」）

西村三郎氏は内地帰還後、戦局の推移にともない本土決戦に備えることとなり、明治海軍航空隊の配置につき、やがて八月十五日の終戦を迎えた。昭和二十八年、戦後初めて日本航空がパイロットを二十五名公募し、多数の応募者の中から選抜され、以後定年までＪＡＬの運行本部副本部長、理事など要職を歴任し東京都に在住。

## (3) 島尾中尉の復員

終戦直後の昭和二十年九月一日奄美をはなれ佐世保に帰着した島尾敏雄は五日解員手続をすませ、八日には博多高宮の真鍋呉夫の実家を訪問し逓送されていた『はまべのうた』の手稿を入手した。真鍋呉夫氏は未帰還だったが父甚兵衛氏と面談したり博多に滞在して、九月十日にやっと神戸六甲の実家に復員した。このようにして原稿『はまべのうた』は激しい戦火に包まれた南の海や空をくぐり抜けて西村三郎氏によって奇跡的に内地に伝達され、やがて文学誌に掲載された。島尾敏雄、ミホ両人の文学にたいするこころざしが、この原稿逓送を成就させたと言うべきであろう。

# 四　掌編『はまべのうた』と短歌

## (1) サブタイトルの変遷

島尾敏雄が海軍罫紙に認めミホに手渡した原文の副題につけられた歌

①倭　建　命《ヤマトタケルノミコト》の辞世の短歌

乙女の床の辺に吾が置きし　つるぎの太刀　その太刀はや

この歌は『古事記』「倭建命の逝去」項の記載を引用したものであり、太刀の行方にかけた女性への相聞歌であるとみられる。この歌に触発されたミホは先に引用した返歌を捧げている。なお戦況が奄美諸島に急迫し、島尾部隊が洋上作戦に出撃しておればこの『はまべのうた』は遺稿とならざるを得ないところであり、そして日本戦没学生の手記『きけわだつみの声』に収録され、学徒出身海軍士官の平和希求の文学作品として後世の読者に深い感銘を与え続けたであろう。

②林古渓作詞の歌

はまべのうた

あしたはまべをさまよえば昔のことぞ偲ばれる

昭和二十一年三月十日神戸で島尾敏雄は大平ミホと結婚した。その五月に創刊した『光耀』に掲載したとき「乙女の…」に始まる『古事記』からの副題をこの「あしたはまべを…」に差し替えて掲載した。

### ⑵　差し替えの持つ意味

《一九四五年八月十五日》という暦日を平凡な時代区分として見ればこの副題の差し替えが理解出来ないであろう。それは特攻部隊が「生ける神様部隊」から「敗残兵集団」に転落した日本の特殊な日であり、その後島尾敏雄たち復員者は「特攻崩れ」と国民に白眼視される一時期を過ごすことになる。戦争から平和へと変化した環境のもと、当時戦意高揚を意図した神話文学である『古事記』の引用から、大正七年に歌われはじめたロマン的な副題に変えたのは当然であろう。

昭和史における歴史断層を生きた島尾敏雄たちへの客観的な考究は新しい世代の人達によって担当されることが望まれるところである。(2)

## 五　島尾敏雄の戦記文学

### ⑴　『はまべのうた』をめぐる諸論

木造りの隊長仮設小屋で部隊長という任務の間隙を縫って原稿用紙（四〇〇字）三四枚相当分にも及ぶ『はまべのうた』を書き上げた島尾敏雄は大平ミホ先生に海軍士官の短剣を添え捧呈した。この儀式は古事記に書かれた時代の投影であったと言えようか。ミホの超人的な筆写努力による原稿が神風特別攻撃隊員西村三郎中尉の手で内地に運ばれる幸運が訪れ、戦中最後の創作であり戦後発表の作品第一作となった。

「その内容はメルヘン調の寓話であるが機能的に意味するものは島尾の恋文であると同時に遺書でもあった。」と髙阪薫は「『はまべのうた』論」[3]に記載し、その抒情性と生の歓びが作品に書かれ、死を前にして、生きとしいけるものへの慈しみが存在し、島尾の加計呂麻島をめぐる作品の原型はすべてこの『はまべのうた』に包含されているとの結論をしめしている。

また奄美在住の島尾研究家の澤佳男は「迫りくるむごたらしい死への恐怖と、断崖のふちに立たされた絶体絶命の境地にあった島尾が、この世に残すことのできる最後の作品であることを意識して書いたものである。この作品は当然、戦後に書かれたほかの戦争小説とは趣を異にしている」とのべている。

早い時期から『はまべのうた』に着目して論評している岩谷征捷[4]は、

これらは死を前提とした特攻隊長として、いわば島民から神格化された存在であることによって許された行為であった。自らも震洋艇を指揮して特攻死すること、それが彼の免罪符だったのだ。すべてはそのことによって免責されている。（『島尾敏雄論』）

と、島尾敏雄は従軍中の自分のいわゆる「逸脱」について言及したい希望のあることを随筆に書いていた。戦争末期混乱状態の軍隊組織の中で士官やまた各級指揮官による逸脱行為は無数に存在したことであり、島尾隊長だけが特殊例ではない。ただ彼が隊長の立場で自然体の従軍記を書き記し読者に提示した数少ない作家であることを指摘しておきたい。戦記を書いた作家で特別攻撃隊の部隊長の職責にあった人が存在したろうか。島の娘との恋物語が華々しく印象づけられているが、指揮官の孤独に思いを寄せるとき、島の娘に心をつなぎとめ、心の支えとした島尾隊長が理解できよう。体当たり作戦で敵軍に単独突入する精神状態は極めて耐え難いものではあるが、哲学者・森岡清美は(5)「死のコンボイ（CONVOY）」つまり死出の旅への道連れの存在が死への恐怖心を薄めるものであると説いている。あの隊長となら、あの戦友となら死に突入できうるという戦場心理が存在する。「指揮官は孤独なり」との言葉があるが、その孤独な特攻隊長として「死のコンボイ」の対象として殉死を志すミホが出現してくる。掌編『はまべのうた』とミホの短歌を一対のものとすれば死を前にした最後の燃え上がりを見せる青春物語と読み取れるのである。

昭和十六年十二月八日、ハワイの真珠湾に対する特別攻撃隊にはじまる軍神集団つまり「神様部隊」と呼ばれる軍隊組織の存在と、民間からも「生ける軍神」と両手を合わし拝まれる存在であっても軍服を着たその中身は普通人であり、死の恐怖に包まれる弱い存在であることを島尾はその戦記作品のなかにちりばめている。幸いにも島尾部隊は死地を脱する幸運に恵まれ無事解隊し復員することができた。島尾は「震洋の横穴」に次のように総括している。

結局、震洋が出撃したのはコレヒドール島と沖縄に派遣された部隊だけであった。あとは基地進出の途中で輸送船共々海没したり、基地の空襲や事故で全滅若しくは半壊し去った若干の部隊を除けば、残りの八割余の震洋隊は所在の基地で出撃待機中に敗戦を迎えることになったのであった。

特別攻撃隊にえらばれることは「がんで余命何年」との宣告を受けることと同じようだと晩年の島尾敏雄は静かに答えている。

### (2) 新世代の島尾敏雄論

高橋源一郎×川村湊×成田龍一『戦後の戦争文学を読む』（朝日新聞社、平成十一年）では対談方式で島尾敏雄を論じている。

文芸評論家・川村湊は「島尾文学の根源にある特攻体験」の標題のもと、「戦争文学と言うにはあまりにも個人的な文学で、体験の共有化とか、一種の思想化はしていないように思える。ある意味で、それが一番深い思想化なのかもしれないけれども、社会的な言説としての戦争体験を書く戦争文学、たとえば大岡昇平などのようなものとはかなり異質に見えると思います」と述べている。

激しいフィリピン・レイテの地上作戦に従軍した陸軍兵士大岡昇平作品の偉大さは言うまでもなく、第十八震洋隊を率い出撃待機のまま敗戦を迎え、全員無事に復員した島尾敏雄の書く戦記文学との差異も当然のことである。たとえ「ひるあんどん」と呼ばれても、中堅幹部の懸命な努力に支えられ戦死、戦病死者を出さず総員百八十六名（現在海上自衛隊の護衛艦・むらさめ乗組員約百八十名）を復員させた隊長の統率手腕は高く評価すべきであり「この非日常の日常を書いたことこそが体験の一番深い思想化である」とする川村湊の指摘は鋭いと言えよう。

また、歴史家・成田龍一は「島尾が一連の戦争小説や、あるいは『死の棘』のような小説を書くのは、自己治療という印象が強いのです」との所論を述べている(6)。敗戦後の日本人がおしなべてそれぞれの形で自己治療を試みたのであるが、戦争と言う異常世界にて特別攻撃隊という肉体を武器として敵と交戦する任務を担わされた人間に平和到来後どのような治癒方法が存在したであろうか。心身に刻まれた恐怖をどうして拭い去ればよいのだろうか。

米国精神医学会によってベトナム戦争後の後遺症に対して「心的外傷後ストレス症候群」（PTSD）という症名が確立され、それに対してセラピーという各種心理療法が行われるようになったが、敗戦後の日本では各人各様の癒しを自分で施す以外に方法はなかった。島尾年表を見れば昭和二十二年五月に『肉体と機関』、翌年『徳之島航海記』そして昭和二十四年に戦後文学賞受賞作品『出孤島記』を発表していることを見れば、島尾は無意識に自己治療の一方策として執筆活動を展開したといえるであろう。この時期神戸市外国語大学などで教鞭をとった島尾先生はいつも胃病のため蒼白な顔色で、弱々しい発語で講義を進めたと、当時の受講生たちは回想している。後年の島尾からはその胃病傾向は消えていたようだったが、ある時期にはPTSDの影響が想定される。

戦後の自己治療に対する努力が報われず自裁という手段を講じた例が、島尾の中堅部下にあり、「二十九年目の死」（昭和四十九年）という随筆で操縦手として島尾隊長艇に同乗していた、「…つまり私はSと一種の心中死をする運命だった」Sへの追悼文を次のように記載している。

一夜Sは家をぬけ出しそのままこの世には戻らなかった。小舟をあやつって沖合いに向かったのだった。岸には彼のはきものが残されていた。（略）何が彼を死に追いつめたのだろう。そしてなぜ小舟に乗って夜の海に出て行ったのか。そのとき彼は、しぶきをあげて敵艦に突っ込んで行く震洋艇上の失った若い自分の姿をでも思い描いていたのだろうか。

### (3) 特攻隊長時代の島尾の回想

平成九年七月十八日奄美・名瀬市の島尾新宅での荷解き整理作業中、未発表エッセイである原稿「或る特攻部隊のてん末」（昭和三十四年）が発見され、ミホ夫人の許可をえて雑誌『新潮』九月号に掲載された。今までの特攻隊震洋については作品や随筆に書かれているが、敗戦後十四年目に書かれた原稿に「はじらいを交えるのでなければ回想することはできない」との言葉にはじまる特別攻撃隊時代についての一連の心の表白がなされている。

（二年の）歳月の間はっきりした考えもなく戦争に従っていて、うつらうつらその異常な時期をすごしてしまったことの悔いのようなものにさいなまれるからかもしれない。

そして航空の「神風」特攻隊要員よりも早く特攻兵の宣告を受けていたので

ずい分長いあいだ死と契約した生活のなかで暮らしたことになる。進級は同期の予備学生の中では一番早かったし、物のなくなった末期の頃であったにもかかわらず格別の給与が与えられた。今かえりみるとはらはらするような危険な日常生活が、未熟な私に許されているとひとりがてんして、私の精神はそうして次第にむしばまれた。（略）敗戦までの十ケ月を私たち第十八震洋隊員は呑ノ浦の基地で、いわば即時待機して出撃の日を待つ生活を送ったわけだが、それらの日日の悲しみや喜びやそして美しさと逸脱のことなどについてはここでは書ききれない。

戦後の早い時期、一九四九年に書かれた『出弧島記』には次のような記載がある。

既に我々は掌特攻兵というマークがついてしまっていただけでなく、そのような粗い仕事のほかは何も出来ない技量しか訓練されなかったし、そういう状態でかなりの期間特権的な生活をして虫食まれていた。

（※掌特攻兵…つかさどる・特攻隊担当の意）

## (4)『はまべのうた』と『死の棘』

敗戦という時代相の急変を生身の島尾敏雄に引き当ててみて奥野健男は言う。

ぼくは、ガジュマルやアダンの樹の下でこのような生命を賭けた恋愛を体験した島尾こそ、この世において稀人（マレビト）として羨望を禁じ得ぬ。以後の受難はその至福の愛を味わったための罰であるかも知れぬ。

（『出孤島記』解説）

つまりこの『はまべのうた』の存在こそ『死の棘』に描かれた「カテイの事情」発起にいたるミホの病的な心理への強い起爆剤になったとも理解できるのではないだろうか。

はじめこの作品は同人誌『光耀』に発表され、ついで『幼年記』に収録されていたが、後記するように今では多くの作品集に掲載されている。

## おわりに

明治という大時代の後始末をさせられた島尾たち大正生まれの人々の苛酷な青春の歴史が掌編『はまべのうた』の創成と逓送の跡を追う道筋にも刻みこまれている。すべては「往時茫々」という言葉の中に埋め込まれ、戦争による味方の犠牲も寄せ手の痛手さえも消え去るに違いない。また、志願者同士の激しい競争を前提にした短期士官養成の海軍予備学生時代をへて海軍士官に任命された島尾敏雄中尉については『魚雷艇学生』『震洋発進』など晩年の作品を通して読み取ることができよう。第一回日ソ文学シンポジウムに参加した時、島尾が特攻隊出身であることを聞いたロシアの作家たちが「カミカゼ」と声をあげて島尾を凝視したとも言われている。先年の米国での衝撃的な九・一一事件など現在世界的規模で展開されているいわゆる「テロリズム」との関連において、いま一度我が国が採用を余儀なくされた「特別攻撃隊作戦」について歴史的観点より冷静な研究と総括が進められるべきであろう。

本論では、平凡な言葉に生命を与え記述していく素晴らしい島尾の文章力に触れなかったが、この点についても別途考究されるべきであろう。

すぐる大戦の歴史的背景を十分理解した上、この『はまべのうた』に始まる島尾のすぐれた戦記作品が多くの青年たちに読まれ、日本列島をめぐる戦いの事跡から新しい動乱の予想される明日への英知を読みとられるよう念願してやまない。

**注**

（1）『はまべのうた』収録図書…『幼年記』徳間書店版と弓立社版、『出孤島記』冬樹社、『島尾敏雄全集』（昭和五十五年）、『はまべのうた／ロング・ロング・アゴウ』（講談社文芸文庫、平成四年）、豪華限定版（成瀬書房、平成六年）。

（2）デニス・ウォーナー他『神風（特攻作戦の全貌）』時事通信社、一九八二年。原文“THE SACRED WARRIORS”を妹尾作太男が和文にした力作で、日本側と米英側との両面からドキュメント風に纏めてあり島尾戦争世代理解の手引書となるであろう。
ジョン・ダワー著、三浦・高杉訳『敗北を抱きしめて』上・下（岩波書店、平成十三年）。「戦況が絶望的になるにつれ、戦場で立派に死ぬための青少年向けの教育が国民全体へと拡大され、最終決戦で全員に死を覚悟させるための狂信的なキャンペーンがくりひろげられた。命を捨てる覚悟をした

《神風特攻隊》の若者たちと同じように、「一億」の民が神聖なる祖国防衛のために玉砕するはずであった」（上巻・九七頁）。本書は米国人からみた第二次大戦日本敗北の物語であると同時に島尾敏雄が生きた戦後日本を描いている。なおジョン・ダワーと同様『昭和天皇』（講談社、平成十四年七月三十日）をあらわしたハーバード・ビックスも日本人の妻をもち、妻の生国への深い愛情を込めて精力的に日本研究の成果を表している。

（3） 髙阪薫「『はまべのうた』論―島尾作品における位置と役割」（『甲南大学紀要』一〇三号、平成九年三月）。「『はまべのうた』は、戦中に書かれた寓話であるが、戦前・戦中・戦後にまたがって、島尾作品の対象や方法や表現を引き継ぎ、異なる要素を加味して、受け渡していく重要な橋渡し役を務めた作品であることがわかるのである。」

髙阪薫「島尾文学にみる「ヤポネシア」の萌芽と形成」（『ユリイカ』平成十年八月一日発行）「「はまべのうた」に見る困った顔」に鋭い考察の視点がそそがれている。

（4） 岩谷征捷『島尾敏雄論』（近代文芸社、昭和五十七年）。「『はまべのうた』からの出発」に「特攻死すること、それが彼の免罪符だったのだ。」と論じ「これこそ特攻隊の〈頽廃〉でなくして何であろう」とのべ「もうひとつの戦争体験、つまり〈「死の棘」体験〉を経て〈頽廃〉を削ぎ落とさなければならなかったのである。」としている。

（5） 森岡清美著『決死の世代と遺書』（吉川弘文館、平成五年）。太平洋戦争末期の若者の生と死について米国のコンボイ論や年齢社会学の手法を取り入れて研究した労作で特攻隊員の分析に力を注いでいる。

（6） 川村湊・成田龍一＋上野千鶴子ほか著『戦争はどのように語られてきたか』（朝日新聞社、平成十

一年）

**付記**　本論で使用した島尾敏雄の引用文は『島尾敏雄全集』、『震洋発進』（潮出版社、昭和六十二年七月）に拠った。

本論は『青銅時代』第四三号（冥草舎、平成十三年十一月）に掲載した論考に新知見を加筆したものである。

また平成十五年三月二十九日の「奄美本土復帰五十周年記念　第十回島尾文学研究会奄美大会」における要旨口頭発表にも基づいた。

この報告および論考作成にあたり島尾ミホ氏、髙阪薫教授、西尾宣明教授をはじめ多くの方々から頂いた御教導に感謝申しあげる。

# 島尾マヤさんの葬送

## (1) なみのうえ

沖縄航路のフェリー［なみのうえ］（六六〇〇t）は、前夜九時すぎ奄美の名瀬港を溢れるばかりの乗客をのせて鹿児島にむけて出航した。半ズボン姿の小学生男女が「整列　番号」との呼びかけに、軽快に応え［無人島探検隊］の旗をたてながら整然と乗船口に吸い込まれて行った。修学旅行の中学生はふざけながら船内を歩き回り、混雑する二等客室の大広間では、五名ほどの親子づれが正座で向き合い、夜食の即席ラーメンを香しい匂いを放散させながら食していた。枕投げを楽しんだ一群も今は薄暗い大広間で熟睡している。夜があけ真夏の鹿児島港に入港すれば、各人各様に目的地へ散会していくだろう。［無人島探検隊］の汚れた白旗も、探検完了の満足にみちあふれた少年少女の手ににぎられて、それぞれ親元へと散って行くにちがいない。夜半から後部甲板にたつ私は、厚い雨雲に覆われている屋久島の灯台からの回転閃光の強烈な光線が、暗い海原を照射するのをながめていた。そして手すりを両手でにぎりしめ、前日の平成十四年（二〇〇二）八月六日に参列した葬祭を心の記憶から取り出していた。

## (2) みこころ教会

名瀬市の中心幸町にあるカトリック聖心（みこころ）教会の入口に、墨書された板が青空の下おかれている。

霊名マリア
故島尾マヤ儀告別式

教会の美しいステンドグラスを通して落ちてくる南国の光に包まれた祭場に、白十字架が記された黒布に包まれ御霊が置かれていた。信者のひとたちが、オルガンの清らかな音に導かれて賛美歌を歌う。そのなめらかな歌声とともに葬送式が進行する。

島内の縁者の献花が左側、全国各地からの花が右側に立ち並び、五十二歳の若さで昇天した島尾マヤさんの葬儀に彩りを添えていた。

さる八月三日の午後四時四十二分にすでに帰天したマヤさんは、「友引」という暦日にあたる施設の休日により、葬儀は八月六日まで持ち越されたのである。

昭和三十年（一九五五）秋、関東より当地名瀬市に移り住んだ島尾一家のうち、ミホ夫人はすでに生誕洗礼を受けていたが、敏雄氏、伸三さん、マヤさんの三人は、翌昭和三十一年十二月この教会でゼローム神父より洗礼を受けた。この教会が火災に遭遇したとき、島尾敏雄氏は消火や復興活動に従事したとの記録が残されている。またよく告解室に入室し、ゼローム神父より「島尾さんこそ神父になられるのが一番適している」と薦められたとの証言がある。また昭和三十八年米国国務省招待による米国旅行にあたり、事前人物調査資料に奄美地区の教会関係者の推薦状が存在していると、杉原洋氏（ワトキンス文書研究家）が奄美郷土研究会で報告したことがある。

## (3) ミサ

御霊の前には、昭和四十年五月に名瀬で写された写真（マヤ十五歳・敏雄四十八歳）が、揺らめくロウソクの光にまもられながら続々と列をなす参拝者の拝礼をうけていた。大理石の祭壇に十字架を担うキリスト像がきざまれている。この祭壇はケネディ大統領が銃弾にたおれたときの葬儀に使われたもので、海をこえてここ名瀬の教会にうつされ、日ごろ平和をいのる信徒たちを見守っている。

明治二十五年、奄美に伝来したカトリックとともに、長いながい教会の歴史を受け継ぐミサが美しい聖器の放つ金色の光と、御香の聖なる香気に包まれて大野和夫神父の司祭のもと進行して行く。聖書朗読と賛美歌斉唱のあと、大野神父と高齢のゼローム神父のマヤ嬢への追悼の言葉が述べられ、参会者代表の言葉が捧げられた。なかでも「マヤ様、いろいろな事を沢山たくさん優しく教えてくださったのに。もうお会い出来ない、二度と教えて頂けないとおもうと……。よく二人は仲のよい姉妹と間違えられましたね。……マヤ様さようなら。さようなら。」二十四歳の姪・真帆嬢が亡き叔母へおくる献辞に胸うたれ、ほほを濡らす多くの人々が見られた。ついでミサに移った。外部は酷暑の昼下がりであったが、教会の内側の約二百名の参会者の席を清冷な空気が包み、御霊への祈りを捧げるにふさわしい環境であった。

最後に親族から参会者にたいする感謝のことばが述べられた。喪主である母島尾ミホ氏の短い謝辞の言葉は落涙とともに終わり、兄島尾伸三氏は「マヤが昇天したことを悲しんでくださいますな」と、自分に言い聞かせるように長身の肩を震わせながら挨拶した。そして「これで心の安らぎが得られるのです」と小さい声で付け加えたように私には聞えた。十六年前、この人は鹿児島純心女子短期大学でおこなわれた父親島尾敏雄氏の葬儀でも、体を震わせながら「お父さん、こんなに大勢の人達が転宅の時のように手伝いに来てくださっています」と絶句されたのが思い出される。その時には伸三氏のかたわらでマヤさんが頭を垂れて立っていた姿が目の中に浮かんでくる。「カテイのジジョウ」をシンゾウとマヤのご両人で担ってきた長い月日。妹マヤは帰天し、すべてのジジョウから解き放たれ父親敏雄のいやしの手に抱かれるであろう。ここに残された母親、兄、姪の血族が、三ケ月に及ぶ入院看護生活と、自宅での亡きがら守護の三日の締めくくりの時に耐えておられる。その端に寄り添うように佇立するミホ夫人の従姉妹である林和子、美津恵両氏たちの姿が認められた。島尾敏雄一家の

「家庭の事情」の全てを包括して支えてこられたに違いない、控えめな影武者のような林家の人達の存在を忘れることができない。

　式典は滞りなくすすみ、参会者一同の参拝もおわり、弔電の披露が一つひとつ丁寧におこなわれる。大新聞に死亡記事が掲載され、日本各地より追悼の言葉がマヤ嬢によせられた。なかでも作品『死の棘』第五章「流棄」に登場してくる島尾家の郷里でもある福島県小高町からの弔電は、常磐線小高駅から海辺に広がる緑の絨毯を敷きつめたような稲田の香りを運んでくるように感じられた。

　フィリップ・ゲブリエル氏、A・ソクーロフ氏など外国からの弔電もあった。

　各人お花をお棺にそえ今生のお別れとした。まつげの長い優しい顔のあたりに薄化粧が施されたマリア・マヤ様は、これから名瀬の裏山にあるサービスセンターに運ばれる。黒布でおおわれた柩は思いがけず重く男子六名の手で車に搬送された。

　葬列は鹿児島県立図書館奄美分館前や真名津町など島尾マヤ嬢ゆかりの町並みを通過して、急坂を登りきるとそこがサービスセンターであった。前の木陰の間から広々とした東シナ海の大海原が見える。島尾家に割り当てられた予約時間から遅れて斎場に到着したマリア様は、暫時待機を余儀なくされた。

　そしていよいよ本当につらい別れのときがきた。みな口々に「さようならマヤちゃん。さようなら」声をつまらせながら柩に言葉をかける。お棺は閉じられ、炉に入れられ、とうとう母ミホ氏が涙とともに震える手で点火のボタンを押された。

## (4) 生誕地神戸でのマヤさん

島尾敏雄氏一家の神戸六甲より東京小岩への転居にさいし、当時島尾先生の学生だった私たちが、荷作業に従事した慰労にすき焼きが提供された。当時二歳のマヤちゃんは、天井から下げられたセルロイド製の回転遊具を見てはふくよかな手を握ったり、目を閉じたり開けたりして、木製のサークルの中に横たわっていた。その傍らで、炭火コンロですき焼が調理された。四歳の伸三君は父親敏雄氏のひざに乗せられ、学生達のすさまじい箸の動きの間歇をみて父から小皿に得物を取り分けてもらっていた。白いエプロン姿のミホ氏は、多忙な調理の合間に「長男は責任重大です」と一人の長男学生に言葉をかけ「しっかりおやりなさい」と言葉の最後は敏雄先生に向けられた。次男である私には無関係だと食物摂取に専念したが、その時すでに神戸に胚在していた島尾家の「カテイのジジョウ」には容易に思いが届かないことであった。

敏雄氏の母親が亡くなり、その後添えとなった女性と島尾四郎氏（敏雄の父）のあいだに丁度伸三君と同年輩の男子（卓郎氏）が恵まれており、二階建ての大きな住居ではあるが一つ屋根のしたで二家族が同居生活をしていたのである。特に父四郎氏は一度倅の結婚に反対しており、幼児二人を抱え、胃病をやむ敏雄氏一家にとっては不安定なものであったろう。

こうした複合所帯の中から、東京への脱出と文筆生活への転身がはかられたのであろう。神戸市外国語大学一般教養科目である歴史学担当助教授という安定した職業を捨て、作家としての文筆生活に専念するため上京する。「見送りの大人たちが、列車内に出たり入ったりして、おとうさんやおかあさんの世話をしていました。私は、誰かに抱かれたり手をつないでもらったりしていました。」と伸三氏は昭和二十九年三月当時、東京へ向かう大阪駅でのことを「爆弾の痕」と題する小文で回想している。父親島尾四郎氏から独立して神戸に新居を構え、他の文学愛好教師たちのように二足のワラジを履くこともできたのではなかろうか。

当時、敏雄氏の日常生活の近くにいた尾嵜昇氏によれば、先生は大学教授の仕事に不向きであると自覚し、また地方文士になることを自戒していたとのことである。神戸に住み続ければ「カテイのジジョウ」は東京小岩を背景にしたものとは違った色彩に包まれたのではないか。たとえ作品『死の棘』が生み出されなくとも、マヤの「精神や肉体の機能はひとたび故障を起してしまえば、そのひずみはもとにもどらないのではないか」（「マヤと一緒に」）と案じる事態は招来しなかったのではないか、との後知恵が聞こえてくる。

また『島尾敏雄』（鼎書房刊）に「父島尾敏雄の知られざる一面」という文章でマヤ氏は自分の名前の由来を記載している。

父は結婚した時に（略）男子の名は（略）家もその麓にあった「六甲《ろっこう》」女子なら「摩耶《まや》」と名

付けたいと考えていたが、長男が生まれた時、祖父が孫の名として京都の姓名判断で教示された「伸三」に従った。そして次に生まれた私には（略）摩耶山にゆかりの摩耶と名を付けてくれた。しかし敗戦後の漢字制限で「耶」の字は当用漢字表にないからと受け付けて貰えず、父は仕方なく片仮名のマヤと訂正して届けた。

ちなみに奄美地方では「マヤ」は動物の猫を意味するので「ニャンコちゃん」と呼ばれ島尾敏雄氏の作品中にしばしば登場する。

## (5) 家庭の事情 ①

オトウシャント　オカアシャン　ケンカシテイル。

カテイノジジョウシテ、オカアシャン、ナイテイル

（『死の棘』）

三島由紀夫が作品『死の棘』を論じて「その凄愴な人間記録に、ただの文学的感銘という以上の怖ろしい迫力を感じさせられた」と表現しながらも、次のような「俗物的疑問」を抱かずにはいられなかった。

無責任な第三者の判断では、妻の発作が家庭を破滅へみちびきかけたとたんに、妻を入院させて、良人は子供の教育に専念すべきと考えられる。それが世間の冷たい実際的解決であろうが、こんな実際的解決をとらず叙上の方法がとられた本当の理由はなにか？

それは人間愛であろうか？　人間愛とすれば、罪のない子供はどうなるのであろうか。それは罪の意識とその償いのためであろうか？　それならその償いは子供に向ってなされるべきではなかろうか？（略）ここまでは世間の俗物が誰しも考えそうな疑問である。

（三島由紀夫「魔的なものの力」）

虚像・実像をとりまぜて創作された『死の棘』に描かれた「家庭の事情」に心を奪われ読みついで行くとき、三島由紀夫のいう「俗物的疑問」が拭い切れないところである。

『死の棘』により第十一回芸術選奨の受賞を聞いたときの感想文で、島尾敏雄氏は三島氏の疑問に応答していると思われる。

妻とこどもを犠牲にしてようやく書けた小説なのだと胸の中で繰り返し、疲れるのがこわくてその夜は眠ってしまった。

## (6) 家庭の事情 ②

『島尾敏雄事典』（勉誠出版）に島尾マヤさんは島尾ミホ著『海辺の生と死』や母ミホ氏の談話などを参考にして次のような小文をよせている。

父島尾敏雄と母ミホ

父と母の姿こそまさに一身同体と言うのであろうと思えてくる。その父と母の間にも「家庭の事情」と言われているような状況があった。私は幼くてその頃のことをはっきりとはわからないが、或る晩から母の様子が突然変になった。家事も子供の世話もしなくなり、それ迄ずっと兄と私を連れて通っていた、東京駒込の女子栄養大学もやめてしまった。その時から父と母はそれ迄の関係の位置が反対になってしまったことは、幼い私にもわかった。それは父が母を自分を生んでくれた母親と同じように考え、何をしても許して貰えると思い込み、我がまま勝手をしたので母は疲れ果て、心の病になったのだと後から知った。当時の家庭の事情を父は十八年間の歳月をかけて『死の棘』という小説に書いた。病が治った母は以前と変らない優しい母に戻った。この一文は「家庭の事情」を家族内部から考察したものとして貴重な資料となるであろう。

## (7) 家庭の事情 ③

作者「すべてを知り見て来た子供たちの、苦しみを知る（略）
　娘のマヤは永遠に語ることを止め、沈黙し、彼女の身体は成長を止める。」
ミホ「来たの、マヤ、来たのね（略）
　マヤ、何か気に入らないことがあるんじゃない？　マヤは私のいのち！
　あなたのお陰で、毎日が楽しいのよ。あなたはいつも助けてくれる。ありがとう！
　私にはたくさんの欠点があるけれど、許してね。

あなたの心はとても温かい。」（略）

ミホ「何て辛いのでしょう！　私に何か罪があるのでしょうか？

一〇歳のときマヤは病気をして、言葉を失った。（略）

マヤの試練は、生涯の十字架。」

この会話は「映像小説」作品とよばれるA・ソクーロフ監督による映画『ドルチェ―優しく』の抄録台本から部分的に引用した。その映画では新築された島尾家の玄関で生出演するマヤ氏とミホ氏との会話が続けられ、両人のあいだでの神秘的な場景にこの映像小説の大きな山場が置かれていることを観客は知るのである。撮影は平成十一年九月奄美でおこなわれ、平成十三年四月より日本国内で上映された。この映画に出演したのがマヤ氏の最後の映像となった。

## ⑻ 家庭の事情 ④

『星の棲む島』（岩波書店）のあとがきに島尾伸三氏は次のような興味深い文章を記している。

戦争の終わった頃に生まれ、戦争のない時代に子ども時代を過ごし、戦争を経験しないで青年期を終え、戦争に直接参加させられることもなく初老を迎えようとしている幸せな人生は、運命に感謝しなければなりません。

と自分たち団塊の世代を総括し、また自分の育った家庭へのつぎの感想をのべている。

これまで私は自分の両親のいさかいがもたらす家庭の不幸にばかり気を取られていたのですが、こうやって思い出してみると、よどんだ空気の家から抜け出して、友達、学校へと、一時のことではあっても、私は避難できていたのです。よくよく考えてみると、父と母が演じ続けた程度の混乱なんて、大なり小なりどこの家庭にだってくすぶっている、ありきたりのことで、子どもの私には迷惑ではあっても、どうでもよいことだったのだと思えるまでになってきたところです。この清明な判断に到達するまでの伸三氏の心のひだのもつれを測り知ることはできないが、五十歳になった平成十年当時の気持として素直に感受できよう。

## (9) 鹿児島湾のあたり

夜明けの太陽の光が高い船橋を照らしはじめる。鹿児島湾口のかなたに薩摩富士が頂に雲をかぶりそびえ立つ。その手前砂浜にみえる白いホテルは指宿温泉である。本船は高速のまま湾口の真中をすすむ。海岸線に直角にたつ小山の崖下の波打ちぎわに海軍水上機特別攻撃隊基地があり、最後の機体整備をおえ沖縄方面に多くの下駄履き飛行機が飛び去った地点である。その奥に藩主島津家ご利用の殿様湯《とんさまゆ》が存在する指宿市西方に昭和五十年島尾家は名瀬から移住した。背後の山陰から湯煙が立ちのぼるのが望見できる。「みなさんお早うございます。本船は鹿児島湾に入りました。まもなく朝食の準備がととのいます。みなさまのご利用をお待ちしております。」

後甲板で小学生が体操を始めた。進行方向右側に巨大な桜島が雲を頂いて見えてくる。本船は湾内に入っても減速せず小型船を追い抜いてすすむ。

喜入の石油備蓄タンクを過ぎれば丘のうえに住宅地が望見できる。白い建物は島尾家ゆかりの鹿児島純心女子短期大学ではないだろうか。もう少し市街地寄りは島尾敏雄氏が亡くなられた宇宿町あたりではないか。頭を東にふると小高い山やまが鹿児島湾にせりだし、小型フェリーの往来するあたりには美しい桜島の姿をいだく庭を持つ吉野町の元島尾邸があり、吉野町を包む雲間のかなたには加治木町反土札立という珍しい地名の所にも島尾宅があった。東京小岩在を別として茅ヶ崎、名瀬を含め島尾邸は海岸線近くに存在していたことが追想される。

荷役岸壁に「なみのうえ」号は無事着岸してモヤイ綱が投下され、乗客の群れが下船口に押しかける。狭い空間の岸壁には五、六台もの大型バスが待機している。さあ上陸だとの意気込みが充満した船上とは対照的にタラップの上で船員がゆうゆうと安全網をはりめぐらしている。こうした熱気に包まれた下船状況のなかで、マヤさんが休暇あけのある日、混雑した連絡船の通路に敷いてもらった新聞紙に不自由な身を横たえ、名瀬から渡海して鹿児島純心女子学院へたどりついた状況がしのばれてならない。当時の小さなフェリーに一夜ゆられて到着した鹿児島の荷役ウインチの騒音にかこまれ岸壁で出迎えの学院関係者に腕をとられるまでのマヤさんの心細さに思いを寄せた。その不安はまた名瀬で見送ったご両親の心配でもあったろう。

私は下船する無言の乗客たちにおされ、しばらく立ち止まっては階段を下る時、タラップの下、船腹と岸壁のあいだを上下する海水を見て『離島の幸福・離島の不幸』という敏雄氏の著書を思い出した。また敏雄氏の作品のなかに書き込められたミホ、伸三、マヤ各氏はその虚像と実像の狭間をどのようにして生き抜いてきたのであろうか、と息の詰まる思いとともに岸壁に降りたった。

上屋の前に張りめぐらされたロープの間を羊群のように歩いて行く無人島探検団のうえに強烈な陽の光がおちてくる。十度目の奄美訪島をおえ、日陰になった倉庫のあいだを歩む私は天空からの声を耳にした。

「マヤ、ねんねしなさい。心配しないでぐっすり眠るんだよ。」

（「マヤと一緒に」）

島尾マヤ嬢（島尾敏雄・ミホ氏の長女）
昭和二十五年（一九五〇）四月神戸市灘区にて生誕
平成十四年（二〇〇二）八月鹿児島県名瀬市にて死去　五十二歳

## 91　島尾マヤさんの葬送

**島尾　マヤさん**（しまお・まや＝作家故島尾敏雄氏の長女）3日、腹膜炎で死去、52歳。葬儀は6日午後1時30分から鹿児島県名瀬市幸町18の1のカトリック名瀬聖心（みこころ）教会で。喪主は母ミホさん。

マヤさんは「死の棘（とげ）」など島尾敏雄氏の小説にたびたび描かれた。「島尾敏雄事典」（勉誠出版）もミホさんらと共同執筆した。写真家の島尾伸三氏は兄。

（朝日新聞）

司祭大野神父とゼローム神父（左側）

昭和38年(1963)正月
晴れ姿のマヤ嬢 12歳
写真提供・西岡武良氏

告別式　ケネディ祭壇の前にて
マヤ嬢の御霊と共に　島尾ミホ氏（著者撮影）

# 島尾敏雄に導かれて南島めぐり

## 一　奄美請島《うけじま》だより

### はじめに

神戸で発足した島尾文学研究会の第十回と奄美本土復帰五十周年を記念して開いた研究会奄美大会に出席するため、平成三年三月二十七日現地に向かい三十一日まで名瀬に滞在した。その機会に、島尾敏雄の作品「請島の結婚式」に触発され、作品に描かれたその島を初めて訪れた。これまで加計呂《かけろ》麻《ま》島へは数回訪れたが、その島の向こう側に見える小さな請島への渡海は果たされていなかった。今回島尾敏雄の請島行より四十余年後の航路を往復し訪島した。

三月三十日、日曜日、古仁屋《こにや》港より瀬戸内町営連絡船「せとなみ」に乗船した。請島を一日で往復する船便は限定されており、この日は下り便で訪島し、約三時間後の上り便で古仁屋に帰着できると考え、請島だけの訪島を試みた。他の島尾文学研究会員たちは加計呂麻島を訪れる予定だった。

### (1) 往路（名瀬⇩古仁屋⇩請島・請阿室《うけあむろ》）

名瀬のバス本社前より古仁屋行のバスにのる。数年前までは、待合所の裏の小屋にすむ老人が黄色い帽子をかぶりバスの発着ごとに誘導したり、委託荷物の積み降ろし作業に専念する姿が見られた。車の出入りが止むと、ニコリともせず威厳のある姿勢で自分の住まいに向かっていく。バスのエンジンの勢い込んだ音がすると帽子をかぶりながら姿を現し、太い紐にゆわえた号笛をふいて誘導をはじめる。運転手と短い言葉をかわし、委託荷物を片手に待合室に運び込み、女事務員に手渡すと、テレビの連続放送劇をしばらく眺め、ふたたび笛の大きな音でバスや乗客を誘導していた。朝から夜まで任務についていいるようだった。バス事業の収益は本土に吸い上げられ地元に還元されないので、待合室の長椅子のカバーが裂け中味が見えたり、紙くずが土間に散乱する雑然状態だとの説明を聞いたことがある。それが今回は少し整理改善され、誘導係も若返ったようにみえた。そして待合所の裏側の木小屋はすでになくなり跡地はほんの一坪程度の更地になり、そこだけ舗装されず地はだが見え、学生達がうずくまって煙を立てていた。

日曜日午前八時のバスは四名の乗客を乗せたが、最終地・古仁屋までは私だけだった。三つものトンネルを真一文字に走り抜け、最後の大きな峠の下り坂にかかると、青い海がみえ、その向こう側に加計呂麻の島影が浮かんでくる。古仁屋小学校の前をすぎると港が近い。千円札と五十円硬貨を運賃箱にいれると運転手がわざわざ帽子をぬいでありがとうと声をかけてくれた。

フェリー岸壁には今日も多くの人がたむろしている。開店したばかりのコーポ店に隣接している待合室で請島航路の乗船券（古仁屋→請阿室七四〇円）を買い、その窓口の老女に請島での食堂を聞いてみたが、「民宿があります」とだけ緊張した声で返事し、後は口のなかでつぶやくのだった。コーポ店で自家特製のすし弁当、大福餅、ウーロン茶などを買い、請島航路岸壁に向かった。「せとなみ」にはすでに貨物の積み込みが終わりかけ、畑地から収穫してきたばかりの砂糖黍が岸壁に枝葉を撒き散らしながら本船に積込まれると、太いデリックが本船上に格納された。砂糖黍を運搬した軽貨物車の男性が大きい竹ほうきで散乱した枯葉をあつめ荷物台にのせると無言で立ち去った。一般客から離れたところに黒袈裟に白い襟巻き風の布を首に下げた若い僧侶が立ち乗船許可の出るのを待っている。

十時に乗組員が船の乗降口に立ち乗客を誘導しはじめた。岸壁のあちこちから荷物（大小さまざまなダンボール箱、花束、鉢植えのベゴニア、儀式用の洋服入れ、大きな風呂敷包、子供用リュック、コーポのビニール袋、ホウキ、小さなビニール波板、墓前の供花など）を手に持つ男女の乗客が集まってきた。最後に僧侶が中年婦人に導かれて船橋の後ろにあるベンチに新聞紙を敷き延べて腰を下ろした。地元の人達は荷物置き場に手荷物をおいて船室に入り、板壁にもたれ無口で目をとじたり漫画をみたりしていた。野球帽を頭にした船長が操舵室から船の前後に目配りして、前進後進を繰り返すと本船「せとなみ」は見事に岸壁をはなれ、全速力で港外に進んでいた。先程まで砂糖黍の積み込み作業をしていた男性が船長であり、映画にでてくるイタリー半島の漁港で見かける善良だが少し崩れた感じのする髭をはやした人だった。そしてこの乗船している「せとなみ」もまた塗装がはげて薄汚れ、うら悲しい状態であった。四月に入れば新造船の投入が決まり、この長年馴染みの船は廃止になると乗客同士の会話が機関の音の合間に聞こえて来た。また頑健な体つきの青年が切符を集めながら「船員は瀬戸内町の持ち船三隻輪番で乗船勤務する。わしらは首にはならん」と説明する。

大島海峡は大島と加計呂麻島が互いに崎々をかみ合わせて入り組んでいるので、その海峡口の見通しがききにくく、まるで大きな湖の中を航行しているぐあいであった。しかし海峡を出ると、広大な太平洋に呑みこまれるふうな緊張があり、右手にそばだつ断崖を連ねている加計呂麻島のかたい顔付を辿って行きながら、ほどなく、請島とのあわいにはいり（略）（「請島の結婚式」）

船は底波に揺れ始めた。船長は煙草を消すと同時に舵をにぎりなおし頭を前に突き出して前方を警戒しはじめた。快適なエンジン音の響きとともに散在している岩礁の間を速い船足で進む。赤茶けた断崖が波間に沈むあたりには目もくらむような白浜がつづく。左手は広々とした大洋のかなたの水平線の上に青空が拡がっている。目をこらして眺めたが、一隻の行き交う船も見られなかった。断崖の上から一条の滝が流れ落ちてくる。案内書に書かれていた「奄美は沈下海岸」との記述が思い出された。

ほどなく請島とのあわいにはいり、請阿室の集落の船着場に向かうころ、突然驚くような音量の汽笛が船橋上のマストの拡声器から二度も放送された。

下船客が船室から甲板にでて荷物を持ち始めた。船着き場には軽貨物車やリヤカーが並んでいる。弓なりに展開した白い砂浜は、その背後にタコノキ科のアダンを密生させた小高い砂丘が横たわっていて、城砦のような海岸から突き出たコンクリートの船着き場の反対側は、島尾敏雄の来島時と同じように白い砂浜だが、右側は防波堤にかこまれた小さい漁港になり、乗下船は外港の岸壁から直接行われるようになっている。ここでの海の色は古仁屋の素晴らしい透明度よりまた一層透明で、海底まで青色の一枚のガラス板のようであり、波の影が海底の砂地に反映していた。十時四十分に着岸したが、すぐ乗下船用の歩み板を外すと、ひとしきり機関の音を残して「せとなみ」は出港してしまった。ここからの乗船客はなく、六名の人が出迎えの車や自転車で散っていき、昼前のキラキラ光る海辺に、私ひとりが佇立するのみだった。

### (2) 請阿室集落より池地まで歩く

集落への道路を歩いて行くと、戦時中の番兵塔に似たコンクリートの建物がある。内外は清潔に整頓され、事務机と折り畳み椅子が壁際にあり、机上には手製の集落地図がおかれ警察の交番のような配置になっている。隣接する便所は清掃直後の様相だ。軒下の飲料水の自動販売機が音を立て出す。弁当をたべ、お茶をのみ、町なかの散策の計画を立ててみたが、比較的整然とした町並みは五分もあれば巡回を終える規模だった。空は蒼く、トンビがゆるりと飛ぶ。人影のない白い道路を歩み、民宿の立て看板を通りすぎ、山手の辺りの大きな屋敷塀の立ち並ぶ道路沿いに、大きなコンクリート製の門柱から表札が取り外された二軒の屋敷跡が見られる。母屋の屋根が崩れかけ、渡り廊下の庇に掛けてある色あせた手ぬぐいが風にゆれている。耕運機のうえに壁土がかぶさり、軽貨物車がパンクしている。この広い敷地では農作業の活気で充満した日々もあったであろう。魚介類の日干も行われたであろう。今日では風の音さえ聞えないこの静寂な庭地で、往年婚礼用意のために多くの村人たちが参加し、祝いの喧噪に包まれたことであろう。

その日娘の家の庭には朝早くから部落の男や女が集まって、料理つくりに、にぎわっていた。それは、山羊が何匹、豚が何頭、三十斤近くもかかる魚が何尾というような材料なので、おそらく何日もまえから準備してきたにちがいない。（略）娘の父親の表現に従えば、今回の祝いに列席したり手伝ってもらったりする者を、「センソモト」のいとこにあたる五十人に限ったという。一人一人それぞれの役目が与えられ、終日山際の泉まで水くみに通う娘もいた。（※一斤＝六百g）

（「請島の結婚式」）

無人の廃屋を横目でみながら集落はずれの道路をたどり、小高い丘に向かって登って行く。かすかな家畜の糞尿の匂いが谷間から風にのって運ばれてくる。昼下がりの村里は昼寝を楽しんでいるように静かだ。崩落家屋の彼方には新築のコンクリート屋敷やロッジ風の木造建が見え、色とりどりの若い所帯の洗濯物が風に泳いでいる。急な登り道わきに平坦な空き地が切り開かれ、そこに立てば、ちょうど請阿室の集落や港が視野の中に収まる。これから三・五㎞歩けば池地港に到着することになる。沖合に加計呂麻島の山並がみえる。その山の向こう側がちょうど島尾ミホ氏の在所・押角や島尾部隊の呑ノ浦集落にあたる方角であろう。山の稜線を低く飛翔して地上の集落を銃撃したり日本の戦闘機と戦う米軍機が目に浮かぶ。

私たちは部落うちや、島の中のもう一つの部落である池地《いけじ》に出かけたりしてひまをつぶした。それらの見聞のあとで聞き集めた知識を組みたてると、亜熱帯の自然の中で、はなれ島の中のたった二つだけの部落の人々の生活が、どんな動きと静けさを以って展開されてきたかについての興味ある記事を報告することができるが、いま私の与えられた紙面の中でそれを全うすることはできない。

（「請島の結婚式」）

この文章に注記されている記述されなかった興味ある記事の内容を想像し、いま一度その「島尾の報告」を目にしたいものだとの思いに捕われた。切り通し道を過ぎて行くと、心地よい松風が吹いて来て、下に波の音が聞えてくる。コバルトブルーの海面から島のリーフに押し寄せて砕ける白波は島尾夫妻の視野に入ったことであろう。神戸の須磨・舞子の海岸で見られる白砂青松とよばれる単純な景観とは違う奄美群島をかこむサンゴ礁の海辺を島尾敏雄氏はどのように表現しようとしたのだろうか、と自問自答しながら坂を下り始めた。

暦では春三月の終りではあるが、本土の五月の風の匂いがする。かすかなエンジン音がひびいてくる。海岸べりに重油を燃料とする小型発電所が見えてきた。白亜の立派な校舎も視界に入る。海辺の道路ぎわに年数を重ねた大きなガジュマルが数本防波堤のように並んでいる。明治三十年創立の古い請島小中学校の大きな雨天体操場が、誇らしげに樹木の間から見えてくる。日曜日なので、無人の校庭も寂しいばかりだ。二戸建の教職員用のコンクリート住宅の壁面に空調機が傾いて置かれてあり、寂しさを倍増させる。請島にはこの小中学校だけが存在しており、生徒の大半は隣町請阿室から通学し、ここ地元の池地集落からは郵便局と教頭先生の子供さんだけが通っていると、後程船着き場で聞くことになるのだが。その昔、高度経済成長期には「請島中学校」と墨書した横断幕の下を、旅行鞄を片手にレインコートを着た集団就職の少年たちが、家族や友人の見送りを受けて出発する昔の報道写真が思い出された。この島の美しい景色と素朴な人情の厚い村に育まれた子供たちが、これから騒々しい本土の都会の薄情な世界に向かう緊張した表情が思い出されるのだった。その人達もいまでは五十代の日月を過しているに違いないとの思いを抱きながら、校舎前のアダンの木をしばらく眺めていた。

故郷を離れた人達の心には何時までもこの海辺の校舎での日々がよみがえることだろう。望郷の対象である美しい請島から巣立っていった人びとに、私は羨望の気持ちが湧いてくるのを感じながら波止場へ歩みつづけた。たとえ本州での春夏秋冬の漂泊の日常に耐えかねたり、幾度かの挫折に遭遇したとしても、この空と海の古里が心を支えたであろう。定年退職後には帰島して静かな余生が過せる素晴らしい「ふるさと」がここにある。

それにしても人の姿を見かけないブロック塀の街路。五mおきぐらいの両側に二mほどの木の棒が塀に立て掛けてある。町中でこれから行われる武闘の用意のように思える。四つ角にはきちんと四本の木刀が立て掛けてあるではないか。山添の樹木並木道には数歩の距離に用心深く準備されている。不気味さに追われて足早に清潔な道路を駆け抜けようとして、これが「蛇たたきの棒」だと読書の記憶が蘇ってきた。今にも雲形斑文模様をつけた長い毒蛇のハブが、赤い長い細い舌を振りながら私の足首をねらって迫ってくるのではなかろうか。請阿室の集落にはこの蛇たたきの用心棒の備えは見かけなかったのだが。

おおきな土俵の脇の集会所に人影がしたので頭を下げて挨拶をしたが、窓ガラス越しに会釈をくれただけで男性たちは春の会合の後始末に忙しい様子だった。どこまでも続く清潔な道路と棍棒の立て掛けてある塀。この町でも表札を取り外した門柱の内側の屋敷は朽ち果てるままに放置されている。崩れおちたトタン屋根の下に下駄箱が鎮座している。つい先程まで人影がしていた風情の残る生活空間を屋根が押し潰している。ちょうど大地震直後のように崩落の始まった住居の入り口にも握りやすい棒が立て掛けてある。今は使われずに肥料置き場に変化している元家畜の飼育場あたりにも叩き棒がある。海辺を背にした愛くるしい一軒屋の玄関に通ずるセメント道に農場からいま帰宅したばかりというように道具を積んだリヤカーが置かれてある。この屋敷の表札も外されていた。声をかければ、作業着を身につけた老人がお辞儀をしながら扉をあけて出て来そうな玄関先の光景が残置されていた。
日曜のためか、扉の閉鎖された「診療所」と墨書された大きな看板の立つコンクリート館をすぎると、海辺への小道の両側に太陽光発電で夜間に自動点灯するソーラー小型照明灯が黒い頭を並べている。アダン群生を横切る砂地の小道もまたハブの往来道なので夜間照明が必要に違いない。ここにも細みの棒が配置されている。船着き場近くの小高い丘の上に墓地がある。新聞紙に包んだ仏花を片手に急ぎ足で墓石の方へ進む婦人の手提げ袋に見覚えがあった。その人とは古仁屋港発の「せとなみ」に乗り合わせていた。三月二十一日のお彼岸の墓参りがこの日まで繰り越されたのであろう。本山が高野山にある真言宗の僧侶を案内して「せとなみ」の最終寄港地・与路島の墓参りに行くと話していた朝方の婦人のことが思い出された。

海岸沿いの大きくて堅固な新築の建物は郵便局だった。都会と同じように派手な宣伝の旗が海風に激しくはためき、「来る四月一日より郵政公社へ転換する」との大きな掲示が張り出されていた。この郵便局は郵便・貯金などのソフト面での業務を通じて外界と結び付き、通行船「せとなみ」は人の移動と物流などのハード面を担当している姿が鮮明に示されている。とりわけ島の日常生活からでるゴミの収集に「せとなみ」が活躍しているのに離島の行政最先端を見たおもいがした。村の中に生活共同組合か農協の売店もあるようだったが、立ち寄らずに船着き場の待合所に急いだ。

ここにも請阿室港と同じように警察の交番に似た造りの待合所が船着き場入口に設置されている。部屋の長椅子の上に、郵便物と同じように氏名を書いた帯封につつまれて地方新聞がおかれていた。三日間放置されているのもある。また歳暮用のダイレクトメールが数通束ねてある。宛て名の住民は離島して不在なのかも知れない。新しい生け花を置いた机の上に四月一日からの新造船「せとなみ」運行通知と新料金表が張られている。密輸や不審者に警戒との海上保安庁のポスターと並行して、植物検疫や持ち出し禁止植物の掲示が張られている。長さ二百mほどの突堤が海面に伸び内港の防波堤も兼ねている。そして沖へ向かって新しい堰堤が伸び、その上にバイクを停めて麦わら帽子の女性が沖を凝視している。光輝いた船舶が「せとなみ」の新しい大きな船名板を付けて岸壁に近接してくる。モヤイ綱を軽く受けとってその女性は係柱に結わえると、本船は後進をかけ行足をそいで岸壁に着岸した。港務係の女性は舳のロープを係柱に結わえると船長と会話をかわし、またモヤイ綱をはずし、本船の離岸をみまもる。小走りに堰堤の上をはしり、モヤイ着脱をおこなう。新「せとなみ」は離着訓練をかさねたり、軽自動車が自力で岸壁から甲板へ昇降するリフトのテストをし終えると、白波を蹴たてて快速で出港していった。港務係の女性はバイクで集落に消えていき、大きい青空の下に再び静寂が戻ってきた。

## (3) 船旅帰路（池地港⇩請阿室⇩古仁屋港まで）

終着港である与路島で折りかえす古仁屋行船便は午後三時ごろ池地港に寄港する。農作業用の帽子の上から手拭で顔面をつつみ込んだ、先程の港務係がバイク姿で待合室に現れて乗船券の取り扱いをはじめた。スチール机の引出しの鍵をあけ、書類を出し、その中から乗船券を丁寧に選び出し料金と引き換えてくれる。年寄りが病気入院すると自宅に帰れなくなる。帰宅しても看病する人がいない。特養（特別養護老人ホーム）や老人保健施設に入れてもらい、そこで亡くなる。離島の家屋敷は荒れ放題になる、と話してくれる。奈良の吉野地区でも事情は同じで、古い屋敷の大屋根が陥没し、緑の杉木立のなかに白壁の蔵だけがそびえている光景が目に浮かんでくる。

「この人の料金は体重割りにしておいて」と大声で明るく叫びながら中年の男性がくる。「普通のひとの三倍の体重や」と女性が足を引きずるようにしてついていき、港務係と土地の言葉を交わす。お互いに軽く挨拶を交わしながら、六名ばかり集まる。日曜日を請島ですごしこれから奄美大島へと散っていくのだ。長い突堤のうえをぞろぞろと先端に向けて歩き始める。木の葉のように多くの魚が海中でゆれている。それはハリセンボン又はアバスといい、鍋物にするとフグと同じほど美味しいが誰も食べないという。五、六m ほど下の海底まで覗き込める。突然大きな汽笛が二度ばかり鳴り響いた。「せとなみ」入港の信号である。集落の隅々まで鳴り響く音量。通い慣れた本船はモヤイ綱をとらず歩み板の操作だけで乗客を乗せ、郵便袋を甲板上の赤い大きな箱に入れると、全速力で離岸して次の寄港地である請阿室に舳先を向けた。

防波堤を抜け加計呂麻島に向かって沖合はるかまで直進する。次の請阿室港へはナカ崎の鼻を越えればすぐの距離にあるのだが、「せとなみ」は請島水道まで繰り出し、そこで四十五度の転針をおこない丹手島の手前をすぎる。この海域は「大島第一の荒波なり。島人に遠島入港船を盗み、此荒波に巻かれ死するもの多し」(『南島雑話』)と書かれているが、この日は極めて穏やかな海面に恵まれていた。弓なりに展開した白い砂浜が望見できる請阿室港の港外に接近し、あの高音信号を二度ならした。島を巡る、白波をたて美しい景観をみせるリーフや海中珊瑚の存在は、航路を熟知している老練な船長でなければ無事通過できないに違いない。

往路よりも多くの乗客を乗せて龍宮城への通路のように美しい海底のみえる請阿室の船着き場をあとにしてリズミカルな機関の音と、かすかな排気の煙を残しながら帰路についた。

その翌日私たちは娘を伴って、古仁屋への定期船に乗り込んだ。娘の親たちや親族の者は、多勢、浜まで送りに出て、日の丸の旗を立て、鼓太鼓を打って、よその島に嫁して行く娘を送った。母親は顔を覆って泣き、父親も泣いているようであった。娘をのせた連絡船の背景には、加計呂麻の島かげが遠く見え、船は波のまにまにゆれた。船が動き出し、浜辺の人々の姿が小さくなると、弓なりの長い砂浜が展開し、部落のかたちは見えず、城砦のようにアダンの生いしげった砂浜が横たわっていた。その浜のはずれのほうで、細長い竹竿の先に手拭を結びつけて、しきりに振っている老婆の姿が目にとまった。そして鼓太鼓の音も、次第にかぼそくなりながらもしばらくはきこえていた。

（「請島の結婚式」）

船尾から岸辺を凝視している私の目の奥に白い手拭の振られているのが見えていた。また、崩壊を始めている屋敷の姿が残像として白浜の彼方に見えた。

「はげ！」文字で見たことはあるが肉声では初めて聞く言葉が私にかけられた。「朝いくときと一緒の人や」と声をかけてくれた婦人の隣に真言宗の僧侶がいた。「年間、東京の二倍も奄美では雨が降るとテレビで聞いたが、今日は珍しいことに雨も降らず、強風も吹かず、こんな穏やかな郵便船は珍しい。これも墓参りの功徳や」与路島の墓前で先祖の供養をすませ、持参した昼餉をいただいて、これから名瀬まで帰ると説明し、現地生産の黒砂糖を小袋に入れて手渡してくれた。古仁屋では小口でサトウキビから黒糖に精製してくれるところがないので与路島の知り合いに依頼するのだとも言う。朝方、古仁屋の港での刈り込んだばかりの砂糖黍の積み込みをした事情が理解できた。古里の黒糖は格別おいしいよ、と話し、本州での連絡先をこの紙片に書けとせがむ。夏には与路の島うたを歌いに全国巡業するからそのとき連絡します、と付け加える。船の揺れが激しくなり始めた。かすかに糞尿の匂いが船首のほうから風に乗ってくる。操舵室前方のハッチ脇の小さい檻に赤い子豚が七頭おしこまれ、足元を絶えずホースで引いた海水で洗浄されている。ホース口近くの豚が逃れようと隣の頭上によじ登る。連鎖反応で皆あばれて他の豚の頭や胴体の上によじ登ろうとするが、余地のない箱のなかで自由に移動できない。とうとう一匹が踏み付けられ悲鳴をあげもがき、隣の子豚を下敷きにする。それを船橋から覗き込んでいた茶髪の若い女性が恋人に「かわいそうに」と声をかけたが、男性は携帯電話の操作に熱中していた。月に二度程度、となりの与路島で豚セリ市が開催される。

加計呂麻島の浜辺が見えるあたりに来ると、髭の船長が姿を現し若い船員と交替した。振り向くと請島の端に離れ小島が見え、そこはハブの生息を見ないのでキャンプ、魚釣、海中探訪で人気を集めているとのことであった。やがて往路でみた一条の滝が見え、船の振動が心地よく感じられはじめた。安脚場《あんきゃば》の航路標識をすぎ大島本島にある神の鼻灯台に接近して大島水道に舳先を向けた。このあたりは複雑な海底なのであろう、船長はサングラスをかけ慎重に航路を選んでいるようだったが、速度は落さなかった。子豚の泣き声がひどくなり、甲板員はなれた手つきで汚物に放水を始めた。と後方の波間から軽快なエンジンの爆音が聞えてくる。乗客が指さす先には新「せとなみ」のモダンな船体が後尾に水煙をあげながら追尾して来るではないか。風を切って海面をなでるように滑っていく。船橋にたつ乗組員のだれ一人としてこちらに目も呉れず前方を直視したまま瞬時に追い抜いて行く。髭船長も新船を無視し、その航跡の起こす波を受けないように舵輪を操作していた。乗客たちは四月になればあの新船を利用できるが値上げされる、と囁いていた。もうインド洋上に向け出帆したのか、海上自衛隊の艦船の姿は見えず、押角の校舎が望見できる地点で四十五度転針して、古仁屋の船で混み合った狭い請島航路岸壁へ、古「せとなみ」は前進・後進をかけて見事に着岸した。船長は色メガネをはずし野球帽をぬぎ煙草に火をつけた。軽い荷物を手にした乗船客は無言で船着き場から駐車場へ急いで姿を消し、子豚の泣き声も聞こえてこない静かな船上で乗組員たちだけが無言で航海の後始末をしていた。別の岸壁に係留されている新「せとなみ」のあたりに人だかりと談笑が聞こえてはいたが、その新「せとなみ」も寄港する三集落の「燃えるゴミ」輸送の任務をも引継ぐことになる。この日は小さな白波が立つくらいの平穏な海路であったが、曇天のもと波濤を越えて往来する「せとなみ」に生命を委ねる島人たちのいう《島ちゃび》つまり離島苦に少しは思いを寄せることができた。

### (4) 古仁屋より名瀬までバス

奄美交通営業所前から二名乗車すると、待ち構えたように職員は素早く営業所の入り口を閉鎖した。日曜日最終のバスは目深く制帽をかぶった若い運転手が、「発車します」と唱え町中を一周して、もう一人乗客を乗せ一路名瀬に向かった。けわしい地頭峠越えをしたところで他の乗客は降り、私ひとりになった。「終点までお願いします」と声をかけると、「了解しました」と明るく応答してくれ、しばらくうとうとしていると、突然停車した。

「はげ！ハブがいる」数秒車をとめ、前方を確認してから発車した。生きたまま行政に持参すれば五千円で購入してくれると説明してくれた。名瀬市内で数名の乗客が乗り降りして、終点では私ひとりだけが「お疲れさま」の声に送られて下車した。丁度名瀬岸壁から鹿児島行きフェリーが離岸し、先行する貨物船に追随し始めた。暗い海面を静かに出港して行く本船の航海灯と防波堤の回転標識灯に旅愁を感じながら、静かな海沿いの道をホテルに戻った。

レストランでは加計呂麻島を訪問し陽にやけた島尾文学研究会の若い人たちがビールを手にして楽しい会話を交わしていた。翌日の四月一日には、私にも短い研究報告（敏雄の作品『はまべのうた』が神風特別攻撃隊の搭乗員の手で奇跡的に奄美基地より内地へ無事逓送された道筋調査を報告する「はまべのうた・到来記」の講演）が割り当てられていた。それでも夜遅くまで皆の熱い談論に参加した。請島の小さなソーラー街灯が浜辺への通い道を静かに照らしている情景を胸にえがきながら深い眠りについた。

◇資　料◇

**○「おもろそうし」にえがかれた請島**

歴史的に見れば、奄美群島が琉球王国の手をはなれ薩摩に入り、明治維新後は鹿児島県となり、ここ請島や与路島は本土からみて離島とよばれる影の薄い存在になっている。

かつては琉球の古歌謡集「おもろさうし」十三巻九三八に登場し、海路での重要な存在だったことが示されている。この両島には貴重な歴史の壺がかくされているに違いない。

| （原文） | （口語訳） |
| --- | --- |
| 勝連が船やれ | 勝連人の航海だ |
| 請・与路は橋しやり | 請島、与路島を橋にして |
| 徳・永良部 | 徳之島、永良部島を |
| たより為ちへ奉せ | 縁者にして差し上げよ |
| 又　ましぶりが船やれ | マシフリ（人名）の航海だ |

〈勝連人であるマシフリの航海である。奄美の請島与路島を橋がかりにして、徳之島、永良部島を身内のようにして心をつなげ、力のある方（勝連の按司）に差し上げよ〉

外間守善氏「おもろさうし」岩波書店　一四九頁

**○請島　ウケジマ**　（鹿児島県瀬戸内町・奄美群島国定公園）

奄美大島の南端に所在する加計呂麻島の南側にある請島水道をはさむ周囲一八・三km、面積一三・七km²の小島。屈曲にとむ美しい海岸線で有名。産業には甘薯、砂糖黍栽培、沿岸漁業、畜産がある。幻の百合とよばれる「請ユリ」が特産品。また近年「新亜種」と認定された天然記念物指定の「ウケジママルバネクワガタ」が有名。請島は「浮き島」に由来し、請阿室（ウケアムロ）は『うき天降（あむる』に由来するとの説がある。

①［請阿室・集落］ウケアムロ

93所帯　228名　（昭和五十五年）
74所帯　172名　（平成元年）
55所帯　100名　男41　女59　（平成十五年）

請島の北東部に位置し、養豚業は有力な産業であり労働意欲が高く勤勉な住民が多い。近代化をはかり三〇haもの近代的な農地を営む。十五夜の棒踊り、獅子舞などが有名。（大島新聞）

②［池地・集落］イケジ

85所帯　225名　（昭和五十五年）
75所帯　153名　（平成元年）
55所帯　100名　男47　女53　（平成十五年）

島の中央に位置し、北面は請島水道を隔てて加計呂麻島にのぞみ、西側に与路島がある。農漁業を営み、のんびりした島民性が特徴。磯つりや沿岸漁業にとりくむ。

（大島新聞）

### ○「戦争中の記録」出所

（わが町の戦中、戦後を語る）瀬戸内町立公民館平成元年刊

**①請阿室集落**　戦時中海軍防備隊派遣隊秋徳対潜監視隊より二、三名派遣され、現地召集の防衛隊が駐在し、島の東南海域を昼夜監視した。また米軍の潜水艦が陸地近くまで出没したともいわれた。沖縄攻略に付随してこの孤島の小さな村落も三回空爆をうけ住宅の九九％も焼失し、およそ百十戸、五百人もの住民は奥地の疎開小屋に避難し、空襲の合間に田畑で食料生産を行い、他島と生活用品の交換をして窮乏生活に耐えたといわれる。

**②池地集落**　軍隊の駐屯はなく、現地召集の郷土防衛隊が編成された。昭和十九年（一九四四）十月十日の空襲で火災が発生したが住民で消火した。当日、加計呂麻島の当時の鎮西村押角村役場へ行政手続を行うため板付舟を漕いで行く途中、タンデの沖合で米軍の機銃掃射をうけ男性一名負傷、女性一名が軽傷をうけたと報告されている。ここ池地集落には軍事施設は置かれず、昭和二十年三月二十七日の空襲で集落の東半分が焼け、後日の空襲で家屋の九五％が焼失した。同年六月ころ、米軍が池地に上陸したとの情報をうけ海軍捜索隊が来島したが誤報とわかり「命拾いした」と言いのこして立ちさった。また加計呂麻島の脱走兵の探索も行われた。道路には地雷がおかれ、住民の避難小屋ちかくには地雷が集団自決用として確保されていた。郷土防衛隊の指導のもと住民の竹槍訓練が行われた。

その後、昭和二十一年以来、各地から復員、帰国者がふえ、食料増産のため開墾してイモ畑をつくり、住民のユイワク（結）作業で木材の切り出し、家屋の建築や食料増産など生活再建に努力した。昭和二十四年四月、百八十七頭もの鯨を池地沖にて捕獲した。

**○島尾敏雄作品《請島の結婚式》について**

昭和三十年（一九五五）十月、本州より奄美大島の名瀬に移り住んだ島尾敏雄は昭和三十三年鹿児島県立図書館奄美分館長に就任し、その前後文学活動はとみに活発になり、短編集『死の棘』で芸術選奨を受賞する。同時に『離島の幸福・離島の不幸』（『名瀬だより』）なども著し、南島のもつ民俗学的考察に強い関心を示していた。当時我が国では安保闘争が高揚し、経済成長率が一三%に及び、国民の内外への旅行熱も盛んになり「旅」への誘いを掲げる書物刊行が多く見られる時代が到来した。

月刊誌『世界の旅・日本の旅』（修道社刊　昭和三十六年二月号）に米軍統治下の「沖縄」が特集され、関連して島尾敏雄の「請島の結婚式」参列記が掲載された（晶文社『島尾敏雄全集』第16巻、冬樹社『島尾敏雄非小説集　二』に収録）。

名瀬に定住して四、五年経過し小説領域のみならず南島探求への視野が向けられ、やがてヤポネシア論へと集約されて行くのであるが、この「請島の結婚式」は琉球孤探索への導入作品として位置づけられるであろう。八千字足らずの本文で請島・請阿室で行われた結婚式を紹介した。

それは絶えざる繰り返しをもって打寄せる波のざわめきと、吹きつけてくる海からの風のために、洗われ吹きさらされて、孤立したさびしい、この世のさいはての部落にたどりついたような気持ちにさそいこむ風景だ。この島にはたった二つしか部落がないという考え方も作用してか、そこに住みついている部落の生活のかたちは、ちょっと想像しようもない孤独なものに感じられた。

（島尾敏雄）

花嫁はシマブネで沖合の連絡船に乗り移った。
撮影・島尾敏雄　昭和35年（1960年）

昭和50年（1975）6月　瀬戸内町請島の請阿室桟橋。古仁屋港から生活用品を積んだ町営定期船「せとなみ」の到着。1日1便の寄港時が島で一番活気の出る時だ。

写真提供・瀬戸内町

加計呂麻島を背景に古仁屋港にすすむ「せとなみ」
平成15年（2003）３月末まで運航

高速貨客船「せとなみ」85ｔ・定員60名・車両リフター装置
平成15年（2003）４月就航（以上２葉著者撮影）

## 二　奄美徳之島への船旅

### はじめに

島尾敏雄の「徳之島航海記」は昭和二十三年（一九四八）東京の友人斎田昭吉氏の下宿先で「彼と枕をならべながら、腹ばいになったまま口笛も吹きかねない雰囲気で書きはじめた」と「作成の経緯」に記している。また「書きはじめるにはまだ早過ぎる戦時中の体験に、つい手をそめたという感じでした。」とも表白している。奥野健男が「明るく雄々しい作品である」と評しているのもうなずける青春文学として愛読できる。この作品にえがかれた第十八震洋艇隊員をのせた三十tの漁船で、震洋出撃に備えた水路偵察のために、敵米軍に制圧された海域を無事に航行した昭和十九年十一月十一日の事跡については稿を改めて考察を加えたい。これまで、私は島尾敏雄の作品のなかで、戦記物と称せられるものを中心として、作品にえがかれた土地をたどり、作品のさらなる理解と、五十余年をへた現地事情を知りたいとの動機で作品の追体験の行脚を続けている。また先に「奄美諸島だより」をまとめ、今回この「奄美徳之島への船旅」を書きとめることができた。この二回の船旅で島尾敏雄の「徳之島航海記」のほぼ七割の行程をたどったことになる。

## (1) 名瀬港より古仁屋港まで海路　平成十五年三月　晴

鹿児島発の下り便

フェリー「きかい」（三千t）は自動車乗降口の鉄扉を閉じ、モヤイ綱をはずすと、静かに名瀬岸壁を離れ古仁屋にむけ午前八時十分出航した。名瀬港での下船者七名、乗船者は私も含め四名。タラップをあがり乗船申込書に記入し、千九百円支払うと、氏名入りの大きな切符が手渡される。名瀬港入り口にある「沖の立神」岩礁の横を本船は瞬時に通りすぎ、白波のたつ東シナ海に船首を向ける。やがて沖合を南下し始めた頃よりうねりが船体を上げ下げする。本船に追随していた白い軽快なレジャーボートが本船の航跡のはるか彼方の波間に浮き沈みしているのがみえる。通路に波しぶきが押し寄せてくるので船内に入る。無人の客室や食堂のあたりは静閑として不気味なぐらいだ。上り鹿児島航路のあの賑わいはどこへ行ったのだろうか。一枚の日本地図に表示される奄美大島は大海原に浮かぶただの点に過ぎないのに、目の前の海上に展開する、たくさんの岬や、山々を頂くこの島はまさに「おおしま」ではないか。瀬戸内海に浮かぶ淡路島と同じ大きさだと後日教えられた。

一時間ほど航行するとまた立錘型の岩礁が灯台のように海中に聳えているのが見える。地図によれば今里とよぶ集落の沖合である。ひときわ高い山嶺が雲をいただいている。これは大島の最高峰湯湾岳（六九四m）であり、海上からは一千mほどの高山のように眺められた。岬をめぐれば深く切り込んだ小さい湾があり、その湾奥の白い防波堤の向こう側に小さな集落がのぞかれる。田畑はあるのだろうか。大きな焼内湾の入口をまたぐように通過し、灯台が望まれるあたりで本船は大きく左に旋回した。その勢いにつられてメインマストのレーダーが大揺れに振動している。元気な機関の音が手摺りに響いてくる。進めすすめと勇気を沸きたたせてくるようだった。左舷に緑の陸地が近づいてくる。立神島を過ぎるころ、急に海面がおだやかになり、船の動揺がおさまったのが九時四十分頃だった。あの戦時中、佐世保軍港より島尾敏雄隊長の水上特別攻撃隊［震洋］一同を乗せた輸送船もこの航路をたどり、加計呂麻島・瀬相港をへて呑の浦に出撃基地を設営した。また往年の帝国海軍連合艦隊の多くの軍艦がこの波静かな大島海峡に錨をおろした記録もある。

　加計呂麻は東西に細長い島だ。北に瀬戸を隔てた大島の多くの岬が、日を帯びて湾内の静かな水に映る景色は、南の海では見られない趣　（柳田國男『海南小記』）

　リアス式海岸のここにも柴立神とよぶ岩礁が透明度のよい海水のなか、道しるべのように立っている。この頃、本船は穏やかな青色の海面を快速で前進しており、その水面を切り取る白い船首波が両岸へひたひたと拡がり岸辺に押し寄せているのが見える。

　船影のない漁港の岸壁が見え、学校の建物が見えるが、人影のない岸辺の静寂。大きな岬を通過して狭い瀬戸を過ぎると、本船は急に速度を落とした。いつの間にかオレンジ色の作業服を身につけ安全帽を頭にした甲板員達が船首・船尾の配置についている。油染みた手袋が、作業への練達の度合いを示しているようだった。きびきびした乗員の動作を注視していると、本船は大きく転針して古仁屋港の岸壁に向かっていた。十時十分に着岸したが下船客はいなかった。奄美大島の中心都市名瀬につぐ第二の町の瀬戸内町役場や公民館の建物が見える。

たくさんの揚荷のコンテナーや、耳に緑色の標識をつけた黒い子牛が体を寄せ合いながら押し込まれている家畜運搬専用箱などが大型フォークリフトで岸壁の上に降ろされる。最後に一本のコンクリート製の電信柱が青空のかなたからクルクル舞いながら降りて来て、木片を枕にして岸壁に横たえられた。限られた食料以外は全て本土からの移入に頼らなければならないと聞いてはいたが、荒縄で二筋胴巻きされた白い電信柱が岸壁の片端にひっそりと置かれている姿に離島という言葉を実感した。先程陸揚げされたばかりの毛並みのよい小牛が二頭手綱を引きずりながら岸壁の上を逃げまわっている。荷役係が追いついて二頭の鼻つなを両手で上手にたばね、近くの柱にやさしく結わえ鼻づらを撫ぜて立ち去ろうとしたとき、一頭の小牛が放水し係員の安全靴をぬらした。荷役係は船上から見ていた私に手をふって「もう、やれん」というような表情を示して次の作業に移った。この島で養育され成牛になればまた船荷として鹿児島港へ連れ戻されるのであろう。多量の荷揚がすむと僅かばかりの積み荷のパレットが本船のデリックで吊られて荷役は終り、大きな口を開けている船尾の自動車出入り口の荷動きも止まり出船の時がきたようだ。

## (2) 奄美・古仁屋港より徳之島・平土野港まで海路

岸壁の片隅にある薄暗い事務所前で、老婆が頬かぶりしている日本手ぬぐいの端で目許を押さえている。本船の上から、ランドセルを背にした男の児が手を振っている。そばの若い母親がしきりに手で老婆に家へ帰れの信号を出している。老婆は白い手拭をふり応えている。短い汽笛とともに大きい船腹の［A　L I N E］の赤文字をみせた本船「きかい」は次の寄港地徳之島へ出港した。離島とよぶ沖永良部島をめぐり、再び名瀬経由で鹿児島に上っていく定期の船旅が続いていくのだ。

入港時、有名な元《はじめ》ちとせの島歌を流していた弁当売りの軽貨物車も姿を消し、正午まえの静かな岸壁に戻っていた。岸壁には白い電柱と老婆だけが遠景のなかに何時までも残されていた。

古仁屋港の沖合には灰色の海上自衛隊のタンカーとそれを守護する護衛艦が、無言の表情を示して青い海原に停泊していた。奄美大島沖の銃撃戦で沈没した不審武装船の引き上げが数カ月前に報道され、またイラクでの激しい戦火が連日放映され画面だけでの緊張が日本に波及していたが、インド洋に派遣される給油船団への国民のまなざしはここ離島沖まで届いていないようである。大学生のように運動着姿で紙袋や大きなバッグを抱えた青年たちが、漁船溜まりの内港から上陸用舟艇に乗船し、停泊している自衛艦めざして航走して行く。その舟艇の操縦や達着作業をする三名の乗り組み員たちは、朱色の救命具を着用し機敏な動作を示していた。本船は自衛艦をさけて東シナ海向け大島海峡を加速して進みはじめた。空の雲が通り過ぎて行く、歴史の時間も素早く経過して行く。あの戦前と同じ軍艦旗をかかげた灰色の護衛艦のタラップを上がっていけば島尾敏雄艦長に出会えるように思え心が弾みはじめた。年代記の古い頁がめくられたようだった。

本船左舷の湾内の白い砂浜の向こうに見える小集落は芝村に違いない。加計呂麻島の北西端に位置する当地はロシア文学者であり、『大奄美史』を著した昇曙夢の誕生地で有名である。先年島尾敏雄文学碑のある呑ノ浦を訪問した帰途、現地調達のレンタカー軽貨物自動車で芝村を訪れたことがある。道見上げるような立て看板に「昇曙夢先生生誕の地」と書かれ、道の奥の屋敷にも標識が出ていた。道路脇で網の手入れをしていた老人に呼び止められ「昇先生は奄美一の人物で、もう二度と先生のような人物は出なさらん。奄美群島の日本への復帰運動では最先端を進まれた大恩人。この地では木ッパ役人はみな本土からくる。中央、つまり東京で頭を出す以外に世に出るすべがない。それには司法関係が一番じゃと言うて裁判官、検事、弁護士になる。国家試験受かれば文句なしじゃ。昇先生はじめ世に出た御仁は帰島なさらん。一般の人は、本土では鹿児島県出身や言うてな。めったに加計呂麻出身とは言いなさらん。言うてもこんな地名知らん。鹿児島県人でよいのや。」土地訛りの言葉はおおよそこのような要旨だと理解しながら聞いていた。

瀬相港から古仁屋へ渡る最終の町営フェリー連絡船の時間が迫ってきているので改めて参りますと言い残したまま再訪していないことが思い出された。少し脚の不自由な老人はまだご存命かなと芝浦崎に思いをよせるころ本船は外洋の底波に揺られはじめた。

江仁屋離という無人島沖を通過するころ、海一面が波立ち始めしぶきが露天甲板に押し寄せるので客室に入った。大部屋のなか整然と並べられた毛布の片隅に、古仁屋から乗船した親子づれが行儀よく枕元にランドセルや手荷物をならべて横臥しており、別の片隅にも乗客が寝ている。テレビは消えたままで、昼下がりの客室には時おり船のキールが大波を乗り切るドドンという音がエンジン音の間に響いてくるだけだ。

船窓の向こう側をエンジ色の作業服をきた甲板員が入港準備のため談笑して通り過ぎた。デッキに出てみる。

ふと私は、徳之島の緑の島影のはずれに奇妙な小島がぬーっと立っているのを認めた。（略）早速海図を見ると、それと覚しきあたりに、トンバラ岩という名前が出ている。（略）たかだか五十米位の岩であるのだから行手に立ちはだかるというのは如何にも大げさだが、まるで魔力でも持っているように、その岩は大きさの見当もつかないと思えた。

トンバラ岩も通りすぎた。近寄ってみれば、ごく当たり前の岩礁に過ぎないのに（略）薄気味悪く見えたのだろう。

私は島の娘たちの歌うこんな唄を知っていた。

徳之島向かてよ
徳之島向かてよ
飛びゆる綾はべら

徳之島に向って飛んで行く模様のついた蝶々。（略）ひらひら、ひらひら、真昼の照りつける青い海の上を、ジグザグの行程で蝶は疲労をしないのか。たよりない飛翔力とちっぽけな虫けらの本能で蝶は徳之島に辿りつくことが出来るのか。（略）（※私は）徳之島に向って飛んで行く蝶に成り変ることも出来ないのだろうか。（「徳之島航海記」）

ここに記されている特徴のある岩礁が左舷にみえ、船首方向に「むしろ瀬」とよぶ花崗岩でできた岩礁にかこまれた海岸線が望まれるが、綾はべらの姿を見かけないうちに本船は徳之島空港の長い護岸に沿って航行していた。

あの草原は、陸軍の飛行場だな。ああひどくやられている。がくっと頭を突っ込んで逆立ちしている。地下格納庫を作って二百番の爆弾を抱いてよたよた突込む特攻機を隠しているということだが、そんな様子は少しも見えないではないか（「徳之島航海記」）

本船は噴火口に似た湖に海水が流入したような形の徳之島西海岸の平土野《へどの》港に、午後一時二十分に入港した。下船客は六名で、古仁屋で乗船した小学生の親子は姿を見せないので最終の沖永良部島まで揺られていくのであろう。広い荷役用の岸壁広場にタクシーが一台いたが、無客を怒るように急発進した。私はこの島の西海岸より徳之島を陸路縦断して東海岸にある亀津の亀徳港まで行き、夕方の船便で名瀬に帰る予定だった。

## (3) 天城町（平土野港）より亀津町（亀徳港）までバス旅行

公園入り口のような高い階段の上にそびえ立つ大きな建物は天城町役場であった。玄関まえから港を見下ろすとフェリー「きかい」は模型船のように小さく見えた。

戦艦「大和」の沈没地点を指向して巨大な町役場が建てられたのかと独り合点したが、役所内部は外来者を受け入れる余裕もなく、皆忙しそうに立ち働いているのだった。やっと受付で亀津行のバス乗り場を尋ねたところ上司に問い合わせ、役場の裏側から出ると教えてくれたが、朝夕通勤時間帯以外は運行していない。荷捌きをしている生協の車に聞き、長い階段を下りると立派なバス待合い室があった。

さきほど船着き場で客待ちをしていたタクシーの運転手が退屈そうに待合い室に座り込んでいた。「この日町長選挙の公示があり町中選挙戦に突入するので騒がしくなる」と問わず語りに話しかけてくる。先刻訪問した役場の荒々しい空気は、現職町長が出馬するので職員一同が奮いたっていたのだろう。欧州で見かける教会の尖塔のような庁舎が南シナ海を睥睨している姿がこの町の姿勢を現しているようだった。候補者を乗せた車が港の方角に、名前を連呼しながら進んでいく。「選挙はお祭りだ。闘牛と同じだ。」

三人の乗客を乗せた瀟洒な徳之島空港発亀徳行き直通バスが止まり、運転手はマイクで待ち客ひとりだけの私にも優しく行き先案内の放送をする。ここの町役場の人達に学習して貰いたい程の心くばりが感じられた。全島に十三台だけ保有している路線バスのうち、空港線を担当することは徳之島を代表することなのであろう。緑のサトウキビ畠を貫いて進むバスの振動も心のはずみを倍加させる。

青空の下の丘陵を快適に進むバスの車窓にゴルフ場入り口のような進入路が望見できた。大きな徳之島国営農地の標識が誇らしげに丘の上に立てられている。山林や原野を切り開いて一大サトウキビ畠を造成し、離島振興を図る予定だったが、当初計画の約四割（七百ha）に縮小して農地が開かれたと新聞記者の神谷裕司氏は伝えている。

奄美大島にだけ許されている黒糖焼酎は、現地産のサトウキビでは生産が追いつかないので、外国から黒糖を輸入していると聞いたことがある。徳之島での生産に思いを巡らしているとき、バスは島の東海岸の旧道に出る丘の上の花徳に停車した。ここから少し北上すれば山《さん》漁港に到着し、徳之島フルーツガーデン訪問が観光経路になっている。このサン港は、島尾たちの乗船した十三号艇が加計呂麻島の基地を出て無事つくことができた所で、「里里定《さとさとてい》」という徳之島出身の召集兵とC兵曹長との珍問答を交わした場面が思い起こされ、時間が許せば訪問したい地点でもあった。

「とうとう、かあちゃんの島に来たよ、早く逢いたかろう」

里はしょぼしょぼした顔付きで黙っていた。

「今にすぐ逢わせてやるよ。乗用車を仕たててな」気のきいた言葉のつもりで、周りを笑わせようとしたが、応じないので、「此処は何と言う所かい」

「シャンであります」

「なに、お前のかあちゃんのことをきいているのじゃないよ」

（「徳之島航海記」）

ここでC兵曹長は戦前から学生仲間で美人のことをドイツ語由来のシャンと表現したことを活用しておどけて見せたのだが、相手に通用しないことだった。現地では山という地名はサンではなくシャンと呼び「シャン方面はここでお乗り換えです」とバスの運転手が車内放送したのを聞くと、独りで笑いがこみ上げてきた。

道路脇の岸辺には白浪が打ち寄せ、花徳から乗車して来た若い女性が、運転手に亀徳港からのフェリーに乗船できるか心配そうに聞いていた。白い乗務員氏名板に「琉祖〇〇」の名前を掲げ、胸にもネームプレートをつけた中年の運転手が、海上予報に波浪警報が出ていたが、本船が寄港するか抜港するかは現地で待つ以外に方法がないので、ともかく落ち着きなさい、と優しく言い聞かせていた。

「つぎは神之峯。通過します」制帽のひさしに手をかけてマイクで呼びかける。

「そうです、琉球から渡ってきて丁度二百年たちます。系図もあります」

「つぎは徳和瀬。通過します」

「年に一度沖縄の一族も来島して大勢の会合を開きます」

きりりとした顔立ちに誇りに満ちた表情を示しながら、美しい関東言葉で説明してくれる。方言札を使用してまで共通語の訓練を施したという琉球弧の人達の親心は、一概に非難できないことかもしれない。浪速言葉しか操れない関西人の地域性のもつ限界が考えさせられる。また九州島や本州島から見てこの奄美群島は離島と呼ばれているが、琉球や徳之島から見ればあちらこそ大きな離島ではなかろうか。海が荒れれば交通は中断されるが、穏やかな日和のときには海上の道は大きく開かれているのだ。

バスは亀徳港に着いた。十五分たてばこのバスは最終の徳之島空港行きになるので、本船が着岸できなければ、すぐこのバスで花徳まで折り返し明日の便を待ちなさい、と優しく女性に言い聞かせ、「ご乗車ありがとうございます」と乗車賃をいれる六名の乗客にあいさつをした。

船会社の窓口の黒板には、約五十分の遅れで上り鹿児島行きクインコーラル号（五千t）入港予定の表示が出ていた。さきほどの女性は派手な花柄の傘を斜めにさして強風のなか小走りでバスにもどり、前扉をたたいて運転手に本船の運航を告げると、足元を雨水でぬらしながら船着き場に戻ってきた。

琉祖さんのバスは出発信号の警笛をならすと、前照灯をつけ激しくなった雨中を無客のまま空港方面に戻っていった。船着き場の広い敷地の中、その遠ざかる赤い後尾灯を眺めていると置き去りにされたような旅の寂寞感に襲われる。

観光案内所の窓口では女係員と知り合いが何か食べ物を分けながら談笑している。七、八名の乗客は長椅子に散在して所在なく沈黙している。雨風は強くなり、白い波頭が埠頭の上まで舞い上がる。

この亀徳港はサンゴ礁を浚渫してまともに吹きつける外洋からの東風を遮蔽する場所に建造した新港で、対岸に見えている旧港は漁船や貨物船に使用されているようだった。雨が波濤のしぶきと混ざり合って待合所の窓にうち寄せる。乗客は頭を下げて寝ているか、週刊漫画誌に熱中しているかで、静寂そのものだった。船舶代理店の窓口のカーテンが開かれ乗船券発売が拡声器で知らされる。すでに記入済みの乗船申込書を手にして乗客はのろのろと窓口に進み、確かに本船は寄港するのかと聞く。女子職員が「定刻着岸」という。五十分遅れは解消したようだ。

沖永良部島より逆巻く波をかきわけて本船クインコーラル号は船脚を速めここ徳之島の沖合に接近しているのだろう。明るい照明をした観光土産物店に長靴をはいた男性が入り込み高らかに女店員に話しかけている。色あせた背おいザックに水色のセーターをくくりつけた白髪の老人が私に話しかけてくる。「これまで日本の陸地の主要な所は訪れたので、今回は日本列島を南の端から島伝いに北上しているのだ。あすは奄美より南西諸島を歴訪して鹿児島から陸路神奈川の茅ヶ崎の自宅へ久しぶりに帰宅の予定だ。家内は旅行してくれて助かる、在宅だと手間がかかるといいましてな…。」

ビニールカッパを着た女学生三人がもつれるようにして雨とともに待合室に入り、大きな明るい声を撒き散らす。

雨傘を横にして波しぶきを避けながら岸壁に置いてあるコンテナの脇から煙る沖合を見ると、大きなおおきな船影が見えるではないか。客室の明るい光が防波堤のすぐそばに輝いて見える。強風に押されでもしているように速い船脚で目の前を通過する。灯台のところで左に急転針し、後進で狭いサンゴ礁を掘り下げた港内に自力で移動してくる。息をこらして見ている間に巨体は目の前の岸壁に着岸しはじめる。船首からモヤイ綱が銃で放たれ、陸上員の素早い動作で岸壁の係柱に結ばれると、見上げる高い位置にある船橋から船長が船の前後に頭を向けてからマイクで「了解」と叫ぶ。三台の大型フォークリフトが排気ガスをもうもうと出し岸壁上を駆めぐる。雨が上がり沖合に太陽の残光が雲を赤く照らしている。白い覆いをした帽子の船長がもう一度船橋に現れて船腹を見下ろして姿を消した。その姿に私も安堵した。

この港での下船客はなく私たちに乗船許可がでた。プロムナード甲板から岸壁を見下ろすと、女学生が二人船上の友人に手を振りながら携帯電話で話している。大声で別れの挨拶を交わしたのは今昔物語りになったようだ。「クロネコヤマト」の宅配車が上屋前に駐車し事務手続をすますと、荷揚げしたばかりの小型コンテナの扉を開けて荷物を取り出し急いで立ち去った。見慣れた郵便の標識を付けた貨物箱は倉庫脇に置かれたままで、倉庫係員は鉄扉をがらがらと閉め鍵を掛けると自転車に飛び乗って姿を消した。郵便貨物は明朝勤務時間がくれば引き取りにくるのだろうか、新聞で騒がれている郵政民営化の問題点を見せつけられたような気分を味わう。

## ⑷ 亀徳港より名瀬港まで海路

短い汽笛の音が風に吹かれて空高く鳴りひびくと本船は岸壁を離れ、舳先を対岸の岸辺にのし上げるような勢で前進したが、瞬時に九十度転針し強風の吹く太平洋に向かっていた。女学生はまだ見送りの友人と無線電話で別れを惜しんでいる。すでに太陽は沈み、かなたに遠のいて行く岸壁の赤茶色の街灯の光だけが本船を見送っているようだった。そして高波が船をゆらしはじめた。波しぶきが歩行甲板まで吹き上げてくる。そして港の灯台の光が日没とともにその輝きを増してくる。

私は突堤の方を見ていた。彼女（里海軍二等水兵の若妻）※はだんだん近づいて来た（略）無造作に束ねた髪には赤いかんざしをさしているのが見えた。赤い鼻緒の下駄。紺の紋平をはいていたが、よそ行きの着物らしく、はでな娘らしい柄が眺められた。勢い込んでやって来たが、もう陥没していて女の弱足では来られそうもない所まで来ると、彼女は風呂敷包みをこちらに差上げて、二、三度振ってみせた。然し船はへさきを外海に向けようとしてぐるぐる動いていた。

（「徳之島航海記」）

白く砕ける波頭の向こう側に戦時中の別離の光景がまぶたの奥に蘇るようだ。

船出していく海ぎわの別れは遠いとおい昔から人びとの心に刻まれるものであろう。すこし前に耳にした短い古謡を思い出した。

加那しかや　　　いとしい人が
船出ししみしよらば　　　船出しなさると

わんや山登とて　　　　　私は山に登って
柴折て招ねこまねこ　　　柴を折って振ろう振ろう

暗い海原を進む本船のデッキから客室に入ったとき、ちょうど強い風雨にうたれ、山頂の山小屋にやっとの思いでたどりつき扉を開けたときのような感触が蘇ってきた。暖かい、そしてかすかな煙草の匂いのする船内のまばらな乗客は、毛布を体に掛けて静かに横たわっていた。ドドンという波を乗り切る竜骨の音を体で感じながら、ただバスで横断しただけの徳之島が非常に懐かしい島のように感じられ、やがてまどろみ始めた。

少し船室のなかに人の動く気配がし、船の動揺も静まった感じで目を覚まして甲板に出てみると、本船はちょうど名瀬港の立神の脇をすりぬけようとしているところだった。

約三時間三十分の船旅は終わろうとしていた。数年前までは、名瀬港の奥に「ナゼでは風力2　曇のち雨…」との気象通報を打電していた背の高い二本の無線塔が夜間には赤色灯をつけて聳え立っていたものだったが、それが消え去り、いまは港湾建設の特殊工作船の高い鉄塔が海浜に見えるだけだった。

名瀬港の岸壁では荷役作業が活発に行われ、その間隙を縫うようにして鹿児島行の多数の乗客が乗船していた。町の中心部へ向かう暗い岸壁の上を歩き、明るい照明灯に見守られている海上保安庁の大きい巡視艇の傍らを過ぎ、きれいな海水の流れ入る小川の前にあるホテルの入り口に立ったとき、わが家に帰り着いたような心の安らぎを感じた。

その夜、「沖縄脱出兵と沖縄奪還クリブネ挺身隊」（菊地保夫・奄美郷土研究会報38号）と題する報告を手にした。それには次のような内容が記載されていた。昭和二十年五月、クリブネという手こぎ漁船に乗り沖縄戦線から脱出し与論島、沖永良部島などを経て徳之島までたどりついた陸軍の兵士たちが、米軍のスパイ扱いをされ沖縄奪還クリブネ挺身隊を編成させられた。武器や食料の補給のためと称する敵前逆上陸で、順番に脱出兵を追い出す作戦が立てられたが、その計画なかばで敗戦を迎えたとのことである。

あの美しい南海の大海原をめぐり戦火に追われた兵士たちの奮闘努力の事どもに心を傾け眠られぬ宿の夜をすごした。

## 三　「徳之島航海記」への一考察

ひとたび震洋隊発進の命令が下されると、当時二十六歳の島尾隊長以下五十名の特別攻撃隊員は加計呂麻島の秘密基地から自殺艇を繰り出すのである。そして外洋からこの奄美大島の海域に侵攻してくる米軍の艦船に体当たり攻撃をくわえ、大島上陸を阻止する任務が与えられていた。強力な火薬を震洋艇の舳先に固定し敵船に体当たりして、その衝撃で爆装を破裂させ、敵も自分も、もろともに海中に四散させる作戦である。

比島戦線でこの震洋艇攻撃をうけた米軍は、長い電柱を海面に浮かべ、寄せくる震洋艇をその電柱に激突させて自爆させる防御戦法を編み出していたという。奄美海域でも敵が来襲すれば、それを迎撃する島尾部隊は自爆して消滅する運命に置かれていた。

　仮に一部隊の指揮官である私は、どれ丈の科学的な正確さを持った見通しと確信を持って、此の危険な航海に乗出したというのだろう。私にはどれ程の正確な情報も得ていない。防備隊の警備班が、只今の所では異状が認められないというような情報を私に与える。すると私は或る奇妙な誘惑に引っかかって、大へん愉快そうな顔をして、兎に角一度搭乗員に徳之島迄でも水路見学をさせる必要がありますから、決行します、というようなことを言う。そうか、充分注意して行ってくるように。私は十三号艇に七・七粍の機関銃を一台と二個の爆雷を搭載した丈で、徳之島への航海に乗出しているのだ。（「徳之島航海記」）

島尾敏雄はこの作品に設定された、米軍による海空制圧下の太平洋に三十tの焼玉漁船、十三号艇に約五十人の特別攻撃要員だけをのせ、なぜ秘密基地より徳之島への航海に出たのであろうか。

島尾の文章に、読者である私がフェリーを乗り継いで試みた請島渡海と徳之島への巡航の追体験を加え考究してみたい。

島尾隊長は意識的に延命策を講じるために徳之島航海を計画したのではなく、純粋に航路偵察訓錬を意図したのであろうが、特攻出撃を免れることが意識下に存在していたとしても不思議ではない。島尾の言葉を引用してみよう。

十三号艇は未だこちらの島に接岸航行をしていた。私の心を占領していたのはグラマン戦闘機であった。その敵の飛行機の影を認めたなら、直ぐに船を岸にのしあげて、岩のかげか、木や草のしげみに逃げこもうと考えている。（略）飛行機がやって来るなら、早く来て呉れ。傷つくか、或は海中に泡を食って投げ出されるようなことになって……いやこの位ならまだ岸まで泳いで行けるだろう。（略）私は鳥島に不時着をして一箇月も消息の絶えた若い飛行兵の話を知っていた。

（「徳之島航海記」）

この飛行特攻兵はパラシュートで手製の帆を作り小船で鳥島を脱出したのち徳之島経由奄美大島の古仁屋までたどり着き、やがて原隊の徳島へ無事帰着したといわれている。

また島尾はいざ本番の出撃の晩にその鳥島へ脱出することを夢想したとも記している。

死して護国の鬼となれとの宣託で多くの二十代の青年が黙々と命を捨てさせられた戦争の時代を、抑制した表現で島尾は文学的に定着させている。多くの同時代作家の中で島尾以外に特攻の隊長をつとめた存在を知らない。先頭きって敵陣に乗り込まなければならない島尾中尉は、戦線離脱を頭の片隅で願望しながら「ええか、よく飛行機を見張れえ」と部下に号令をかける孤独な指揮官を演じたのである。男らしい勇敢な航海の記録として表面上は読み取れるが、文字の裏側に秘められている死を予定された部下の若者たち、そして自分自身への運命に対する愛しさを読み取りたい。

私はこの個人的な船旅で、奄美大島に寄り添った与路島から大平洋の強い海流が東シナ海に流れ込む海峡の波間を乗り切り、トンバラ岩の彼方に見える徳之島を望見したとき、平時の航海でさえもやっと陸地に接近できたとの安堵の思いを抱いたのであり、戦時中の島尾部隊一同のほっとするような気持ちがよく理解できた。

そして島尾隊長の航海訓練の理由を次のように推定してみた。

正規の計画としては、敵艦船攻撃の予行演習としての水路見学ではあるが、副次的に基地で長期に拘束されている特別攻撃隊震洋搭乗員たちへのレクリエーションをかねた二日間の航海訓練で閉塞感を解放させ英気を養うことである。

しかし不幸にして敵の襲撃を受ければ応戦するとしても、一台の機関銃では敵戦闘機の攻撃を防御できない。また潜水艦に対して二個の爆雷だけでは応戦できないだろう。この十三号艇は沈没するか、焼失するだろう。乗船している島尾隊の隊員たちの大半は戦死するに違いないが、それでも中には洋上を漂流し、どこかの島に到着するか、漁船に救助されるか、生存の幸運に恵まれる可能性が残されている。

無事徳之島の亀津港に寄航し隊員を下船させ、陸地で分宿させたあと敵の襲撃を受け、第十三号艇が炎上するなど航行不能になれば、島尾隊は徳之島に停滞せざるをえない。特別攻撃出撃が発令されても震洋艇は呑ノ浦の基地に隠匿されてあり、基地まで戻る手段がない。迎えの舟艇が来ない限り島尾隊員は徳之島に足止めされたままであろう。長期になればすでに陸軍部隊が五千名ちかく島に駐屯しており食料補給の難問題が存在することではあったが、暫時、特攻戦参加は不可能になり、図らずも延命持久作戦となるであろう。

重傷を負った私は、とにかくその時の私の立場と軍隊の責任を離れることができるかもわからない。

「星くずの下で」と題する島尾の作品にこのような記載がみられる。これこそが徳之島への孤独な指揮官島尾隊長の本当の航海目的であったのではなかろうか。

昭和十九年（一九四四）十一月十一日に航海訓練にでた島尾敏雄は次のように記している。

この日が死んだ母の命日であることを思い起した。私が危険を逃れることが出来た日がたまたまその日であった経験を一再ならず持っていたことが、私をいくらかは神秘家にした。それで私は此の航海も敵の飛行機に追われることとなしに終わるであろうことを予想出来る心理状態にいた。

（「徳之島航海記」）

この十一月十一日という暦日にはルソン島での日米両軍の激闘が展開しており、たまたま奄美地方への米軍機動部隊の進出をみなかったことかもしれないが、母の加護があったものと私も信じたい。

十一月六日には大本営海軍部が特攻兵器「震洋」のフィリピン戦線での使用を初めて許可した状況下

で、島尾部隊の航路見学が認められたのであろう。

昭和二十年（一九四五）八月十三日夕刻「特攻戦出撃用意」の命令が出された。いよいよ昨年十一月十一日に見学航海した航路をたどって米軍を迎撃して島尾震洋隊全員が戦死する時がきたのである。ところが十三日の夜にも、十四日の夜にも出撃命令は出されず、「即時待機」のまま、ついに八月十五日を迎え、その日の正午日本は無条件降伏した。

母親トシの守護を信じた島尾敏雄の引きいる震洋隊は佐世保で解隊した。ひとりの戦死者を出すこともなく、全員無事な姿で家郷に復員することができた。

◇資　料◇

**○立神　TATIGAN／TATEGAMI**
村落前の海に筍状に屹立した岩島で「立神」と呼称されている聖地が、南島琉球弧の島々に見受けられる。遥かなる海の彼方から「世」（世果報・よがふ・この世）に豊作、幸福を携えて来訪する神が、海を渡る途中一時的に足を休ませるため村人の前に姿を現すとされる。淡路島の沼島や志摩半島にも存在すると言われている。
仲松弥秀「沖縄の地名」

**○徳之島名物**
闘牛、長寿の島—故泉重千代氏や本郷かまと氏、横綱—朝潮太郎、トライアスロンなどが挙げられる。

西郷隆盛翁は三十六歳のとき二度目の遠島処分を

うけこの島に七十数日滞在した。犬田布岬には戦艦大和を旗艦とする特攻艦隊戦没者の慰霊塔が建立されている。また江戸時代後期に起こった黒砂糖づくりをめぐる薩摩との軋轢を生んだ犬田布騒動の事跡もある。

**○島尾敏雄隊長の率いる震洋部隊の水路見学航海**

昭和十九年十一月十一日―奄美・加計呂麻島基地出発⇩請島沖⇩与路島沖⇩トンバラ岩⇩東海岸の山《サン》⇩西海岸の平土野沖（陸軍飛行場）⇩犬田布岬⇩東海岸の亀津に上陸し一泊（本船は亀徳に仮泊）⇩十一月十二日―トンバラ岩⇩与路島沖⇩請島沖⇩加計呂麻基地に帰着

乗船した第十三号艇（三十t）は船長とともに徴用した和歌山県の焼玉漁船。

**○奥野健男氏の評論**

「島尾敏雄文学紀行」に島尾敏雄を案内役とした徳之島航海記の追体験が記されている。

「…山《サン》近くの近代的な東亜観光ホテルはぼくたち以外は、全館が新婚さんばかりであった。島尾とぼくはやけぎみで浜辺を走りまわり、角力《すもう》をとったりする」

「…何か落着かず、観光客から遠い平土野の町に行き、さびれた飲屋に入りようやく離島のかなしい、しかしなつかしい気分を味わった。帰路月夜のサンゴ礁がすさまじい美しさだった」

（学習研究社『現代日本の文学42』昭和四十六年）

# 島尾敏雄と大阪

## ――文学仲間との連環　伊東静雄・庄野潤三・富士正晴・三島由紀夫たちと――



### はじめに

島尾敏雄と庄野潤三との交わりが伊東静雄へと拡がり、次いで戦後富士正晴を包む文学仲間の連環が大阪という場で生み出された。島尾敏雄は福島県出身の両親の生活の推移に伴い、幼少期は横浜で過ごし、関東大震災で神戸へ移住した。小中等学校時代は神戸を中心として活躍したが、その間進学準備のため大阪ＹＭＣＡ予備校へ神戸から通学した。そして長崎高商、九州大学へと進学して広域な空間での生活が展開されていくのである。なかでも九大の一年後輩にあたる大阪出身の庄野潤三と知り合って以後大阪訪問の回数が増加した。戦争がおわり生きて復員できた島尾・庄野両海軍軍人の往来は激しく、そして伊東静雄や新たに知己をえた富士正晴など文学仲間との交流が密になるのもここ大阪でのことであった。やがて島尾が第一回戦後文学賞を『出孤島記』で受賞した二年後、東京での新生活を志し大阪駅より出発した昭和二十七年（一九五二）までの時期に書かれた関係者の文章をたどりながら「大阪をめぐる文学仲間の連環記」を戦前期・戦後期の二部としてまとめたい。長崎高商時代の島尾敏雄の生活状況には大阪の存在が直接反映していないのでこの論考では触れていない。

## 一　戦前期の大阪における島尾敏雄

島尾敏雄たち文学仲間が交流を重ねる多彩な文学的人物が存在し活躍していた地理的条件である「大阪」を概観している次の言葉から始めたい。

［司馬遼太郎の大阪観］

大阪の価値は、まず日本列島のやや西寄りの中央に位置しているということであろう。ついで琵琶湖という巨大な貯水池をもち、淀川が天然のパイプをなし、下流で数百万の人口をうるおしうること。さらには後背地がひろく、地味が豊沃で、食料の供給力が大きいこと。さらにそれらを総和してもうわまわるほどの価値は、大阪湾と瀬戸内海であろう。（略）瀬戸内海という自然の回廊に守られつつやがては外洋にむかってひらけ、その航路は大阪港によって日本列島の各港をめぐり、あるいは神戸港によって世界に通じている。

（司馬遼太郎「政権を亡す宿命の都」昭和四十三年）

### (1) 大阪ＹＭＣＡ高等予備校に通う（十八歳）

島尾敏雄は神戸六甲、神戸市灘区篠原北町一丁目の実家近くにある阪急電車六甲駅より大阪駅に出て土佐堀に古くからある大阪ＹＭＣＡ（キリスト教育青年会）高等予備校（大阪市西区土佐堀二丁目）に通学した。

昭和十年（一九三五）三月――兵庫県立第一神戸商業学校を卒業したが、神戸高等商業学校への入学志望がかなえられず受験浪人となる。盛夏のころ福島県相馬郡小高町の祖母宅にて受験勉強をおこない、また北海道旅行を試みた後、秋九月十日の午後から土佐堀の大阪ＹＭＣＡ高等予備校の授業をうける。高等教育への橋渡しをする旧制中学校とは違い、商業学校では大多数が実社会にて活躍することを目標とする最終教育過程と見なされていたので、簿記会計など実業科目学習に力が向けられ、英語の時間が中学校とくらべて少なかったのがＹＭＣＡを選択した理由の一つだったろう。島尾には英語力に対する不安が生涯付いて離れなかったが、長崎高商で学習をはじめたロシア語は終生なじみ活用できた外国語となった。

翌年長崎高等商業学校受験の英文解釈問題に、はからずも記憶していたFLEXIBILITY（柔軟性）という単語が二度もでたので合格したと語っている。ただこうした外国語への苦手意識は九州帝国大学へ進学してからも潜在意識にあった。このことを島尾は「小学校を卒業してからずっとそのころの所謂傍系の学校ばかり通って来た」（「重松教授の不肖の弟子たち」）と記しており、工・商・農などの中等学校では基礎教育が施されなかったとの傍系意識については吉本隆明との対談のテーマとして取り上げている。小学校卒業のとき担任教師が、名門の神戸一中への進学をすすめたが、貿易商の父親が神戸県立商業学校進学を強力に推し進めたので実現しなかった。

　商業学校から高等商業学校にはいる試験に失敗したときの一年間は、中途半端な年令（十八歳だったと思いますが）のせいもあって、とてもつらい思いをしました。先の成長を考えることのできない土中の虫のような閉ざされた、くらい気持の日々でした。（略）初秋のころ、思いきってＹＭＣＡの予備校にはいり、毎日通学して試験準備の授業を受けました。これがよかったのかもしれません。やっと勉強のくせが身につき、冬の季節の、へんなことばですが最後の追いこみの勉強に移って行くことができました。結局のところその年の試験に合格できたのですが、まるでかけくじに当ったようで、たしかな手答えというようなものではありません。

（「私の受験時代」）

九月十日より始まるこの予備校通学が定期的な大阪訪問の最初である。

この予備校の所在地土佐堀は幕末までは大阪の土佐藩の船着き場で土佐堀浜とよばれ商業活動の中心地の一つであった。明治維新後、近くに川口居留地がひらかれ、欧米諸国の文化の中心地として発展し、関西で最初にＹＭＣＡの施設が教会の付属施設として設けられ、明治大正期には大阪では珍しいその三階建て会館で文化行事が開催された。たとえば大正二年、尾崎行雄、犬養毅などに指導された二千人の憲政擁護についての大集会が開催され、また文芸投書雑誌を中心にした関西青年文学会もここで開催され、その機関誌に与謝野鉄幹の「妻をめとらば…人を恋ふる歌」が発表されるなど、この会館は多方面に活用された。

後年宮本輝の作品『泥の河』はこのＹＭＣＡの裏手を流れる土佐堀川下流を舞台として描かれた。

また交通の拠点である梅田の地名は、江戸時代曾根崎新地の北辺は低湿地帯で墓地などがあり、そこを埋め立てたので埋田とよばれ、ついで梅田に改名したという。近年、地下鉄・阪急・阪神など各線の集まる大阪市街地北部の交通の要所を大阪駅の別称として梅田駅とも呼称する。

## (2) 九州帝大法文学部学生時代（二十三―二十六歳）

大阪ＹＭＣＡに通い長崎高等商業学校（現長崎大学）に合格した十九歳の島尾は長崎青春時代（一九三六年―一九三九年）をそれなりに謳歌したが、長崎時代はこの稿では触れない。

昭和十五年（一九四〇）四月島尾は九州帝国大学法文学部経済科に入学したが、翌十六年九州帝国大学法文学部文科に再入学し東洋史を専攻することとなった。昭和十七年春、九大文科に一年後輩として入学してきた庄野潤三と知り合った頃の島尾を庄野潤三の戦後における回想から引用してみよう。

　島尾は大学以来の友人で（略）同じ史学科の一年上に彼がいた。専攻の学生が六人しかいない科であった。（略）私が会った時の島尾は、ただ一生懸命に東洋史の勉強をしようとしている学生に見えた。あとに安岡章太郎、吉行淳之介などの間で島尾のことを「インキジノフ」と渾名を

つけたが、私が研究室で初めて会った時の島尾は、顔色がよくなくて、重りをつけて沈んでいるといった感じがあった

（庄野潤三『名瀬だより』昭和三十四年）

昭和十七年十二月三十日午後にまず庄野潤三が神戸・六甲の島尾宅を初めて訪問した。その島尾の住居は、次のように書かれている。

急な坂道を登って行くと、すぐ分かった。石垣の上に門のある、小ぢんまりした、いい家であった

（庄野潤三『前途』昭和十八年）

神戸では街のまん中にいても顔を上げれば六甲や摩耶の山なみが見えたし、少し歩けばビルディングの間に碇泊している商船の姿が見られた。然も家は高台にあった為、二階の窓からは山と海とを居ながらにして眺めることが出来た。海の向う側の紀伊半島や淡路島のたたずまいさえ眺められた

（『硝子障子のシルエット』）

庄野潤三と島尾敏雄たちの博多における学生生活については本書「九州大学最後の夏休み」にて考察をくわえた。

**庄野潤三に連れられて島尾敏雄が伊東静雄を初訪問**

昭和十八年一月三日、島尾は自宅より阪急六甲駅経由大阪・梅田駅から地下鉄に乗車し天王寺駅から地上に出て阪堺電車・帝塚山三丁目で下車して庄野潤三の家を訪問した。

帝塚山の庄野潤三の家を訪うた頃おいは、木枯しが吹きすさぶ。二人で堺の伊東静雄氏を訪うたが、宿直とかで留守。反正天皇の百舌鳥耳原上陵を詣で、冬枯れの郊外を歩くが寒いばかり。

（「昭和十八年日記」）

この年の夏休みふたたび、庄野潤三に連れられて島尾敏雄は北畠の住吉中学（旧制）の教師であり有名な詩人の伊東静雄を訪問した。また伊東静雄の早逝した次兄は「潤三」と命名されており、庄野潤三の名前にたいしても静雄が親近感を抱いたことであろう。

友人は伊東静雄の消息を、いろいろなかたちで私に伝え、私はそれからのがれようと、きき流す姿勢をかまえたがった。あれは昭和十八年の夏のことだったか。友人に伴われて、はじめて堺の伊東静雄の家をたずねたのは。私が甲斐ない抵抗をこころみ、行きしぶっていたのを、友人は無造作に引っぱり出した。（略）手みやげに持参した彼の重い西瓜を私も分け持ったことが、私のためらいをいくらか軽めてくれたし、なによりも私はそのひとの詩に関心が向かなかったことが、私を勇気づけていた

（「私の内部に残る断片」昭和四十二年）

**伊東静雄初訪問の印象**

（※昭和十八年八月十七日）昼すぎ、「八雲」第二輯の小説を読んでいると小高（※島尾敏雄）が来た。ビール二本を僕が持ち、西瓜を小高に下げて貰って、伊東先生のところへ行く（略）今日は

文学のことより戦争についてよく話した。（略）国体観とあわれを兼ねそなえて、痛快な戦いをする日本人のようなものは、世界にほかに類がないことを、いま、はっきり国民に知らせて安心させたらいいのにと、先生は云った。（略）もうすぐ出来る小高の創作集（※『幼年記』）のことを話すと、帰りがけ、玄関で先生が、「その本が出来たら、私にも一冊くれませんか」と小高に云った。「はあ、読んで頂けましたら有難いです」と小高は答えた。あれは小高の最大級の畏み方で僕はおかしかった。

（庄野潤三『前途』）

この庄野潤三の記録に対応して島尾敏雄は伊東静雄との初対面を次のように記している。

事はあっけなく終った。私はそこにひとりの背丈の低い中学教師を見た。彼は着物を引きずるように着て、戦場に出て行く若者の緊張をときほぐすことばを私たちに言った。私はまもなく軍隊にはいることになっていたし、友人もいずれそうなることにまちがいなかった。玄関につづくせまい部屋でのことで、たしか本棚につまった国文学の全集がひとそろいそれだけがその部屋に置いてあった。子供が生まれようとして夫人はふせっているところだと言ってふすまが閉ざされていた

（「私の内部に残る断片」）

また、海軍へ入隊のあいさつに赴いたとき「サツジンでもゴウカンでもやってまいります」と伊東静雄の送別の言葉を玄関さきでオウムがえしに叫んだことが記憶されている。

伊東静雄は狼の目、自在のひととなって中空をかけりながら、私たちの憂鬱を吹きとばしてく

れたと思えた。（略）それは彼が私たちの未知の戦場へのためらいとおそれを解きほぐすためのざれごとだということがことばの外にあらわれているのだと受けとりながら、なにやら勇み立ってくる軽やかな調子を注入されたのがふしぎであった。

（「伊東静雄との通交」）

伊東さんからは素手で敵の中で降参しないでいる方法をおそわったような気がする。

（「伊東さんのこと」）

当時の伊東静雄の住居は「百舌鳥耳原上陵《もずみみはらうえりょう》」の近くにあった。この御陵は四世紀末頃より築造された百舌鳥古墳群の一つであり、その規模で世界的に有名な仁徳天皇御陵の北辺に位置し、南海電車高野線、堺東駅東改札口より徒歩数分のところに所在する。伊東宅は昭和十一年末より二十年七月十日まで堺市三国ケ丘町四十にあったが、昭和二十年七月十一日の米軍による夜間爆撃で炎上した。B29約二百七十機の主力は紀伊水道より分散侵入し和歌山市、堺市に焼夷弾攻撃を行なった。戦災後の土地区画整理で現在北三国ケ丘一丁目一番四七号となり、鍼灸院のあるところと推定される。なおこの三国ケ丘なる地名は古称の摂津・河内・和泉の国という三国の国境が集まる地点より命名された。歴史的にみて、堺は約三百年ごとに兵火に襲われている。応永六年（一三九九）の応永の乱、元和元年（一六一五）大阪夏の陣、そして昭和二十年（一九四五）の堺大空襲、しかしその度に目ざましい復興をみせている。

## (3) 海軍時代（二十六―二十八歳）

急迫をつげる戦争状況下に伊東静雄の差し出した書簡が当時の交友関係と時代背景をしめす貴重な資料として『定本伊東静雄全集』（人文書院刊）に記録されている。その中から島尾関係を見てみよう。

昭和十八年十一月大阪府堺市北三国ケ丘より、現中国リュイシュン（当時関東洲旅順市旅順海軍予備学生教育部第五分隊）島尾敏雄宛葉書。

お葉書有難う、お元気何よりです。庄野君も二、三日前検査で甲種合格、目下痔の治療してゐるところです。私も元気。赤ん坊も日毎にたのしくなります。あなたと同じ教育部の第一分隊に今井茂雄といふ人がゐます。もとの私の生徒さんで、文学の好きな人です。気が合つて、友達にもしなられたら愉快だなあと思ひます。

庄野君は砲兵になりたいと云つてました。（略）私の年少の友人もぞくぞく入営、心ゆたかににぎやかです。蓮田善明君も。中谷孝雄も。

私も元気に暮らしてゆきます、そしてしつかり文学つづけてゆくつもり。時々生活の模様知らせて下さい。さて、何か書かうとすると何も書くことないものですね。今日はこれだけ。

昭和十八年十一月二十二日堺市北三国ケ丘より、旅順海軍予備学生教育部、島尾敏雄宛葉書。

今庄野君見えてます。あと一週間で入営、あなたのことなど話合つてゐます。こちらは二三日前から火鉢用ふるやうな気候。先日庄野君の「雪・ほたる（※のち『前途』と改題）」といふ小説よみました。あなたのことが中心。そして、なつかしい、いい小説です。あなたのいゝところがよく出てゐました。

訓練相当骨身にこたへはしませんか、さつききくと二十七歳の由、老兵の内でせうな。庄野君は入営控へて何だか顔の表情が、いつもよりやさしくなつたやう。さう云ふ私の顔も庄野君に向かひ合つて、いくらかきつとやさしいのぢやないかと思ひます。元気を祈ります。（略）あすは秋季皇霊祭でお休み。

昭和十九年一月十一日堺市北三国ケ丘より、旅順海軍予備学生教育部、島尾敏雄宛葉書。

お葉書ありがたう。庄野君からも元気な便が二度ほどありました。私はいそがしい毎日ですが、割に達者に暮らしてゐます。このごろは皆兵隊に行つて、遊びに来てくれる若い友人も少く、従つて物書く気持になることも稀であります。本もあんまり読みません。昨日は久しぶりに海岸に行つて冬の海を眺めました。何だかひさしぶりに目がはつきりさめたやうな気持で眺めました。私は三十九歳になりました。何も出来ぬまゝに。そして力一杯のこと出来るのはいつのことやら。今井君に会はれたら「たつしやでゐなさい」とおつたへ下さい。

昭和十九年三月二十七日堺市北三国ケ丘より、横須賀市田浦海軍水雷学校二一五班、島尾敏雄宛葉書。

先日はお葉書ありがとう。元気ですね。雪・ほたる、いよいよ発行されたらしいです、今日明日にでも送つて来るらしいので楽しみです。

しかし、どうもお葉書拝見して、今あなたの方が私などより文学に就いてもいきいきした心をもつてをられるのぢやないかと考へました。

もうすぐ桜の季節ですね。うつかりしてゐた間に。

こうした伊東静雄からの便りを受けたときの感想を島尾敏雄は書いている。

軍隊での生活は、それまでとまるきりちがった時間にしばられ、なにかによりすがるのでなければ、からだが保てそうではなかった。彼からの短いたよりが私を誇らかなものにし、彼の新しい詩集の「春のいそぎ」が、連日の訓練できしる骨と骨のつぎ目になめらかな油を注ぎ入れる役目を果たしてくれた。

（「伊東静雄との通交」昭和四十三年）

昭和十九年三月二十七日堺市北三国ケ丘より、徳島市蔵本町西部三三部隊高木隊ロ、富士正晴宛葉書。

お葉書有難う。ご元気の様子なのが、大へん安心。わたしまでが何だか自信がつく次第。こちらはその後何の変化もありません。文学もひとつも面白くありません。わたしも何も書きません。この春休みには十日間ほど盲腸の工合わるくてねました。いつのまにか桜の気候になつてしまひました。『文芸文化』もいよいよ廃刊の由。『コギト』はまだぼつぼつ出てはゐます。（略）営内でも筆墨が使へる物心両面の余裕があるらしいのを、お葉書見てうれしかつたです。初めての筆画通信だつたから。

これら伊東静雄発信の手紙は公表されているが、それらに対応する島尾敏雄より伊東宛の書簡は未発表であり公開が待たれるところである。

庄野潤三の実家は「帝塚山《てづかやま》」という大阪市住吉区にある住宅文教地区にあった。古代の豪族にかかわる帝塚山古墳に由来する地名といわれている。明治四十四年設立の東成土地建物株式会社が買収の土地三万七千坪に住宅建設をすすめた。上町台地の延長上にある高台は旧市内の裕福な商家の居宅として利用され、現在でも高級住宅街とされ居住者は独特のプライドを保持していることは阪神間の芦屋住民と同じである。万代池をめぐるこの土地に、大正六年私立帝塚山学院（初代校長庄野貞一は潤三の父）、官立大阪高等学校、府立住吉中学校、大阪府立女子専門学校などが誘致された。それらの学舎は郊外地区に移転しており、現在帝塚山学院、府立看護短大がこの地区に置かれている。

「阪堺《はんかい》電車の帝塚山三丁目の電停で下車して帝塚山学園の反対側女専の一つ手前を左に曲ったら屋根裏部屋のついている古い洋館が目標だ。これが亡父（貞一）の家でその北隣がぼくの家だ」と庄野におしえられて阪田寛夫（住吉中学で庄野潤三の後輩であり、朝日放送の同僚）が庄野宅を訪問したと『庄野潤三ノート』にしるしている。また、阪田は帝塚山学園小学部の同窓生であり、全員の通信簿には「第一に力ある人／第二に力ある人／第三に力ある人」という戦時下の標語が印刷してあったと回想している。

阪堺電車天王寺西門前から住吉神社前までの上町線は帝塚山地区開発に寄与した。今日大阪唯一の路面電車は阪堺電軌上町線としてチンチン電車の愛称で現在でも活躍している。

「二〇〇四年の帝塚山」の現状を庄野潤三はその随筆にしるしている。

（※大阪）リーガル・グランドホテルに入って、一休みすると、すぐにお仏壇におまいりするために帝塚山の亡くなった兄の家へ。天王寺から路面電車の堺まで行く阪堺電車に乗る。私たちが子供のころから走っていたチンチン電車で、昔は上町線といっていたものだ。国道から外れて狭い家並の間へ入って行くと、松虫、東天下茶屋、北畠といった、昔なつかしい名前の停留所を過ぎて、兄（※庄野英二）の家に四時ころに着く。

（庄野潤三『けい子ちゃんのゆかた』）

## (4) 伊東静雄を巡る文人たち

「伊東静雄と日本浪曼派」と題する富士正晴の文章の中に、「伊東静雄は友人と友人を引き合わせるのが好きなような一面があった。この趣味から戦争中わたしは藤沢桓夫とも知り合いになり、桑原武夫とも知り合いになった。（略）これも伊東に紹介された林富士馬につれられて当時、東京にいた保田与重郎や蓮田善明のところへ行ったこともある。」と回想している。このように伊東静雄は人々の輪をむすびつける結び目の役割をした。ここに伊東静雄を中心にして島尾敏雄たちとの主な交遊関係を図示してみよう。

【伊東静雄】①住吉中学教師としての関係―庄野潤三・斉田昭吉
　②文学者仲間関係―富士正晴・三島由紀夫・大山定一・桑原武夫・林富士馬・島尾敏雄・
　　小高根二郎・萩原朔太郎・保田与重郎

戦前のこの時期には島尾と直接結びつかないが、伊東静雄と富士正晴そして三島由紀夫の交流を瞥見して戦後に展開された華麗な文学集団の理解の一助としたい。

## (5) 伊東静雄の影響

住吉中学国語教師伊東静雄の教え子に富士正晴の弟である富士正夫がいた。「伊東日記」では昭和十八年八月弟正夫に伴われ富士宅で昼食の提供を受けた時正晴に初めて出会い、それからの長い交流がつづくのである。

伊東の日記に次のように記載されている。

　昭和十八年九月三十日放課ごろ富士君来校、帝塚山に登り二時間位話し、神の木で別る。こんなところに座つてゆつくり話すなどといふことは近来になかつたこと、松林を眺め、太陽のくだりゆくのを見、目の下の家々の様子、散策の人などを見る。林、平岡（※三島由紀夫）、蓮田、保田君らの文学のこと、戦争のこと、わが心の状態など話題にする。（略）召集きたら「よしや」と云つて立上ること。富士君曰く「私はからだがいいのです」。東京駅頭に於いて富士君が見たもの、中学生の予科練入隊を同級生が肩車にして、歌うたひつつ寄せてきた。見てゐた人「若い人はうらやましい」と云ふ顔してゐたよし、「自分もさう心から感じた」と富士君云ふ。

十月十七日に富士正晴の結婚披露宴が、林、堀内、上野、高安、石原、井口、伊東たちも参加して行われた。その数日前に富士あてに軍需工場への徴用令状がだされていた。富士正晴の人物について、富士家の全部を取りしきっている力強い長男であるかと想像していたが、実際上は家族から可愛がられ、庇護されている存在だと林と伊東の二人で話題にした。翌昭和十九年二月召集令状を受け徳島で入隊した。この初婚の妻は実家に帰ったまま富士正晴従軍中に正式に離婚した。

文学冊子『まほろば』昭和十九年六月・終刊号に伊東静雄が庄野潤三を送る詩「うたげ」と付随した小文を出稿している。

庄野君の書いた文章が、「雪・ほたる」と題して、最初にこの「まほろば」に載るのは喜ばしい。君が一番敬愛してゐる友人らの雑誌だから。（略）「雪・ほたる」は同窓の友（※島尾敏雄）を海軍におくる文章だが、自身も亦急に入隊することになつた。大阪の自宅で、出発前のしばらくの間に書いた。原稿で私も見せて貰つて、これまでに君が書いたもので一番いゝものだと思つた。さう言ふと君も大へんうれしそうであつた。（略）先夜君の歓送会に出て後で私はつぎのやうな詩を書いた。

うたげ　　　　　　　　伊東静雄

神にささげてさてのむ御酒《みき》に
われらゑひたり
二めぐり三めぐり
軍立《いくさだち》すがしき友をみてのめば
はやもゆたかに
われらゑひにけり

座にあるひとりの老叟《をぢ》
わが友の肩をいだきて
ゑみこぼれいふ言《こと》は
「かくもよき

頼もしきをのこの子に
あなあはれ美しき妻も得させで…」

われら皆共にわらへば
わが友の眉羞ぢらひて
うたひ出《づ》るふる歌ひとつ
「ますらをの
屍《かばね》草むすあらのらに
咲きこそ匂へ
やまとなでしこ」

さはやけき心かよひの
またひとしきりわらひさざめき
のむ御酒《みき》や
門出《かなとで》をうながす声を
きくまでは

この詩は女性とのあつい交情も交わさず戦陣に赴く若い男性への先輩たちよりの餞《はなむけ》の詩の言葉である。

昭和十九年十二月の敗色につつまれた当時の記録を伊東静雄の「日記」からみてみよう。

十二月九日学徒出陣で大竹海兵団に行く庄野潤三の送別会で帝塚山学院の先生、友人、親類、隣組の人達二十名が集う。阿諛と、追従と嫌な雰囲気。あんな雰囲気になれれば庄野君も文学者としては駄目なり。目覚めて周囲を振り返る日はいつか

と伊東静雄は記している。潤三は死地に出征していく身であり平和時における文学者としての処世術の自覚を求めるのは酷であり、この点中学校に在籍していた静雄の持つ一つの限界だと言えよう（庄野潤三の受けた餞別七百円―当時月給の約七ケ月分）。

### ⑹ 伊東静雄と富士正晴

昭和十年（一九三五）徳島県池田町での徴兵検査で丙種合格であった富士正晴は昭和十九年（一九四四）三月三日徳島の西部三十三部隊に陸軍二等兵として入隊したが、五月五日中支派遣歩兵四十師団第二三五連隊に転属され、いよいよ大陸の中支方面に出征することになった。特別休暇を貰って大阪にもどり、住吉中学の伊東静雄を訪問した日の二時頃平岡公威（三島由紀夫）も来校し、そろって富士宅に行き夕食を共にし十時ごろ伊東と平岡は北畠駅で別れる。富士は十八日に部隊にかえり、二

十一日には中国へ渡海している。

三島由紀夫は中学生時代に伊東静雄の『詩集夏花』を購入して以来その詩業は三島の文学的故郷ともいえる青春の記念碑的存在におかれていた。

次のように三島は回想している。

伊東氏に面晤《めんご》したのは、ただの一度であつた。徴兵検査で国へかえつた折、氏のお宅を訪ねて、二三時間も話を伺つたであろうか、その対話の記憶は悉く失はれたが、当時の私にとつて、いかに軍隊生活が恐怖にみちた固定観念であつたかの証拠として、氏が、上官の室へ飯をさゝげて入るとき「入ります」と云つて礼儀正しく入つてゆく新兵のよさについて話されたのを、拙著『花ざかりの森』の跋文に引いたのでもわかる。（略）もつと実のある話を沢山《たくさん》氏の口からきいてゐる筈なのが、私の耳が稚なくて、熟してゐなかつたのである。

（「伊東静雄氏を悼む」昭和二十八年）

五月二十二日、徴兵検査を終えた平岡（三島由紀夫）が伊東を再訪し夕食を共にしたが、伊東日記には「俗人」との平岡の人物評が書かれている。また五月二十八日平岡からの来信に「面白くない背伸びした無理な文章」との感想をも記入している。戦後三島由紀夫として有名になった平岡を評価するようにはなったのであるが。

三島由紀夫は伊東静雄への追悼文に、

伊東静雄の詩は、俺の心の中で、ひどくいらいらさせる美しさを保つてゐる。あの人は愚かな人だつた。生きのびた者の特権で言はせてもらふが、あの人は一個の小人物だつた。それでゐて飛びきりの詩人だつた。

（「伊東静雄の詩」昭和四十年）

と書き残している。

## (7) 三島由紀夫の徴兵検査と入隊検査

戦前の日本では健康な青年にとって徴兵検査につづく軍隊への入隊は避けて通ることのできない通過儀礼であった。『三島由紀夫日録』（安藤武）につぎのように記されている。

昭和十九年五月十六日（火）本籍地兵庫県印南郡志方村で徴兵検査を受け、第二乙種に合格。地主岡本貞雄付添い。百名全員合格。（略）検査は、越中ふんどし姿。性病、痔疾の検査の時は全裸で、四つん這いになり検査官の前で尻を向ける。

現住所（寄留地）で受検できたが、東京では三島のような軟弱青年が多数で甲種合格の可能性があるが、健康な青年の多い農村では虚弱体質と認められ不合格の公算が大きいので名目的な本籍地である志方村で受検したのである。この時期父親の平岡梓は大阪営林局長として大阪に在住していたので、三島由紀夫は徴兵検査の前後十日余も大阪に滞在して伊東静雄や富士正晴を訪問したのである。

ついで米軍がフィリピンのルソン島に上陸するなど戦火が本土に及ぶ情勢の昭和二十年二月十日

(十)三島由紀夫たちは召集令状をうけ、志方村より内陸部にある兵庫県加西郡高岡廠舎で栗栖部隊に入隊するための入隊検査を受けた。

検査官が「この中で肺の既往症がある者は手をあげろ」といった。三島はさっと手を挙げた。東京の自宅を出るとき高熱をともなう風邪をひいていたため、軍医から「ラッセルがひどく結核の三期と思う」と肺浸潤の診断を受け「不合格」即日帰郷となる。後日民間の医者で再検診の結果軍医の誤診が判明した。

入隊に備え遺書まで認めた三島は旧軍隊の戦列に参加することなく終わった。

恩師清水文雄あて「後日の御奉公を期して折角鍛練にいそしむ所存に有之候」の手紙をだしている。

奥野健男はこの三島の入隊検査への対処法について、『三島由紀夫伝説』に次のような言葉を記している。

作品『仮面の告白』のなかで三島ははっきりと、たまたまかかった感冒を奇貨として召集を免除されるために、さまざまのうそをならべたて重症結核患者のように演技したことを、そして即日帰郷を命ぜられるや、嬉々として営門から逃げかえったことを告白している。(略)

彼は死を賛美しながら野蛮にみちた軍隊に召集され、その中で身体の薄弱さを軽蔑されながらみじめに死ぬことを怖れていた。観念の死を憧れながら現実の死をおそれた。

後年、「三島由紀夫年譜」には次のような記載が一般的になされている。

昭和二〇年（一九四五）二十歳
二月、応召。本籍地での入隊検査に際し、軍医の誤診により、即日帰郷を命ぜられる。
（『鑑賞日本現代文学23三島由紀夫』）

三島一族が軍医に誤診させるよう努力したため、三島側の意図どおり入隊を免れたとの記入が正鵠を得ているであろう。

また学習院の同級生三谷信が『級友三島由紀夫』に次のような証言を記している。

彼は同級生の中で唯一人「幹候」（※幹部候補生）も「予備学生」（※海軍予備学生）の試験も受けなかった。彼は、学生生活をした者には、予備学生等にならず、一兵卒となるのは殊更大変のことは承知の上で受験しなかったのである。

大学時代、野外教練に出たことがないように教練を無視したので兵役に際して不利な条件であることを理解していた。

との発言をも紹介している。小学時代より「青白《あおしろ》」のあだ名をつけられていた学力優秀な三島由紀夫の無念さが、戦後武道やボディビルにはげみ、肉体を鍛えることに導いたといえるであろう。

三島由紀夫にこうした自分の肉体的脆弱さにたいする恐怖心がなければ出征兵士の門出の挨拶をのべて生々として日章旗を身にまとい入隊したであろう。そして一兵卒として帝国軍隊の生活や戦闘を経験しておれば、三島由紀夫の戦後における自衛隊との関わりの様相が異なったであろうし、三島の生きかたに影響を与えたであろう。
「自家中毒体質で身体の弱い、早熟な三島少年」と長年親しくした年長の詩人林富士馬のはなむけの言葉をここに書き入れておこう。

彼は決して、器用な人でも器用な作家でもなかった。人の知らぬ屈辱のなかで、愚痴を言わずに、ひとりでたたかい続けた、刻苦勉励の一生であったのだと思う。

（林富士馬「詩を書く少年「三島由紀夫」」『イロニア』10号・一九九五年）

## (8) 島尾敏雄の詩と伊東静雄の詩

詩から逃ようと考えたことなど忘れ果てたように、伊東静雄の詩をよむことに熱中したのは軍隊のなかでであった。所持することを許された数少ない書物の中に、彼の第三詩集の「春のいそぎ」があり、それを私はわずかのひまをおしんでくりかえしくりかえしよんだ。その中には、（略）あのごく短い会見の印象と記憶が、詩集の背後にたゆたい、軍隊の規則の生活と、やがて行先に待ち受けている未知の戦場の不安な映像にはさまれて、私はいっそう彼の詩にすがりついて行ったと思う。

（「私の内部に残る断片」）

寓意の理解できない私が、詩に決別を告げた気持ちに陥り、ことさら自分にそしてひとにも詩のわからなさを口にして来たのに、軍隊生活の時期に何篇かの詩をつい作ってしまったのは、かれの詩の含み持つ律動が快かったことが原因の大きな部分にちがいない。私のそのときの詩は、調子だけは彼のそれにそっくりなのだから
（「伊東静雄との通交」）

『曼荼羅』創刊号に掲載された島尾の詩を見てみよう。

想起来

香精しし木犀がもと
駆けよぎりくだる坂道
鬚と似しおもかげに
門べ寄り　髪ときつ
ことよせてほゑみ送りし
汝が立ち姿ほのに浮かびぬ

（『島尾敏雄詩集』）

この詩文に関連しているとみられる戦後書かれた島尾の小説「ロング・ロング・アゴウ」での青春の情景が凝縮されている部分を引用してみよう。

春先のことで、校庭に桜の花が満開であった。（略）ボタンなしの紺サージの、同じ色のレースでふちかざりをした海軍の軍服に、短剣の先を腰の辺に少しのぞかせて、それは桜の木の背景もあったことだが、花をかざしの若侍、とそんな古風な文句が浮かんで来て、何か冒険に似た熱い気持ちが湧き上って来た。

清潔そうにきちっとした詰襟の襟元にまだ新しい桜の花の階級章が左右に一つずつ。

海軍少尉にやっと任官した予備学生出身の青年と基地近くの若い女性教師との交流をえがいた作品は従軍中の短い時間に書かれたこの短い詩片を源泉としている。

月下の別れ

…兼ねてより心合わせし旅なれば今日の別れは楽しかりけり…（保母《ほも》景光《かげみつ》）

今宵別れ行く友よ
いまかたみに莨《たばこ》を吹かし
俺も俺貴様も貴様
いま眼直ぐに居る
別れ行く友よ

五月の時は刻まれ日は暮れる
いざ征けよ貴様
挙手の注目手はとらず
いま眼の前に、いま
心はひたにかよふさ

中空の月輪のもと
円陣は巴に流れ
吠えろよ軍歌を
俺の影や貴様の影
ひよろ長くづんぐり短く
はりあげよどら声を
歌へよ「決死隊」を

送る俺らは丘の上
事業服は月かげにぬれほの白く

貴様らは丘のした村の道
軍装は木のまもれくろぐろ
ことばなく帽ふり帽ふり
づしんづしんと移りゆくものみな
地虫よなけよ、蛙よなけ

（『島尾敏雄詩集』）

この詩の背景事情を島尾敏雄の作品『魚雷艇学生』から見てみよう。

しかし事態は確実に進んでいたのだ。まず最初に五十名の者が魚雷艇訓練から抜けて退所して行った。P基地に行くということであった（略）誰にも知られることのないPというその秘密の場所でとてつもない効果的兵器がその五十名を待っているにちがいあるまい。（略）

夕食のあと暗くなった学生舎の岡の、構域の外がわにある崖の上から、向かいの岬の起伏にはさまれてにぶく光る細長い入江の海やその手前の森のあいだに散見する漁村の家々のたたずまいを見おろしながら、胸は淡い痛みにしめつけられるようであった。

そして白い事業服（作業服）を着て見送る第二次選抜である島尾たちにも特別攻撃隊「震洋」への配置がきまり、「俺も俺貴様も貴様」との言葉は「俺も特攻貴様も特攻」の同志的連帯感に満ちあふれ、いずれ共々死地に赴くのである。草むらになく虫たち、池端になくカエルたち、そして帽子をふり別れ行く紺色の軍服を身につけて特別攻撃隊の任地に赴任していく貴様たち。同期の魚雷艇学生の俺と貴様もこころのなかの涙をこらえて今宵月のなかの別れを果たそうではないか。いずれ俺達も秘密基地に出撃していく、ふたたびお互いに再会することはないであろう。

ことばなく帽ふり帽ふり
づしんづしんと移りゆくものみな
地虫よなけよ、蛙よなけ

海軍で別れの挨拶と決められた帽子を振りあいながら、月に照らされた川棚基地より特別攻撃隊員として、こころ合わせしお互いの死地に向かうのだ。

昭和十八年（一九四三）十月に多数の志願者のなかから選抜され約三千名が第三期海軍予備学生となった。その中で海軍水雷学校に島尾たち三百名ほどが入校し、適性による選別の後二百十三名が特攻隊に編入された。人間魚雷という回天への配置、自殺艇と米軍によばれた震洋隊、特殊潜航艇に配置されたものにわかれ、島尾は震洋艇に乗組み奄美に基地をかまえた。これらの指揮官二百十三名のうち五十四名の戦死・殉職者、一名の自決者、三名の病没者、戦後四十三名の消息不明が記録されている。

### (9) 島尾敏雄の詩に付けられた短歌

兼ねてより心合わせし旅なれば今日の別れは楽しかりけり

この作者保母《ほも》景光《かげみつ》は島原藩士で京都で天誅組に参加、大和五条代官所を襲撃後転戦し、紀州藩士に捕えられ、元治元年（一八六四）七月二十日蛤御門の兵火混乱に乗じての逃亡をおそれた幕吏により、未決のまま勤王の志士三十七名と共に京都六角牢にて斬殺される（保母は当時二十三歳）。その保母の辞世の句と推定される。

また伊東静雄の詩集名『春のいそぎ』は伴林《ともばやし》光平《みつひろ》の遺詠「たか宿の春のいそぎかすみ売りの重荷に添えし梅の一枝」から援用したとされている。この伴林は大阪府下道明寺村尊光寺住職の当時五十二歳の次男で天誅組隊士として活躍したが、捕えられ元治元年京都で処刑された。

伊東静雄は当時保田与重郎の解説書による『南山踏雲録』（小学館、昭和十八年）を詩の弟子である田中光子に推奨したとしている。福岡の九州大学に在学中の島尾たちも伊東静雄との交流によって「天誅組」の事跡に影響を受けたであろう。

伊東・島尾両人の詩業のなかに天誅組志士の遺詠がうたい込まれた背景には、当時流布した、討ち死を覚悟で出陣する楠公精神ほど一般的ではないが、決死奉公という勤皇精神の現れがみられる。楠氏の「菊のしたを流れる水」を図案化した菊水の旗印を、特別攻撃隊がかかげて死地に赴いた事跡に対して、青年たちの依拠した精神的支柱としての楠氏や天誅組の考察が望まれる。保田与重郎の説く

「日本武尊と後鳥羽院、この御二方のわが民族の歴史に輝く最も高く貴く大きい光炎を、その偉大な敗北に於いて了解する」という考えに心を傾けて、青年たちは偉大な敗北の戦に身を投げ出して出撃したのであろう。「天皇に帰一する」という抽象的な言説以外に、特別攻撃隊員が心底に刻み込んで死出の旅に赴いた哲学の存在は、別途考究されなければならない課題である。

ここに死出の友としての座右の言葉とともに、戦火のなかに散った例証を見てみよう。戦意高揚の作詩をした戦争犯罪人とまで戦後糾弾された高村光太郎は「我が詩をよみて人死に就けり」とする詩を捧げている。

死の恐怖から私自身を救うために
『必死の時』を必死になって私は書いた。
その詩を戦地の同胞がよんだ。
人はそれをよんで死に立ち向かった。
その詩を毎日よみかえすと家郷へ書き送った
潜航艇の艇長はやがて艇と共に死んだ。
—以下略—

出陣　――川棚の訓練所を発つ――

夕ぐれる、木の葉がくれに
われらいま出陣
あかねさす浦里かけて
送るらし　われら出陣
いのちふくるゝこの夕べはも

（『島尾敏雄詩集』）

この詩は昭和十九年七月十日、川棚より横須賀田浦の海軍水雷学校に転属したときの状況である。後日同年八月十六日再び川棚にもどり、十月十五日第十八震洋隊を編成し、十一月十一日佐世保軍港より出たが敵状の変化により同月十二日鹿児島に停泊後、同月二十一日奄美・加計呂麻島瀬相海軍基地に入港した。

こころみに、住吉中学の宿直室から青年たちが死闘を重ねていた世界を望見していた伊東静雄の知識としての戦争詩を見てみよう。

海戦想望

いかばかり御軍《みいくさ》らは

まなこかがやきけむ
皎《こお》たる月明の夜なりきといふ
そをきけば
こころはろばろ
スラバヤ沖
バタヴィアの沖
敵影のかずのかぎりを
あきらかに見よと照らしし
月読は
夜すがらのたたかひの果
つはものが頰にのぼりし
ゑまひをみそなはしけむ
そのスラバヤ沖
バタヴィアの沖

（『定本伊東静雄全集』）

島尾の書いた多くの従軍詩の原稿が戦災で失われ、たまたま林富士馬主宰の同人誌『曼荼羅』（謄写印刷の回覧雑誌。昭和十九年十月より昭和二十年前半まで戦火の中いくたの困難に耐え刊行）に掲載された三篇が「出陣」と題されて島尾敏雄詩集に掲載されている。その経緯については林富士馬は次のような回顧文を『ＶＩＫＩＮＧ』15号（昭和二十五年）に書いている。

島尾敏雄君とは、丁度氏が戦地に行かれる前はじめてお逢し、一緒に、近所の芳賀檀氏の所と、僕は雨のなかだったが、そして氏に靴ずれの傷口かなにか、重い足をひきずっていられたが、やっぱり佐藤春夫先生に逢ってもらったことを覚えている。…その時、氏は例の特別攻撃隊の隊員か隊長かに選ばれていて離京のときだったと思う。…氏のなにか覚悟の程が解って、とにかく僕は佐藤春夫先生のところに島尾氏を引張って行った。…その日、ポケットから出して見せて貰った小型なノートに鉛筆で走り書きしてあった詩稿の若干には、ひどく美しいと思い、『曼荼羅』には、島尾君の許可を得ず勝手に発表した。

海軍士官島尾敏雄が右足の踵の腫れ物をかばい引きずるようにして歩いて横須賀田浦の海軍水雷学校から東京の林富士馬を訪ね、詩稿をみせ、佐藤春夫と面会したことは島尾自身も書き残している。昭和十九年二月から四月末までの間に、四回外出許可がおりたと『魚雷艇学生』に書いているので、その機会に上京し遺書の詩片を林に委ねたのであろう。

引用した三篇の詩は、たしかに島尾の言うように伊東静雄詩集『春のいそぎ』の冒頭の「わがうたさへや」「かの旅」「那智」などの持つ律動と共鳴するところがあろう。魚雷艇や震洋艇の訓錬をした長崎大浦湾の川棚基地より実戦の配置に出て行く同期生との別れを描いた「月下の別れ」、この詩のなか「貴様」とよびかけた「回天特別攻撃隊」に配置された先発隊員のうち幾人が生還しえたであろうか。同人誌『曼荼羅』に掲載された三篇の詩をみても臨場感あふれる詩作のできる「従軍詩人」であったと言うべきであろう。戦後島尾は詩作や詩一般に消極的な見解を示してはいるが、印刷所の戦災で原稿を失った島尾の他の従軍詩が惜しまれる所である。

詩から遠くに逃げたいと心に決めたのに、軍隊生活の中でまたつい詩を書いてしまった。そうしてできた何篇かを小冊子にとじ、林富士馬にあずかってもらったが、東京の氏の家が空襲で灰になったときに共に焼けてなくなった。これは証拠湮滅の好運な例だが、焼けほろびるまえに、その中の三篇ばかりが当時氏が編集して発行した「曼荼羅」に掲載される事態があった。（略）十六年に三篇ほどの詩をつくったときも、ひどく気持ちが弱っていたはずだ。

（「『幼年記』解説」）

九州帝大の学生時代に同人誌『まほろば』に参加していた島尾たちが「日本浪曼派」の影響を受けたことは推定できる。島尾が長崎高商時代の昭和十二年の会合で高見順が「現在の浪曼派の主張、具体的には保田君のものは、高等学校の生徒が皆読んでいるそうだ」と発言している。奄美・名瀬市の島尾ミホ氏宅に現存する膨大な敏雄未整理蔵書を検索すれば保田関係の浪曼派図書が見出されるだろう。

『曼荼羅』に掲載された三篇の詩と、後日奄美大島加計呂麻島の特別攻撃隊震洋部隊で書いた創作『はまべのうた』とは島尾敏雄の遺言としての文学作品であった。

島尾敏雄の海軍訓練時代の文に「川棚《かわだな》」という地名がよく出てくる。昭和十九年八月川棚に設置された臨時魚雷艇訓練所にて「震洋」特別攻撃隊の教育訓練が行われた。現長崎県東彼杵郡川棚町新谷郷（JR大村線小串郷駅）。島尾敏雄は昭和十九年八月と十月の二度川棚に滞在し第十八震洋隊を編成し奄美大島に展開した。現在川棚の隣接地針生島の旧海軍用地を利用してハウステンボス遊園地が開かれている。

ここに同期の予備学生松岡俊吉の『島尾敏雄論』から引用してみよう。

星のきれいな夜（※川棚基地の）校庭に散歩に出た私は、ふと彼（※島尾）とすれ違い、彼が何か手帳に書き込んでいるのを発見し、「見せろ」と奪いとって見たことがある。いくつかの詩がメモされてあった。「きさまの詩か？」と私は問うたが、彼は黙って笑っていただけだったような気がする。（略）戦後、島尾という作家がその彼であることを知って、びっくりしたが、（略）『幼年記』にいくつか残っている詩は、私の読んだものとは別のような気がする。兵舎内で寸暇を見つけて文章を書き続けた島尾敏雄の生き生きした情景がしのばれる証言である。

## 二　戦後期の文学仲間の連環

島尾敏雄や庄野潤三たちは、昭和二十年（一九四五）八月十五日敗戦により、かろうじて生命ながらえて復員し、旧友と再会し「生」の喜びを分かち合い文学への道を模索することになる。そうした島尾たちの戦後文学発足の中心にいた大阪在住の詩人・伊東静雄を忘れることができない。伊東静雄をめぐる人々の連環の中に島尾敏雄は加わり、その大阪を場とする人達と共に、各自生計の道をさぐりながら、文学活動を始めるのである。そして昭和二十七年（一九五二）三月神戸より東京へ島尾敏雄が転出するまでの期間を、大阪という場を中心にした各人の文学的営為を概観したい。

### (1) 伊東静雄（四十歳）の「日記」昭和二十年八月二十八日

このごろは、電車ずゐぶん混んで、到底朝の出勤時間に間に合わぬので、学校（※旧制住吉中学）に泊まることにしてゐる。一時間一回の発車で、しかもくる車くる車が大満員で、連結のところは勿論、窓にも腰かけ、腰をかけるところには皆立ち上がつてそれでも身動き出来ない。屋根の上に上る者さへある。うつかりすると三時間も駅で待たされることがある。そうしてのつて、半死半生の態で目的駅でおろされる時はぐつたりとなつてしまつてゐて、一日何も出来そうもない程だ。このごろの食事、朝ジヤガイモ三個位、ひるは大豆の粉だんご。夜、一合足らずの米に

ジャガイモ入れたもの。おかずはなすび、かぼちゃなど〉

終戦直後の交通機関の混乱はこの伊東日記に書かれた状況で、戦災をうけた車両の復興をみる昭和二十五年頃まで「殺人列車」状況が続いた。こうした交通事情のなか島尾敏雄や庄野潤三たちは神戸・大阪と電車に乗りついで通交して、文学への里帰りを模索し、同人雑誌『光耀』刊行の準備を計画していた。

## (2) 昭和二十年大阪に出向く島尾敏雄（二十八歳）

戦火に焼き尽くされた大阪でも交通機関はかろうじて市民の動脈として動いていた。島尾は復員直後、阪急六甲より大阪梅田に出て戦火から無傷で残った地下鉄を利用して天王寺駅までたどり着き、阪堺電車を利用して北畠駅下車、住吉中学の伊東静雄を訪問した。その後庄野潤三宅に伊東静雄、斉田昭吉、島尾敏雄が宿泊した。

戦争の終わったあと、最初に伊東静雄に会ったのは、その年の九月二十二日のこと。Sといっしょに彼の勤務先の住吉中学校をたずね、またSの家にもどり、もうひとりのSの友人もまじえ、その夜はSのところでふとん二つくっつけ四人がいっしょに眠ったのだった。私は襟の階級章をちぎりとった色あせた海軍の三種軍装を着け、のばしかけた頭髪に口ひげをそらずにたくわえていた。（略）そのとき何をはなしたか記憶にのこってはいないが、私はなにやら熱っぽい調子でしきりに伊東静雄にはなしかけていたような余韻をとどめている。予想しなかった敗戦の転換期に彼がどんな考えを持っているかに関心を持ったのだったか。軍隊にはいるまえの訪問のときに受けた印象をどう連続させるか、私の内部に動揺があったはずなのだ。でもその日彼は寡黙に見えた。せっかちな私の問いかけにも答えはなかったと思う。彼はもっぱら若い三人がそれぞれ軍隊体験を声高に話し合うのを横でじっときいているふうでもあった。けれどまた反対にそうではなく軍人たちへの嫌悪を攻撃の口ぶりで話していたようにも思う（略）彼をのぞいた私たち三人は、（略）死なずに生きのびて再会できた生のたしかめに酔っていたのかもしれない。（略）自分の国がやぶれたというのにこのへんなたのしさはなにだったか。私たちのはなしの赴くところは、思いきり大胆に文学をやろうということであった

（「伊東静雄との通交」）

これと同じような内容の文を「詩人の存在―忘れえぬこと」に記している。

私的なくりごとで筆が渋るが書いてみると、私は復員してもどってくるまで世間を知らず、さて世の中に出て行くについて航海要理のようなものをさがすとしたら、それは多くの先人が示したものを、手さぐりながらたよることの中に見つけ得るかもしれない。それらの先人のひとりに、故人にかぎって書くのだけれど、たとえば伊東静雄が居たのだと言ってもいいように思う。前線基地から肩章と武器をはがしたすがたで家に帰ってきてまず最初にしたことは庄野潤三と連絡して彼と会ったことだ。（略）復員のあとの混乱の中で（からだがなぜかひどい衰弱を示し、末す

ぼまりに再起できぬ症状におちこんで行くたよりなさにとらわれていたが)、いくらかこの先、生きて行くたのしみのイメージを与えてくれたのは、気の合った仲間と文学同人誌をつくろうということであった。それで何をおいても庄野潤三と会い(復員して帰った私を彼からのたよりが待っていた)、話はいきおい、同人誌のことになり、支えの存在として伊東さんを考えるのが、そのときの私たちには自然であった。私は彼から詩はおそわらぬまま、弊帽下駄ばきの、じかな感じで、地方の文学好きな未成年たちを相手に遊ぶすがたに引かれた。私はたぶん彼の発散する生き生きした虚構に、ゆりかごの中でのようにゆすられ、富士正晴の方にもおしやられ、文章をなりわいとする生活に向かって歩きだした。

(「詩人の存在—忘れえぬこと」(昭和四十一年))

### (3) 同人誌『光耀《こうよう》』の出発

昭和二十一年(一九四六)五月「純文学雑誌」と銘打って林富士馬・大垣国司・三島由紀夫・庄野潤三・島尾敏雄で創刊された同人誌である。戦時中に林富士馬の回覧雑誌『曼荼羅』に参加していた大垣国司・三島由紀夫が林と伊東との関連で庄野・島尾と連携するようになった。詩人伊東静雄を中心とする文学青年たちの中で純粋文学のサロン形成の夢が『光耀』刊行となって実を結ぶことになったが伊東静雄は精神的中心に位置し寄稿はしたが同人ではなかった。

島尾(二十九歳)は精力的に「はまべのうた」(創刊号)、「孤島夢」(二号)、「石像歩き出す」(三号最終号）と出稿した。同人の文学への強い意欲にもかかわらず用紙の手当、印刷費用の高騰など日本社会のうけた敗戦の影響により島尾自身の手になる謄写印刷二十部で昭和二十二年八月に終刊号を出さざるをえなかった。

島尾敏雄「五月二十六日の記」には次の文章がある。

> 晩春の甲麓（※六甲山麓）は群緑の重量に風がさやさやと充実してゐるやうに、はた目には見えた。その茎や葉をしさいに点検すれば緑の虫が随処に付着してゐるだらう。その虫虫は春の実体のごとく蠢いてゐるだらう。下界は陽はあたゝかだが上空は風が颶と通り過ぎる。今日はちぬの海（※大阪湾の古称）は群青で木国（※和歌山）淡島（※淡路島）もはつきり近い。同人三人会合して、その記を認めて回覧のガリ版を刻す。大垣国司五月二十五日夕、島尾を訪ひ一泊。翌二十六日（日曜）庄野潤三来て、光耀創刊号発刊記念会近畿の巻第一次を演じた。（昭和二十一年）

不幸にして昭和二十二年八月経済的理由のため第三号で『光耀』はその幕を閉じざるをえなかった。庄野潤三「貴志君のこと」「居眠り王様」三島由紀夫「鴉」などを掲載した。最初、真鍋呉夫は『こをろ』復刊を計画し、千々和久弥、島尾敏雄、三島由紀夫によびかけたが実をむすばなかった。三島から『こをろ』刊行計画を記した島尾あてのはがきに対して島尾は不満を感じていた。島尾にとって三島由紀夫との交遊関係は終生結ばれることはなかった。

## (4) 富士正晴の大陸戦線よりの帰還

富士正晴（三十三歳）は中華大陸より昭和二十一年（一九四六）帰国した。伊東静雄の詩集『春のいそぎ』への思いと、復員途上に眺めた光景に触発された伊東静雄への想いを富士正晴は次のように記している。

今はしばらくその美しい日本語の詩をくりかへしてひろげながら、復員列車で通過して行つた午后の九州の風光を思つてゐるのが一番良い。その日九州の空はあくまでキラキラと眩しく晴れて、年老いた農夫やおかみさんがもと軍馬であつたに違ひない馬のたづなをとゞめ畑の中より両手を振つて見送つてゐてくれた。踏切には童子たちが、そして山の中腹の一軒屋の座敷からは赤ん坊を抱いた若い母がちぎれるやうに或ひはまねくように手を振つてゐた。その時わたしはわが大阪の詩人が生きてゐてくれることを切に切に祈つたのであつた…。（「伊東静雄」昭和四十六年）

その詩人・伊東静雄と再会したときの印象を富士は次のように書いている。

（※昭和二十二年）復員してすぐ伊東静雄に会いに行って見ると、軍人の折目正しさなどを説いて感激したり、保田与重郎の偉大さをわたしに説きつけてばかりいた彼が、わたしの軍服を大へん厭がり、戦争に敗けて平和が来たのでほっとしたといい、戦争中右翼的なことを強く主張し指導者面をしていた連中が、今は早、アメリカ仕込の民主主義の指導者面をしていることに対する不快感をわたしが述べると、人間はそれでいいのですよ、共産主義がさかんな時は共産主義化し、右翼がさかんな時は右翼化し、民主主義が栄えてくれれば民主主義になるのが本当の庶民というものので、それだからいいのですと、わたしの軍服姿を戦争中のいやな軍部の亡霊を見たように不快がってわたしを愕《おどろ》かせた。

（富士正晴「わたしの戦後」昭和四十二年）

伊東静雄が手の平をかえすように復員軍人を嫌悪し、攻撃的な態度をとったのは、当時米国占領軍GHQが教育適格審査をおこない軍国主義者排除を試みていたので、戦時中の態度に対する糾弾を恐れていたのであろう。

昭和二十年十月三十日GHQは、日本国民に敗戦と戦争の罪による苦しみと貧しさのひどい現状をもたらした軍国主義の勢力と極端な国家主義の勢力を取り除くために、そして軍隊の経験や軍と特別の関係がある教員と教育官吏をおさえるために、つぎのように指令する。

a　日本の現在の教育関係者のうちで、軍国主義の考えや極端な国家主義の考えを持っていると一般から認められている者、日本占領の目的と政策に強く反対していると一般から認められている者は、すべて今すぐやめさせる。そして今後決して教育関係のどんな職にもつけさせない。

（「文部省・新教育指針」）

伊東静雄は昭和二十一年十月九日審査に合格判定が下され、早速その年末には教師仲間で民主主義研究会をつくり委員に選出されている（「住吉中学新聞二号」）。

ちなみに保田与重郎は昭和二十一年五月中国戦線より奈良県桜井の実家に復員したが、戦争中の言論を問われ公職追放の身となり材木商の親元で農業に従事したり悠々自適の日を送り、無署名で雑誌『祖国』などに寄稿していた。

## (5) 日本デモクラシー協会のこと

その私のつとめ先はおかしなところ。私は充分なつとめができず、一日の仕事の終わるのをやっとの思いで待つだけであった。すると伊東静雄やFやMがやって来て、私たちは心斎橋の界隈をうろつきまわったのだった　（「伊東静雄との通交」）

この勤務先、日本デモクラシー協会で島尾敏雄は進駐軍向けの英語の文書作成などの仕事、謄写印刷を担当したが、一ケ月して退職したといわれている。帝大卒業者なら英会話や英文処理などはできるとの富士正晴の判断で紹介したとのことであった。謄写印刷は小学時代に自家本を作成したり、また戦後鉄筆をにぎって『VIKING』印刷刊行を担当した。

島尾は（※昭和二十二年）一月に日本デモクラシー協会というところに就職口が決まってよろこんでいたが、今度そこをくびになったので、すっかり元気を無くしていた。その日は、伊東先生と富士正晴とで職を失った島尾を慰めていたのであった。（略）そのあと（道頓堀の松竹座の向いにある）コンドルへ行って（略）お金を出し合ってどぶろくを買って来て、高野線の終電車近くまで騒いでいた。そのころは酒を店で販売することが法令により禁止されていた。

（庄野潤三『文学交友録』）

その施設の性格を私ははっきりつかんでいたわけではないが、背後には大阪の財界人がいた。その人を会長と呼んでいたのだったが、私にはその会長のお伴をしての、当時進駐軍と呼ばれていたアメリカの軍人たちとのつき合いの場での通訳の役割が予定されていたのに、英語の語学力の全く無い私にその役が勤まるわけがなかった。その代わりとして私に与えられた仕事は、会の行事の案内状の原紙切りと、その案内状を持参して公共団体や学校などへ配って歩くことであった。（略）結局そこは一か月余りでやめてしまったが、そのあいだ私は気持ちがこわ張り通しで自在に解きほぐせず、自分を固く閉ざしていたことになった。ただ往復の阪急電車と地下鉄の混み合いの中でだけ、群衆に挟まれて生き生きしていたような所があったに過ぎなかったようだ。

（「敗戦直後の神戸の街なかで」）

## ⑹『ＶＩＫＩＮＧ』創刊のころ―昭和二十二年（一九四七）

富士正晴は「同人雑誌四十年」（一九七七年）につぎのように記している。

『ＶＩＫＩＮＧ』は昭和二十二年十月に創刊された。創刊同人は大阪に斉田昭吉、富士正夫、井口浩、富士正晴、神戸に島尾敏雄、広瀬正年、京都に堀内進、伊東幹治、東京に林富士馬で、斉田・島尾・林は伊東静雄がわたし（※富士正晴）に紹介した人物で、あとは『三人』同人あるいは会員であった。旧『三人』復興にさほど熱心でもなかったわたしがこれに踏み切ったのは、島尾が戦争中に自費出版した『幼年記』にわたしが感心し、こうした連中の発表の機関を作ろうと思ったのが動機で、島尾がガリ版をわたしのところへ持ちこみ、わたしが紙その他をあちこちからもらい集めて来、井口がガリ切りの技術と労力を提供して出来上がった。

東京在住の野間宏の妻光子は富士正晴の妹であるところから文学的接触があり、この『VIKING』1号に出稿した「単独旅行者」は野間宏の推挙で『芸術』誌に、また「夢の中での日常」が『総合文化』にそれぞれ掲載されるなど島尾の文壇への進出が実現された。昭和二十五年二月『出孤島記』が月曜書房の設けた第一回戦後文学賞に入選し、作家としての地位を確立したのである。

## (7) 島尾敏雄とミホの婚姻（昭和二十一年三月十日）と伊東静雄訪問

丁度その頃私の結婚が暗礁に乗り上げていた。軍隊の時の悪疾な病気も出て来て、身心共に参ってしまい、私はそれを度々伊東氏の所で訴えた。ただ何もかもしゃべって、ただ黙って聞いて貰うというふうな類型がそこにあったのだろう。

（「林富士馬氏への返事」）

昭和二十一年一月奄美大島の加計呂麻島から大平ミホが鹿児島に渡航して来ていた。奄美群島に米軍の占領行政が施行されたのは昭和二十一年（一九四六）三月十三日からとされている。日本本土に籍をおく官僚を本土に送還し、米軍の統治下におかれ、日本本土と沖縄との交通が制限された。大平ミホの南島より鹿児島への渡航時はまだ「密航」状況ではなかった。一月十七日、神戸から夜行列車を乗り継いで川内駅にたどり着いた島尾敏雄をみた大平ミホは「この人が本当の島尾隊長か」と、その変貌ぶりに驚きを示したと伝えられている。島尾隊長が加計呂麻島を離れたのは前年九月一日のことだったので約四ケ月振りの再会であった。

終戦直後各部隊から状況報告の要員を佐世保に帰還させる命令が出たため、島尾以外の部隊長は先に空路離島して不在だった。そのため輸送指揮官として島尾が加計呂麻島三浦基地の第十七部隊、呑ノ浦の島尾の統率する第十八部隊、鬼界ケ島の第四十部隊などの特別攻撃隊員のみを引率して、二隻の機帆船に分乗して本土に帰着し、佐世保にて解員手続をすませ復員した。また、大平ミホは幾度も神戸六甲の島尾自宅に手紙を送ったが、敏雄自身の手に渡らず、家人によって処理されていた。ある日敏雄の外出時、玄関の郵便受けにミホの書簡を偶然見つけはじめて敏雄とミホとの文通が行われたのである。家人による信書の破棄は重大な人権蹂躙だとの認識は当時まだ家父長制度の日本には存在しなかった。南島から送り続けられたミホの手紙を隠して受け取り人である敏雄に届けなかった家庭の事情を思うとき「押しかけ女房」とみなされたミホの心情をはかり知ることができよう。当時職業のない敏雄と島育ちとされるミホとの内地での生活のたてようは不可能と思えることもあった。九州大学の友人を頼り筑豊炭田に仕事を求めたり、ふたりでミホの故郷の南島で所帯を夢見たり模索の日々がつづいた。

私について言えば、敗戦のあとの虚脱が全身に浸蝕しはじめ、戦争中の退廃の潜在が顕われて来たのだ。そしてひと月に二度か三度の伊東静雄訪問が私を支えだす。それは彼を訪うことによって、はげまされ、そしてことばで刺されるためにであった。でも彼の刺し方に、ある甘美がつきまとっていたことがおかしなことであった。

私のかたり口に熱を帯びると彼は頼りがいなく口をつぐんでしまって手ごたえを与えなかったが、そうでなければ、軽いからかいの目つきで私の陥っている閉ざされた状況、そして本来の欠落、不毛のすがたをつまみ出してくれた。つまり彼は私にとってのサイコセラピストだったのだろうか。

（「伊東静雄との通交」）

父親島尾四郎の祝福をとりつけ、はるばる奄美より渡海してきた大平ミホ（二十七歳）と島尾敏雄（二十九歳）との挙式が神戸の料亭「六甲花壇」でやっと三月十日に行われた。「辛うじて挙げた結婚式に、私は伊東静雄氏と庄野潤三氏と軍隊の時の同僚の藤井茂氏に来て貰って気持ちの支えとした」（「林富士馬氏への返事」）。このように島尾敏雄は伊東静雄を神経症治療の役割を担当してくれる専門家としてはるばる神戸より数時間もかけて堺市のはずれ美原町北余部まで足を運んで来たのである。なお、伊東静雄から島尾敏雄が受けたという人生指南に類するようなものを受けなかったという三島由紀夫の言葉を聞いてみよう。

さもあらばあれ、俺は伊東静雄に人生を教はつたことはない、はつきり云へば、その抒情の冷たい澄んだ響きが、俺のもつとも荒んだ心情と記憶に触れるのだ。それが俺にはやりきれない。

（三島由紀夫「伊東静雄の詩」昭和四十一年）

### (8) 北余部の伊東静雄訪問

大阪にでた島尾敏雄は地下鉄難波《なんば》駅で南海電車高野線にのりかえ萩原天神駅で下車し畠のなかを十五分ほど歩いて北余部の集落にある伊東静雄宅を訪問した。伊東静雄の詩「帰路」を読めばこの余部生活がよく描かれており、その風景の大阪南部の田畑の間の道を島尾はひとりで伊東にすがるような思いで歩んで行ったのであろう。

大阪のつとめをやめてから私は、神戸から大阪に出たあと南海電鉄の高野線に乗り、長い時間をかけて彼の北余部の家をひとりで訪ねることがはじまっていた。（略）また夜道を懐中電灯で照らし、駅までの長い田舎道を送ってもらいながら、かれがやっとつかまえた詩の主題をむちゅうで話してくれた日など、帰りの長い車中を私までほてった頰でさまざまな思いの去来するはずんだ時間を持つこともできた。

（「伊東静雄との通交」）

### (9) 富士正晴の登場

はじめは彼（※伊東静雄）と会うときには、まずS（※庄野潤三）の同伴が前提となっていたのに、しだいにSではなくF（富士正晴）やM（※三島由紀夫）がいっしょのときがつづくようになった。まず、ひとりで会うようになったのは私が結婚をした二十一年の三月のあとさきのころか。それはその障害を克服することで疲れきって私が彼だけにその苦痛を訴えることができたのだから。でも結婚の直後私は病気で半年ばかり寝つき、訪問のこともとだえ、やがて年があけた二十二年の正月に彼からFを紹介された。（「伊東静雄との通交」）

伊東静雄が島尾を富士に紹介したのは、就職のためであり、富士正晴の努力で前述の日本デモクラシー協会につとめ口を得た島尾は富士正晴と伊東静雄と彼の年少の弟子、斉田昭吉（住吉中での伊東の生徒）と頻繁に会うことになる。

### ⑽ 開高健と谷沢永一が島尾敏雄をおとずれる

昭和二十五年八月『ＶＩＫＩＮＧ』の合評会で見学に出席していた開高と谷沢は島尾に挨拶をして、おそるおそる訪問したいと申し出て応諾をえた。

阪急六甲駅からすこし山手へ、それから左へ折れたあたり、（略）その一角にある島尾家は年代を思わせ寂びていた。応接間のしつらえもおごそかで、光とぼしく静まりかえっている。そこへあらわれた島尾の表情は、くらく物うげに沈みこんでいた。私たちが居ごこちわるくならぬよう、心くばりは行きとどいているのだが、終始、心ここにあらずの気配があって、我われは、一方でけっこう甘えながら、同時に、たいへんな邪魔をしているらしいと怯え、なにか悪いことをしているのではないか、と身をちぢめる思いであった。（略）幼いが熱心な質問にたいして、島尾はかならず率直にこたえてくれた。はぐらかしたり、からかったり、そんな大人《おとな》ぶりはけっして見せない。これから言わんとするところを、ひとたびは必ず反芻して、それからおもむろに口をひらく。外へむけての返事ではなく、うちらがわでの自問自答であった。私どもは島尾のまわりで、円周をえがきながらぐるぐると、飛びまわっている小鳥であったかも知れない。それでも敬虔に羽音をひくめながら、ふたりは一語一語をかみしめた。

そして島尾文学の養いとなった先行作品について聞いたところ、「しいて言うなら『大菩薩峠』」との応答だった。

それから私をふりかえり、注釈のように、こう呟いた。あのね、一流の、超一流の、作品ばっかり、読んでたら、駄目になりますよ。自分でも、なんか書ける、そんな元気、つけてくれるのを、読んだ方が、いいんじゃないですか。と島尾が説いた。

頃あいを見て辞去するとき、島尾は、立ちあがりながら、ぽつんと言った。小説、書こ思《おも》たら、東京、行かんと駄目ですな。（略）東京は文壇、でしょう。文壇、がわからなかったら、書いても、あかん、と思いますね。私たちは、背筋に冷いものが走ったのを覚えて、言葉すくなく帰途についた。

（谷沢永一『回想――開高健』）

## ⑾ 島尾敏雄と富士正晴とヴァイキングクラブとの交流

『ＶＩＫＩＮＧ』は昭和二十二年（一九四七）十月一日高槻市高槻井口浩方で創刊された。同人は富士正晴・富士正夫・林富士馬・堀内進・井口浩・伊東幹治・斉田昭吉・島尾敏雄・広瀬正年。ガリ版は井口が切り、八十部の印刷は島尾と富士正晴が担当し、島尾は「単独旅行者」第一、二章を掲載。

### 富士正晴宅訪問

伊東静雄宅で富士正晴と知り合った島尾敏雄は昭和二十二年一月二十四日高槻市阿武山日赤病院公舎へ就職依頼のため富士正晴を訪問し、彼の案内で京都居住の大阪毎日新聞学芸部副部長・井上靖宅（京都市左京区吉田神楽岡町）をおとずれ挨拶した。その後二人は六甲の島尾宅にいき、富士正晴は一泊した。翌一月二十五日富士の案内で神戸市須磨区月見山在の詩人竹中郁宅を表敬訪問して就職を依頼した。これら双方の斡旋をまたず二十二年五月神戸山手女子専門学校の講師となり、やがて神戸市立外事専門学校の助教授に就任することができた。この間、文芸同人会ＶＩＫＩＮＧ発足などのことで兵庫県と大阪府の境界である神崎川をこして大阪方面へ出向く機会がふえ、十月から京都帝国大学文学部研究室にも席をおき京都へも出向いた。

昭和二十三年十月刊行の島尾敏雄『単独旅行者』（真善美社刊）の刊行祝賀会が昭和二十四年一月神戸の六甲ガーデンで開催された。この本の装訂を富士正晴が担当した。

島尾敏雄は昭和二十四年八月久坂葉子を連れて高槻でのＶＩＫＩＮＧ例会に出席した。「久坂葉子の誕生と死亡」と題する久坂葉子の記述を見てみよう。

八月の最終日曜日、私は、彼（※島尾敏雄）と共に、ＶＩＫＩＮＧの例会に出席した。阪急にのって、高槻のお寺までゆく間、一言も喋らなかったようである。車中、彼は、さらの木綿の風呂敷を膝の上において、本をよんでいた。私は、えんじ色と紺色のその風呂敷が、先生に似つかわしくないものだ、と思っていた。

広い、がらんとしたお寺の座敷で、私は、焼酎なるものをはじめて飲んだ。そして、久坂葉子と紹介された時、かつて経験したことのない、照れくささを感じたものだ。だから、私は煙草をやたらに吸った。大きな声でわめく連中を目の前にしながら、なる程、これが小説を書く人達かいな、と思った。それ迄、私は小説家など全く縁遠い存在であったのだ。当時、私は十八歳であった。会は終わったようでなかなか終わらない。すると、いつの間にか、私の膝の上に、重みが加わった。これが富士正晴氏の小さな頭であったのだ。私は、恐怖で胸の中がガンガンした。が持前の気取根性で平気をよそおっていた。冗談の一言位云ったのかも知れない。二次会に、駅の近所でビールを飲んだ。私の隣に庄野潤三氏が腰かけた。彼は、私に名刺をそっとよこして、手紙を下さいと云った。そして、あなたの名刺をくれませんか、と云った。私は、持っていませんとこたえた。

## (12) 富士正晴と三島由紀夫の場合

### 三島由紀夫の富士観

処女短編集『花ざかりの森』は昭和十九年の晩秋に、七丈書院といふ出版社から出た。（略）こんな無名作家の短編集が世に出たのは、全く「文芸文化」同人諸氏の口添へと、直接には、富士正晴氏の尽力によるものである。

富士正晴氏は今でも、次々と新人を世に送り出す名人である。それは氏の無償の行為であつて、何のゆかりもない私に、急にそうして、思ひがけない機会を与へてくれた氏の厚意は、その後も何の交遊関係もないままに、私の心にいつまでも何か明るい愉しい、ふしぎな思ひ出として残つてゐる。

あとで思へば、戦争中の氏は、すでに何か戦後精神の萌芽のやうなものが見られた。この小柄な青年は、どういふわけだかいくつかの小出版社に顔がきき、私を連れて戦争末期の東京をちよこまかと事務的に歩き、林富士馬とはちがつて文学論はあんまりやらず、早口の大阪弁でちよいちよいと人をからかひ、後年の「ヴアイキング」誌に開花する、とめどもない冗談の精神を生きてゐた。ひどく活力的だが、活力の方向は明示せず、不敵な目をひからせながら、自己韜晦を忘れなかつた。私は富士氏の中に、戦時中の日本浪漫派と、活力に充ちた関西ふうの戦後精神との、一等自然な橋がかかつてゐたのを感じる。（三島由紀夫「私の遍歴時代」）

## 富士正晴の三島観

昭和十八年の秋の頃のような気がするが、わたしは三島由紀夫を、神田の七丈書院まで呼び出して、はじめて会った。

彼は学習院高等部の三年生で、海軍兵学校の制服によく似た学習院の制服を着てやって来た。青白い、大頭の、太い眉毛の下に丸い目がひらいている、このはなはだ礼儀正しい言葉づかいの高校生に、たちまちわたしは閉口した。それにわたしの関西弁が彼にどこまで理解されるかも判らなかった。

あんたの本を、伊東静雄が出せ出せとぼくにいうから、七丈書院から出すことにしようという位のことをいった後は、一体この学生を相手に何を喋ったらいいのか困惑した。（彼とわたしは年が一廻りちがう。どっちもエトは丑である。）

そこでわたしは一人対一人ではやり切れないから、林富士馬の家まで三島を連れて行くことにした。林は若い人に熱中するところがあるから、きっと喜ぶだろうと思った。

案の定、林は三島が気に入ってしまい、その気に入り方はビールをのめといったのに、三島が御酒《ごしゅ》は（といったと思う）外ではいただかぬことにしているということをスパッと上品にいって絶対にのまなかったことやら、三島の表情には大奥の女性の底意地の悪さがあるということやら、何でもかんでも林を三島に熱中させるといった風のものだった。林は本人も上品だし、家庭も上品だったから、三島の上品さも程良かったのであろう。それにくらべて、わたしは余り上品な方ではなく、従って上品なものに対する苦手意識が相当以上強かった。

わたしは徴用されて工場へ入り、『花ざかりの森』の出版は三島と七丈書院（略）との間のこととなった。（略）伊東静雄の日記で、その日（※大陸へ派遣前の特別休暇で帰宅した）は五月十七日だと正確なことが判るが（略）伊東静雄が三島由紀夫をつれて、お別れにやって来た。三島は兵庫県まで徴兵検査を受けに行く途中らしかった。夕食を共にし、十時近くまでいたようだが（略）わたしは三島の『花ざかりの森』の装幀図案のために千代紙を切っていたそうだ。（略）ほとんど交際がない感じで、ただ一度、彼がはじめて渡米する前、沢山の編集者をお供にして毎日新聞大阪本社へ来たことがあるが、そのころ毎日新聞でアルバイトをしていたわたしがその前に現れても、彼はわたしが何人か判らなかったような節があり、流行作家にくっつくのも厭だからわたしはその場から姿を消した。（略）わたしの方から見れば、林富士馬や、斉田昭吉（現在森脇姓）や、伊東静雄などからもその時、その時の三島由紀夫の行状について聞くことも出来、又、彼自身がジャーナリズムをさわがせる名人であったので、ゆっくり彼を観察出来たが、彼の方からは、わたしはいつまでも不思議な青年であったらしい。（略）天才少年と不思議な青年との間には何か水と油のようなところがあるらしく、少年の人工ピッタリに対して、青年の方は自然ピッタリの方がある。実は『花ざかりの森』も原稿はわたしは余り読まないで本にした。本にすることが目的であったからという外はない。三島がこれを知っていたら彼はきっと喜んで哄笑しただろう。

（富士正晴『紙魚の退屈』昭和四十七年五月）

## ⒀　島尾敏雄と三島由紀夫のえにし

三島由紀夫の自決後五年して島尾敏雄は「多少の縁」の標題で次のような文章を書いている。

三島由紀夫のことはわからない。（略）私は敗戦直後に彼の最初の「花ざかりの森」の中のいくつかの小説を読み、はなはだしく文学的興奮を覚えた。（略）敗戦による国家崩壊の中で私は思いきり文学の世界に生きてみたい気持ちが起こっていて、仲間が欲しくて仕方がなかった。（略）三島由紀夫は文学に於ける豊潤な若武者のように見えた。（略）私は庄野潤三や林富士馬さんと文学同人誌をつくることになっていた。そしてその同人の中に三島も加わったのだがそれは林さんや庄野とのかかわりからと思う。その同人誌の背後には伊東静雄が居た。（略）無名のわれわれの同人誌の同人に本気で加わったとは思えなかった。おそらく林さんや伊東さんへの縁からだったろう。（略）はじめて彼を見たのは（略）三島由紀夫が皮膚のかたいふしぎな生物に見えた。私の耳の中は彼が華族の称号を詐称しているといううわさで渦巻いていた。一語一語をゆっくり区切りつつ話す、相手に有無をも言わせぬのぶとい声が、どうしてこの華奢なからだつきの少年の口から出てくるのかふしぎであった。また彼は客の顔をよくも認めぬふうに、煙管につめたたばこの火をつけるため、ぬうっと長い顔を客のまえにつき出してさらし置いたままたじろがず、吸いつける一口ごとに煙管から口をはなしてゆっくりと応対のことばを送り返し（略）私はほとんどしゃべるはずみをとらえることはできなかった。（略）最後は渋谷駅の構内で会った。二十八、九年のころだったか。長い連絡通路でたまたま出会い、二、三受け答えをしながらいっしょに歩いたが気づまりですぐ別れた。（略）四十五年に彼の死のわざを聞いたのはモスクワのホテルでだ。折から私は気鬱がやっとおさまりかけていた。それが変に悪くもどって来そうで油断がならなかった。だからその後も長いあいだ彼についての記事は一切読まずに来た。

（「多少の縁―三島由紀夫」昭和五十年）

## ⒁ 富士正晴のみた庄野潤三と島尾敏雄

庄野潤三と島尾敏雄はいずれも詩人の伊東静雄がわたしに紹介して来た文学青年であり、実に育ちが良い（ということはいい家庭の子、良家の子弟ということである）と先ずそれを褒め、日本文学の新星であると大変大事に、又、自慢にしていたようなところがあった。見当あやまたず、それから二十年もたたぬうちに彼らは二人とも、それぞれの世界で確かな仕事をし、それから又十年近くたった今では、それぞれゆるがぬ世界をきずき上げて、隠然たる大家になってしまっているように思える。つまり、庄野文学、島尾文学ということの出来るようなものが出来上ってしまっているということだ。(略)この二人の仕事は全く対照的で、庄野はたえざる安定志向の文学であり、島尾は永遠につづく不安定志向の文学であるという気がする。庄野は世界を安定させて落ち着きを得るのだし、島尾は世界が安定していると窒息しそうになりそれに裂け目が出来そうになると、不安に満ちた息づかいになりつつも、それで却って落ち着く(安心するという意味ではない)というところがあるようである。

そのくせ、この二人には基礎的とでもいえる共通点があるような気がする。それは、妻子がいる家庭というものだ。(略)この二人の小説は家庭が大いに問題にされている(家庭論をするという意味ではない)、家庭を築城するにせよ、そこから落城したくなるにせよ、とにかく家庭がものはじまりになってる「家庭小説」なのである。(略)以前、庄野も島尾もわたしと同じく『VIKING』という同人雑誌でやっていた頃、わたしは庄野の小説のことを「分別文学」と評して、かれの不機嫌をかっていたようだが、(略)小説・随筆・エッセイなど(略)一括して、分別の「文章」といいたい位である。

これに対して、島尾敏雄は、「無分別」ということになりそうだが、そうもいえない。島尾は無分別に常にあこがれて、アヴァンチュール(略)にあこがれて出港し、「小さなアヴァンチュール」をやりもするが、沈没しかけても帰って行ける基地の港が永遠に存在していることを知っているという「無分別志向の分別」があるような気がする。

（富士正晴「極楽人ノート」昭和五十四年四月）

## ⒂ ヴァイキング解散を島尾が唱え、やがて離れる

【ヴァイキング族は今のこんにちにおいて何をなすべきか】

という『VIKING』24号（昭和二十五年十二月一日発行）の問いかけを作った島尾敏雄の提案は次のようであった。

この春、ヴァイキングの解散が問題になったことがある。そして私はその首唱者ということになっていた。多少の経過の後で、私は本気にヴァイキング解散のことを考えた。然し他の多くの同人の意見で、ヴァイキングは存続することに決まった。その時私は脱退すればよかったのだ。私はその問題をふところに呑みながら、尚脱退をせずに爪をかんで足袋を見つめている始末である。之は甚だ落着かぬ姿勢であり、頗る朦朧とした状態でありながら、尚私は向うの崖に手をかけて、谷間にまたがっている。これは一体なにの意味なのだろう。おそらくは、ナンセンスか。私は自分に腹を立て胃壁の中で屈折させて、あやうく出かゝる言葉をのみ込んで、血色悪くのっぺりした顔を、時々同人会に晒していることは、多分卑怯じゃないか。私は今も尚ヴァイキング解散にあこがれているのであるから、もう一度解散説を提案するか、そしてそれに成功しなけれ

ば、脱退するか、或いは分派活動を始めるかすることが正しいであろう。然し臆病な私がそのどれをも軽視しているのだから、どういうものか。

私が神経質な病臥の為に同人会をさぼり勝ちになると一層ヴァイキングは遠い所に感じられ出したことは不幸なことである。そこで何がために、そういうことになったのかを愚鈍な頭で考えて見たら頗るたあいのない具体的な不満が三つ出た。それを次に書き出して見よう。

一　例会記は廃止したらどんなものだろう。
二　キャップス・コーナーは末尾にではなく本文の中に組入れたらどんなものだろう。
三　例会の際の会費百五十円をもっと安くし、焼酎のない例会も、たまにはつくったらどんなものだろう。

昭和二十五年十一月二十五日

次に島尾敏雄から富士正晴に出された書簡を見てみよう。

先日の同人会では疲れたので早く帰りました。

あの同人会に出るまでは均衡を保てそうでありましたが、その後次第に同人脱退のことを考え、今でははっきり、ヴァイキングの同人をやめようと思います。

手紙では突然なにごとかと思われるふしもあろうかとおそれますが、何卒御推察の上御了承願い上げます。

学校がこの半ば頃休みになるので、来春にかけて一ケ月ばかり田舎の近くの温泉(蔵王山麓)で湯治をしてきます。一人で、炊事の為に田舎のばあさんが一人ついて行くことに予定しています。帰って来ましたら、お目にかゝる機会もあろうと思います。

要件だけで失礼ですが、右お手紙致します。

十二月七日

島尾敏雄(昭和二十五年十二月七日投函)

富士正晴様

**VIKINGと島尾敏雄・庄野潤三・前田純敬の関係**

昭和二十六年(一九五二)二月一日発行の『VIKING』26号キャップス・コーナーには次の記事が掲載されている。

◇島尾敏雄・庄野潤三・前田純敬、ソレゾレノ理由ノ申シ出ニヨリ除名。

◇島尾ラ三メイノ下船ニツイテハ多クヲイワナイ。岸本通夫ノイツテイタトオリ、ソレゾレノ方向デノ成功ヲ祈ル。

島尾脱退の間の事情については別途論考すべきではあるが、富士正晴記念館の学芸員でありヴァイキング同人でもあった故廣重聰による一つの解説を見てみよう。

やがて島尾は富士の専制傾向になじめず、文壇認識にも差異が生じ「VIKING」に謝陶しいマンネリズムを感じるようになる。昭和二十五年はじめには有名になった同人（島尾、富士、前田純敬、庄野潤三がこれにあたる）の除名動議や解散説がでてくる

（「VIKINGの項」『島尾敏雄事典』勉誠出版　二〇〇〇年）

昭和四十年（一九八六）六月六日に島尾敏雄は大阪・茨木の富士正晴を訪れ来客帖に記載した。奄美に住んで十年、久しぶりに富士のお父さんをたずねました。島尾敏雄

（『富士正晴略年表』）

この富士・島尾の再会で往年の蟠《わだかまり》が溶解したのであろう。

ちょうどこの六月に富士正晴の「徴用老人列伝」が芥川賞候補に上げられていた。

## ⒃ 伊東静雄の死去

昭和二十四年十月伊東静雄は肺結核の患者として国立大阪病院長野分院に入院した。この病院は元の大阪陸軍幼年学校の建物を利用したものであった。

伊東先生はいちばん奥の北病棟の、カーテン一つで仕切った部屋で（もとの教室だろうか）三年半寝ておられた。入口のカーテンの丁度手で押し開くところが汚れて黒くなっていた。（略）また、先生は、二十七年三月に神戸から東京へ転居した島尾の身体のことを心配しておられた。

（庄野潤三『文学交友録』）

そして昭和二十八年三月二日伊東静雄はこの病院で死去した。

島尾敏雄は次のように「伊東静雄との通交」の文章で戦前から戦後にいたる交流の跡を書き残している。

そしてまたSに伴われて病院に彼を訪ねた。それは北余部よりもっと先の方まで電車に乗って行ったところ、野の中に木造の古びた病棟の立ち並んでいたが、もとは陸軍の兵舎だったときいた。からだの衰弱はかくせなかったが、彼のこころは病者とも思えぬほどはずみ、私たちの存在をすっかり吸収しかねないほどにやわらぎ、そしてまるごと受け容れようとしていた。（略）私は妻子を伴なって東京に移住したが、そのときも彼を病院にたずね新しい生活への出発について話すことをしなかった気がする。そのあとの東京でのしめった生活の持続。そして東京移住後一年たって彼の死の知らせを受けとったのだ。奇妙ななつかしさが惑乱の私を襲い、三年ものあいだの（略）彼の忘棄が取りかえしのつかぬ悔いとなって私を打ちのめした。私は彼との通交を自分でさえぎったのだから、彼の社会にはいる資格はないのだと心をくくったのだった。それはひとつの運命のすがたとも言えそうだ。彼は詩人としてあらわれ、それはしだいにかがやきを増してくるが、私は彼とは詩に於いてかかわったのではなかった。

つまり島尾敏雄と大平ミホとの婚礼にただ三人の祝婚者のひとりとして参加し、そもそもの就職斡旋者としてあらわれ、富士正晴や斉田昭吉との交遊がはじまり、「私は彼から生活者としての戦略を学ぶことに熱心であった」「彼はいわば詩壇の中での日常を持たず、地方の一中学教師としての世俗の日常と取りくみ」「自分の詩を拒絶の中に据え、弱々しげな挙措で豪毅な思想をかたり、常に精神をはずませ、攻撃の問いかけをとぎらさずにいるすがたが私には教訓的であった」そして伊東静雄のよく口にした「くいなは飛ばずに全路を歩いてくる」との言葉の持つ意味に仮託した「敵にとりかこまれても素手でたたかう術」を島尾は学んだと漏らしている。

やがて伊東氏は病にたおれた。そして長い病臥の後なくなられた。

私の胸の中には伊東静雄の詩句が生きていて、時々ぶつぶつひとりでにつぶやき出す。「秧鶏《くいな》は飛ばずに全路を歩いてくる」、「そんなに凝視めるな」などと。そして私の心の中に於けるその領分を益益広げて来るように思えるのだ。

（「林富士馬氏への返事」）

## ⒄　島尾一家の東京・小岩への進出

島尾の上京の動機は奥野健男とおこなった名瀬での対談「島尾敏雄の原風景」の中で次のような会話が交わされている。

奥野「東京に行くのは、ひとつの賭として考えたわけね」

島尾「ええ。そう、そう。それと――」（略）

「文学だけということではなくて、やっぱり、生活を打開しようと思ってね」（略）

「父親のところから独立したい、父親の庇護を離れたい、という気持ちはあったが。それと、大学の仕事がうまくゆかないということと。まあ「特攻くずれ」みたいな、生活のくずれもあるし、それを、東京に出てどこまでやれるかやってみよう、という気持で出ていったわけだけれどね」

## ⑱ 大阪駅頭の別れ

昭和二十七年（一九五二）三月二十七日島尾敏雄（三十五歳）、ミホ（三十三歳）、伸三（四歳）、マヤ（二歳）の四人は大阪駅より特別急行列車にて東京へ移住した。この日を境にして島尾敏雄一家は神戸に再び帰り住むことはなかった（庄野潤三は翌二十八年朝日放送東京支社に転勤して東上している）。

次の文章はその当時島尾敏雄の教え子の一人である詩人岡見裕輔の「むかしの五枚の原稿」昭和五十九年（一九八四）に書かれたものである。

汽車が入ってきて、一家は車中の人となった。全部前向きのシートで、新しい型の客車だった。おくさんとマヤちゃんは前、島尾さんと伸三ちゃんは後ろのシートに座った。当時三つぐらいだった伸三君は色が白く人形のように可愛い顔をしていた。（略）その伸三君が窓わくにちょこんと顔をのせ、つぶらな黒い眼をおおきく開いて、ぼくたちを見つめていた。（略）マヤちゃんは、ぼくが好きでたまらないほど可憐な、やっと一人立ちが出来るようになった赤ちゃんだった。彼女も窓わくにつかまって立ち、いく度も頭をさげて、さよならをして、ぼくたちを笑わせていた。

汽車はなかなか発車しなかった。こういう時はなんとなくつらいものである。（略）島尾さんも困ったような微笑を口元にうかべていた。「（※庄野潤三氏を）紹介しようか」と島尾さんは、ぼくに言った。「いや、いいです」ぼくはにべもなく断ってしまった。（略）ぼくは島尾さんに去っていかれるのが、とても悲しかった。悲しいというよりも、島尾さんが行ってしまったら、ぼくらは一体誰を頼りにすればいいのだ、とも思った。大げさな言い方をすれば「小説」や「小説を書くこと」について、ぼくの眼を開いてくれたのは、島尾さんだった。決して彼は、教えようとか、指導しようという態度はとってくれなかった。だが、ぼくは彼の身のこなしや話ぶりから本能のように匂ってくる（小説書き）を学んだ。汽車がホームをすべりだした。ぼくたちは手をふって見送った。階段をすこし下った所で、久坂葉子が足をすべらして転んだ。四、五段以上も転げ落ち、痛さのためしばらく起きあがれないほど、ひどかった。ぼくはかけよってかかえ起こした。彼女の格好は気の毒なほどおかしかった。「ちょっと肩をつかまらして」彼女はこう言って、ぼくの肩につかまって起き上った。（略）転んだ時、庄野氏は笑いながら「かいたるぞ」と彼女に言った。

（『環59号』）

このようにして島尾一家は建仁寺垣に囲まれた東京都江戸川区小岩町四丁目一八一九番地に移住し、作家生活をはじめることとなった。

そして再び神戸に帰り住むことはなかった。

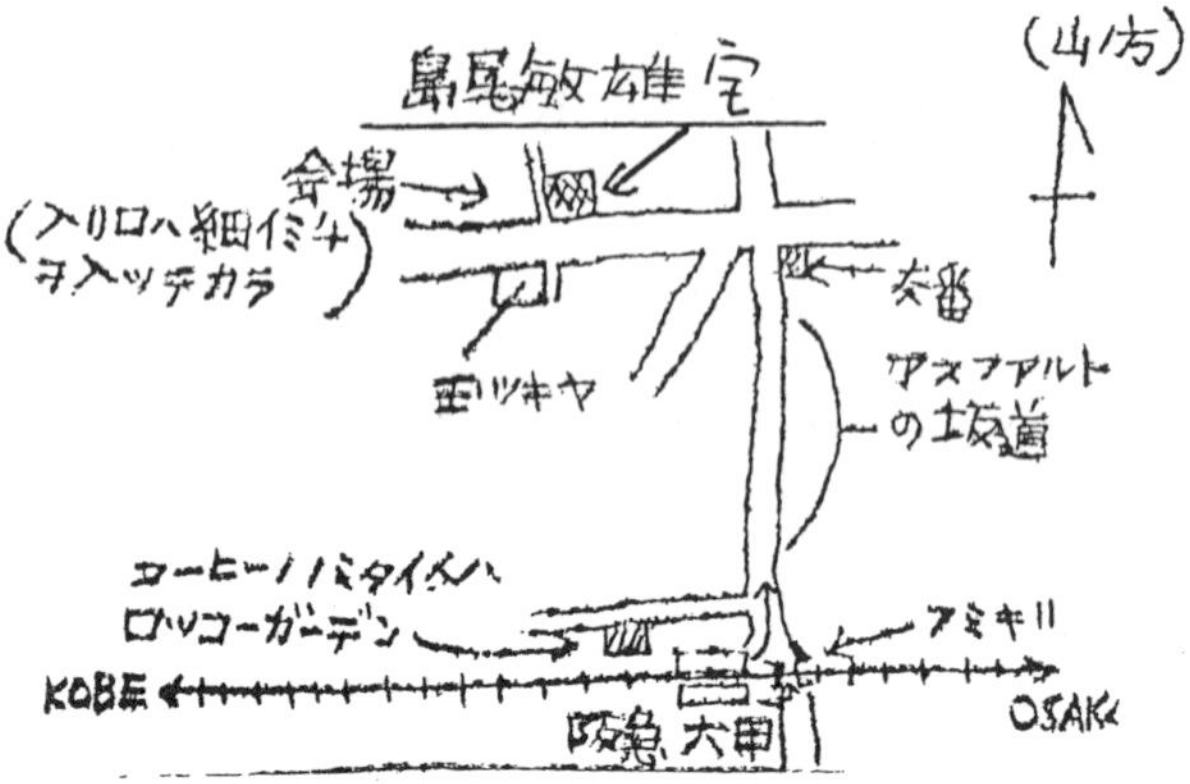


島尾敏雄宅 『VIKING』 4号より
富士正晴画

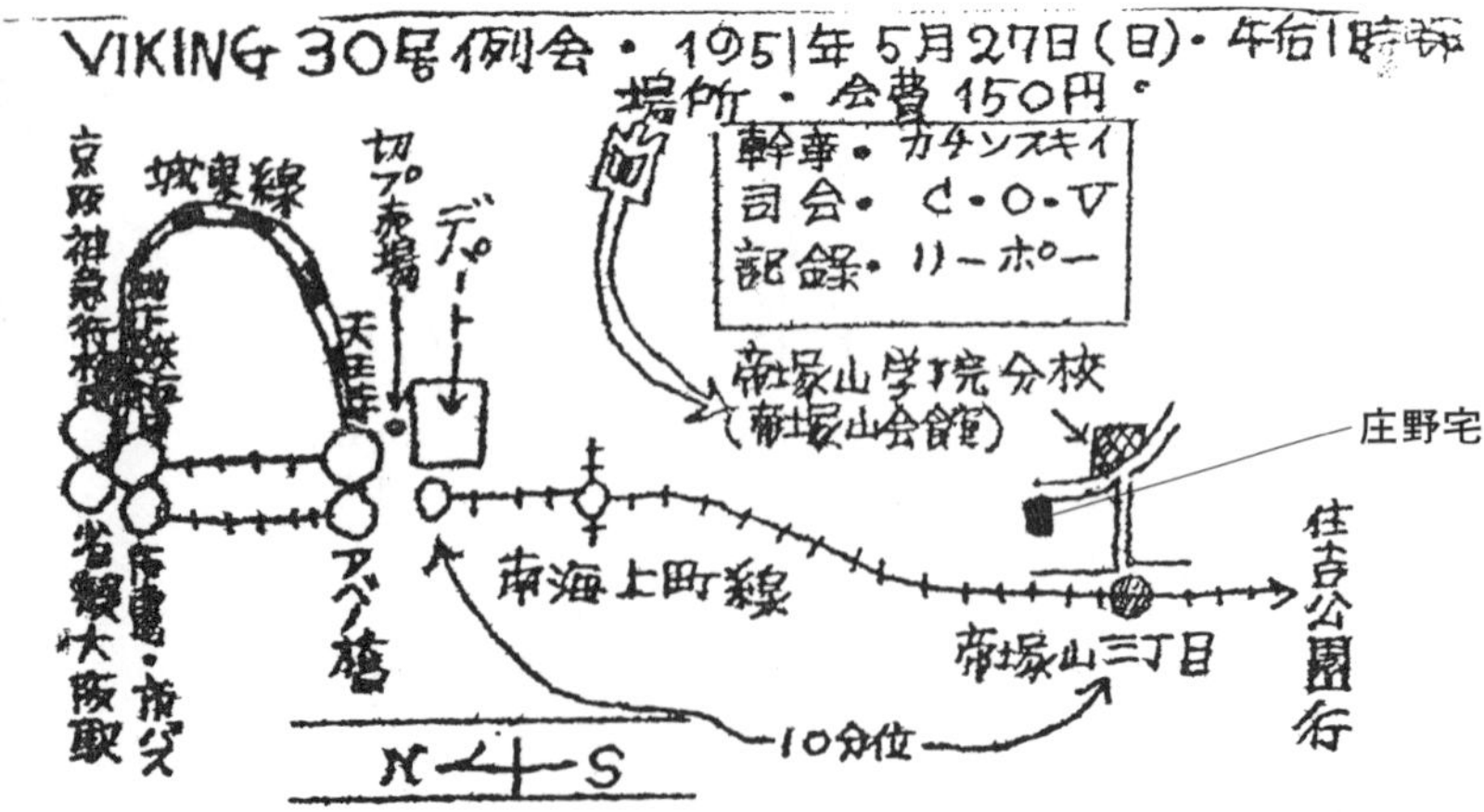


庄野潤三宅 『VIKING』17号より
富士正晴画

**島尾敏雄　阪神往来図**

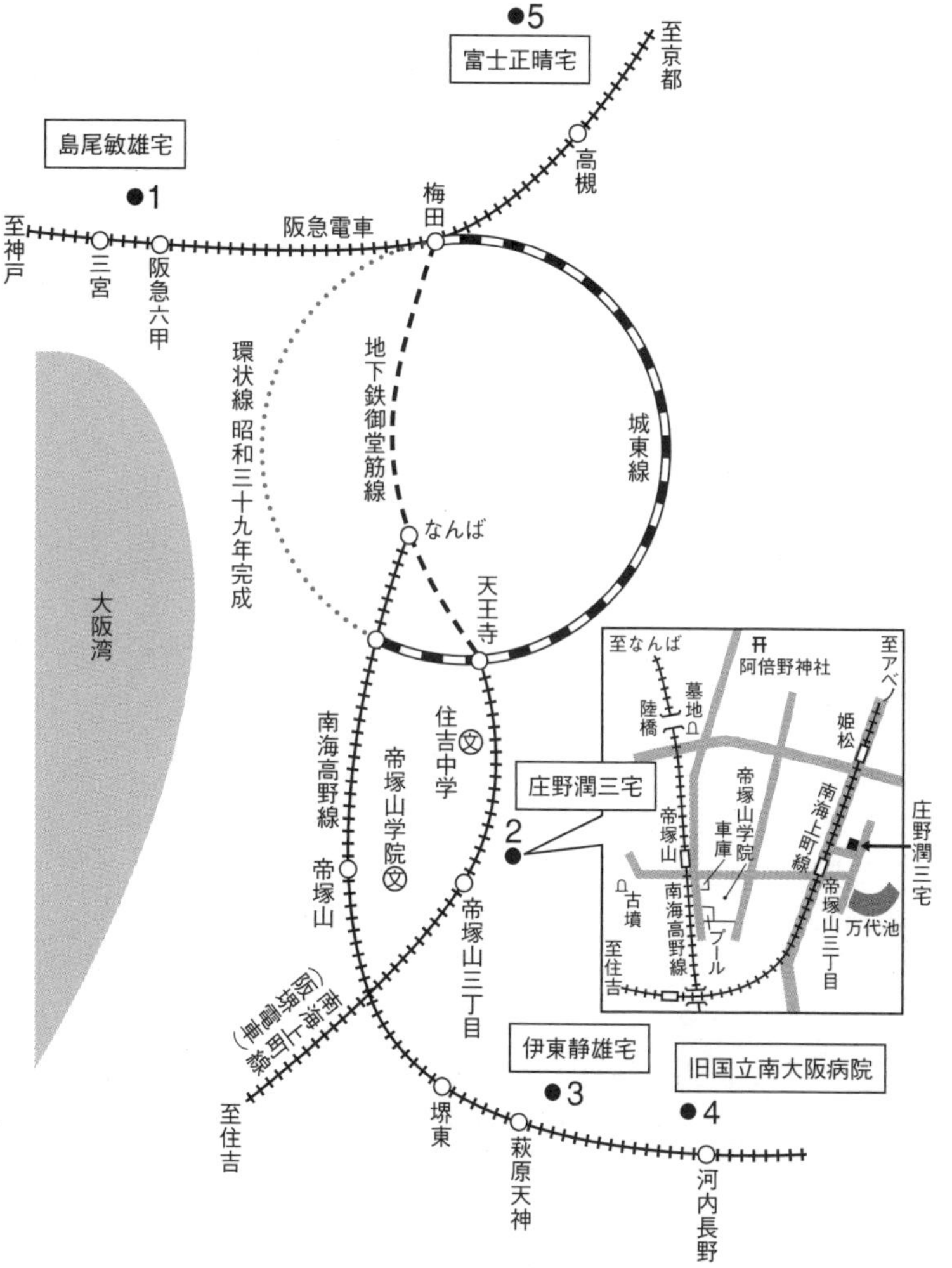
●5
富士正晴宅
至京都
高槻
島尾敏雄宅
●1
梅田
至神戸
阪急電車
三宮
阪急六甲
環状線 昭和三十九年完成
地下鉄御堂筋線
城東線
なんば
天王寺
大阪湾
南海高野線
住吉中学
帝塚山学院
庄野潤三宅
2
帝塚山
帝塚山三丁目
(阪堺電車)南海上町線
至住吉
伊東静雄宅
●3
旧国立南大阪病院
●4
堺東
萩原天神
河内長野
至なんば
阿倍野神社
至アベノ
陸橋
墓地
姫松
帝塚山学院
南海上町線
庄野潤三宅
帝塚山
車庫
古墳
南海高野線
プール
帝塚山三丁目
万代池
至住吉

神戸島尾敏雄宅の絵
（神戸小学校同級生の医師松浦省之氏描く）

# 島尾敏雄と東北とのえにし
## ――島尾敏雄の恩師・佐藤二郎先生（山形師範）と神戸小学校クラス会・昭五会との交流について――

### はじめに

両親がともに福島県相馬郡小高町の出身である島尾敏雄は、生まれながらにして東北との深いえにしに結ばれている。加えて幼少の頃より小高町への度重なる帰郷と、長期にわたる滞在で相馬こそが自分の故郷だとしていた。なかでも少年時代たまたま家族全員が小高に滞在していた時、関東大震災に遭遇し、横浜の実家は壊滅した。幸運にも難を逃れた一家は、父親の輸出絹織物商の営業上の都合で神戸に移住することになった。こうした家庭状況はよく知られている。

しかし転校先の神戸尋常小学校（神戸小）で山形県出身の佐藤二郎先生担任の六学年二組に編入された後、この佐藤先生の持つ人間力によって、神戸出身の児童たちと島尾敏雄のように関西圏以外から流入してきた少数の外来児童とが一つに融合され、小学校を卒業した昭和五年（一九三〇）を記念して「昭五会」と命名した級友会が、今日でも数少ない存命者によって維持されている事実は、あまり知られていない。

佐藤二郎先生を中心とした神戸在住の昭五会の人たちと島尾敏雄との交流の軌跡に光を当て、昭和年代初期の時代的背景を探り、島尾敏雄文学理解の深化を試みたい。また小学生時代にその人間形成の原型ができあがり、その後の成長過程において、その特性の各局面が随時表出されるという見地から、島尾敏雄の記録を追い求めたい。

## 一　佐藤二郎先生のこと

山形県西置賜《にしおきたま》郡《ぐん》蚕桑《こぐわ》村高玉（現白鷹町）に明治三十年（一八九七）村収入役、佐藤十郎の次男として生誕し、大正六年（一九一七）山形師範学校（現山形大学教育学部）を卒業して蚕桑村山口小学校教諭（二十一歳）として奉職。

翌年八月、第八師団山形歩兵三十二連隊に短期現役入隊(注)。十二月に除隊後、大正十三年（一九二四）までの約七年間、山形県西根、小国、豊川の各小学校に勤務。

大正十四年（一九二五）四月、雄飛の志を持ちはるばる山形の地より兵庫県神戸小学校に望まれて赴任（二十九歳）し、十三年間同校に勤務した。

**注**　短期現役入隊とは兵役上の特別優遇制。師範学校を卒業し、官公立小学校の教員を勤める者は、五ケ月間現役として陸軍に服務した後、現役兵とことなる国民兵役に編入され、召集を受けないものとされていた。

（一ノ瀬俊也『明治・大正・昭和軍隊マニュアル』）

その趣旨は、義務教育の教師に軍隊式の師範教育の総仕上げとして軍隊生活を実習させ、未来の兵士である児童の教育に当たらせることにあった。兵舎内では一般兵とは別に部屋を提供されるなど特別待遇を受け、教師の宣伝効果を期待した。

（大江志乃夫『徴兵制』）

佐藤先生が神戸小学校に着任して最初に担任したのが「昭五会」を結成したクラスであった。このクラスは第二学年より卒業の第六学年まで連続して佐藤先生の薫陶を受けることが出来た。ただ島尾は新六年生になる春、自宅の転居に伴い神戸西灘第二尋常小学校より神戸小学校に転校してきた。

その島尾の回想記を見てみよう。

（※昭五会）会員の殆どが小学六ケ年のあいだクラスを同じくしただけでなく、そのうちの五年間を同じ一人の教師つまり佐藤二郎先生のもとで過ごしたという深いかかわりを持っているのにくらべて、私は最後の六年生の一ケ年だけしかそのクラスの生活を知らない（略）

しかし私には小学生時代のクラス会はこの昭五会しか無かったし、その時の仲間のそれぞれの個性が記憶の中で確かなかたちを形造っている点については、昭五会の中のそれが最も数が多くそしてわかりやすい状況となっている。（略）もうこの会は会員の命の存する限りは決して崩れることはなかろう。何と言ってもそれは東北（山形県）出身の一人の甚だ教育に熱心な青年教師であった佐藤二郎先生を核として集まった生徒たちの、稀に見る濃厚な結びつきの現実があったからである。関西育ちの大方の生徒たちと東北出身の教師とのその結合を、ふと私は不思議に思うこともある。それは遅れてその結合の中にはいった私の気おくれのせいもあるだろうが、もともと私はあの腰の強いなめらかな関西弁の発想を自分の根としてはいないことに原因することなのかも知れない。それにもかかわらず、彼らの中にまざり込むとつい後先を忘れ、六年二組佐藤学級の時の神戸弁の世界に埋没してしまう自分を発見することも否定ができない。

（「五十年目の昭五会会報」）

## (1) 昭和天皇の侍従が視察

昭和四年（一九二九）昭和天皇が軍艦「長門」に乗り伊豆大島、和歌山県田辺、大阪、神戸などに行幸され、六月七日神戸小学校に昭和天皇の側近である海江田侍従を視察に遣わされた。この途中六月一日、和歌山県田辺・神島にて粘菌研究家南方熊楠と面談し、キャラメル箱に入れた数種類の粘菌標本の進献を受けた記録は有名である。

海江田侍従は天皇自身が訪問できない広田神社、生田神社、市民病院、孤児院、神戸商業大学、関西学院、甲南高等学校、第一神戸中学校、第一神戸高等女学校などを代理訪問した。中でも、小学校としては唯一神戸尋常小学校が代表校としてえらばれる栄誉を得た。当時の佐賀県出身の中山直太校長は昭和三年山形県谷地高等女学校より転任してきている。ちなみに神戸校の教諭四十八名中七名が他府県より赴任してきており、中山校長着任については佐藤二郎先生との関係はなかったとの見解が強い。佐藤・中山両先生が山形県より、はるばる神戸校に赴任した事実には当時の教育界における何らかの事情が存在したことがうかがえるが、資料不足で論考を進めることができない。

視察を受けた主要教科の例を挙げてみると、

・尋常六年　体操　佐藤二郎
・尋常五年　読方　若杉恵　など。

また陳列室において児童成績品として国語科の作文が展示され、若杉恵先生の指導を受けた島尾敏雄の作品もならべられたが、現物は所在不明。

広島師範学校出身の若杉先生は昭和二年（一九二七）広島県忠海高女より赴任、若杉慧などの筆名で作家修行をしており、神戸小の校歌を作詞した。

神戸小学校校歌

一、もも船の　つどう港を
見はるかし　まなびやたてり
神戸の名　とわにたたえつ
我人の　あおぐまなびや

二、うけつぎし　神のしるしを
つたえなん　いやつぎつぎに
かんながら　道はひとすじ
この道に　われらは立ちて
三、あわじ島　そこつ岩ねの
ゆるぎなき　人となりてん
空うつす　おおうなばらの
大きなる　たみとなりてぞ
国に　つくさん

戦争後に『エデンの海』などで著名な作家としての若杉が島尾と出会うことになる。文芸同人誌『VIKING』掲載「単独旅行者」を書いた島尾敏雄を若杉が訪問したのがきっかけで、神戸小学校で作文を指導した児童であることが分かり、ここに新しい交際が始まった。とりわけ『死の棘』時代に島尾敏雄一家が東京で若杉先生夫妻の愛護を受けることになったのは有名である。後年「含羞不《はにかみふ》敵《てき》氏」と島尾の人間像を表現している。

次はその若杉先生の回想である。

阪急六甲に近い篠原北町の（略）広い応接室のやうな部屋で待つてゐると、絣をきた眉の濃い青年が現はれて「先生」と言つた。なんと神戸小学校の卒業生だと言ふのだ。しかも私が彼の綴方を見てやつたことがあるといふ（略）天皇陛下が関西においでになつたとき兵庫県では私の勤めてゐた小学校に（略）勅使を差遣されて、授業も見てもらつたが、講堂には（略）児童の成績品をかかげ「天覧」（※天皇がご覧になること）に供した。綴方と書き方は私が選んで指導したので、そのとき島尾の綴方を採用した（略）題も内容も無論私は覚えていない。

（「島尾敏雄への私情」昭和四十七年）

三十分足らずにしても、侍従視察がいかに誇るべきことであったかを神戸小学校五十周年史（昭和十年刊行）記載に見てみよう。

わが母校は勅使御差遣の光栄に浴し、海江田侍従のご視察を忝うした日である（略）県下学事ご視察は小学校においてはわが母校一つがその御選に入った。

また児童・島尾敏雄は次のような作文を書いている。

侍従をお迎えして

昭和四年六月七日、この日はわれら神戸市民が一日千秋の思いでお待ち申し上げました、畏くも聖上陛下がわが神戸市へ行幸遊ばさる日でした。

夜来の雨もすっかり晴れて市中は紅白の幕に飾られ警官、青年団が目覚ましく働き、市中は喜びにあふれ、われらの胸もおのずから静まり、これが本当の行幸気分かと思いました。

いよいよ侍従をお迎えしました時には、この御方が陛下の御身代りのお方かと思いますと、何とも言われぬ、かたじけなさに打たれ涙ぐまれる思いでした。そして、こんな名誉な事は一生に一度かと思われ、感激にふるい立ちました。それから、閣下にお目にかける体操をすることになってから、ただもう一生懸命に神戸校の名誉を汚さぬようにと何事も考えず努めました。「敬礼」の号令で一同は閣下に注目を致しました。私はただぼーっとして何事もわかりませんでした。何と言う有難い事でございましょう。私共はこのお恵み深き天皇陛下のため、この光り輝く昭和日本のために有用な人とならなければなりません。

私はこの光栄に浴した六月七日を永久の記念日として永く永くこの感激を忘れない覚悟でございます。

（神戸市初等教育研究会編『志ほら』第十二号）

## (2) 佐藤先生の回想記

思い起す事ども抄

佐藤二郎

罪

僕が北国の一寒村――しかも、ほんとにちっぽけな学校から天下の大神戸小学校に職を転じ、すぐに受け持ったのが君らのクラスであった。以来五カ年間、とうとう君らは小学校時代のほとんど全部をこの田舎男に教育されて過ぎてしまった訳である。

困惑

……一番困ったのは君らの言葉がわからなかったことだ。君らばかりでない。先生方のおっしゃる事もなかなかわからなかった。それ以上に困った事は僕自身の発する言語の不自由さであった。……何せ僕の郷里山形県といえば誰も知るズーズー弁の本場であり、方言のわからぬことにおいては日本一という所なんです。

山さあいべーやい（山へいこう君）

そんな事しゃねごて（そんな事しらんよ）

緊張

昭和四年六月七日、本校勅使御差遣《さしつかわし》の日である。私が君たちを指揮して体操を御覧にいれることになったのだった。率いられる君らでさえ、あれほど緊張したのだから、率いる私は、それこそ足の爪先から頭のテッペンまで緊張そのものであったことは当然であろう。君らもよくご存じのように、私は元来運動が極めて拙劣である。体操教授ときては全くなっていないのである。それにあの大任を拝命したのだから恐懼《きょうく》限りなしであった。

ここで佐藤二郎先生の指導の下、体操授業が視察項目に入れられていたのは、佐藤先生自身の謙遜発言にもかかわらず、先生のもつ体操指導力によるものと推察される。軍隊式（兵式）体操の学校現場への導入はかねてより軍部が要望していたところである。四ケ月の短期入隊とはいえ、山形連隊で受けた軍隊教育は初等教育にその効果を発揮したものであろう。平生の体操の時間は規律が厳しく男性的で、冬期でも運動場や諏訪山にある武徳殿までハダシでランニングを行ったとの記録がある。少し時代がさかのぼるが、川端康成が毎日ハダシで通学させられた大阪の旧制茨木中学は、ニワトリ学校と呼ばれたという。

### (3) 中等学校への進学

神戸小学校が神戸市内における最優秀校と呼ばれる根拠の一つに、上級学校への進学率の高さ、つまり学力が優れていたことがあった。この男子ばかり五十一名の佐藤学級では、第五学年修了時に県立神戸一中へ三名もが合格し、第六学年の卒業時には十名もの入学者を出している。二中へ三名、三中へ二名、そして島尾たちは兵庫県立第一神戸商業学校（県商）へ八名も進学を果たしている。わずか四名の者が家庭の事情で高等小学校、企業内学校に進んだ。

この成果は担任佐藤先生の懸命な指導によるものであろう。

### (4) 島尾敏雄の進学準備

この頃の生活　三月某日作

朝元気よく家を出て学校では夕方ちかくまで一生懸命精を出す。あこがれの学校に入学したい一念からである。家に帰る頃には早や日が西に傾いている。それからがまた奮闘だ。そして又明日の準備をする。これが僕のこのごろの生活だ。何という勇ましい生活であろう。時には遊ぶひまさえないので頭がぼーっとして何もわからないようになることもあるが、毎日励まして下さるお母さんの顔を思い出すと、どうしてもじっとしていられない。何くそここが人間のがまんのしどころだと思い返すとまた愉快な気分になってくる。あっぱれ目指す県商に入ってお母さんを安心させてあげようと僕は固く決心している。学校に行っても、いつも面白い。宿題も存外早く終わって余分の勉強もできる。早く中等学校の制服を着て新生活を味わいたいと思うと何となく腕が鳴り胸が踊る。終わり

（昭五会『あけぼの』第一号掲載）

このような受験生活を過ごした島尾敏雄は無事兵庫県立第一神戸商業学校（県商）に合格するのである。佐藤先生には神戸一中へ進学するよう勧められたが、輸出絹織物商を営む父親島尾四郎の強い希望で、卒業後家業の実務につける県商が選択されたのである。ここから後年島尾の学歴に対する傍系意識が生まれ出たと言えよう。

昭和五年、佐藤先生は中等教科書出版より『優勝算術』『優勝地理』などオリジナルな学習書を刊

行して大好評を得た。現在両方とも現存している。家人は奥付にはる著者証書作成に動員されたことを記憶している。充実した日々の授業を行い、その間隙を縫って児童向けの学習書作成を行った三十四歳の佐藤先生のエネルギーはどこから生まれてきたのであろうか。こうした情熱行動は生涯各部面で見ることができる。

昭五会の児童たちを送り出した後。昭和八年、昭和十年の二度にわたり卒業生を見送り、昭和十三年（一九三八）筒井小学校に転出し、昭和十九年二月十六日勲八等瑞宝章をうけた。同年末七年間勤務した筒井小学校を依願退職した。

### ⑸ 筒井小学校退職のいきさつ

まだ神戸の空襲が、本格的に始まる前であった。十一月三日は当時の明治節である。晴衣裳の職員もだいぶいた。式が終わり、児童が帰っても、戦時中のこととて祝杯もない。先生方はボツボツ帰る用意をしていた。と、突然現れたY校長が「これから防空演習をやる」「空襲警報発令」と大声で叫ぶのであった。

その瞬間、「ははあ、校長のやつ、この非常時に晴衣とは何事ぞ…ということで、頭にきたんだな」と直感したのは私一人ではなかったろう。みんな外へ出た。そしてそれぞれ部署についた。校庭は朝からの雨でまだ濡れていて、方々に水たまりができている。Y校長はまた怒鳴った「敵機来襲」「伏せー」、晴着の女教員達は、互いに目くばせして、もじもじ立っているばかりである。その時、私は程遠からぬ裏門前にいたのだが、つかつかと校長の前に現れて、「この馬鹿野郎、一分間たりとも貴様の部下はもう御免だ」とさっさと職員室に消えてしまった。そして辞表を書いた。やがて、冷静に返った校長は、全職員に不徳を詫びてこの事件はケリがついたが、私の辞表だけは残った。

世は非常時、上司の命令には絶対服従の時代である。この事件は、単なる私の武勇伝に留まらないで、少なくとも、私にとっては運命を左右する重大事であったのである。私は、この時から教壇を去る決意を固めていた。

もしも、私にこの事件さえなかったら、二十六年間の信用と体験を棒に振って四十六歳で教壇を去るようなことはなかったかもしれない。当時の時代のなか、ひそかに開拓という仕事に興味を覚えていたとしても、平穏な教壇生活を二十年の開拓の苦労で置き換えることはしなかったに相違ない。

（佐藤二郎「老開拓者のつぶやき」）

## ⑹　終戦前後

昭和十九年末ごろまでは、山形師範学校の先輩が経営する大阪堂ビル伍光商会支配人に就任するが、戦争の推移にともない閉鎖される。

昭和二十年大阪玉水航機工業株式会社庶務課長に就任したが、神戸市熊内町の自宅が空襲で全焼し、加えて八月十五日終戦を迎え、山形県長井市草岡新町に一家七名ともども帰らざるをえなかった。そして、昭和二十一年より西根地区で開拓を行うと共に、西根中学校で数学を教えたり西根村教育委員を歴任し、昭和二十四年（一九四九）西根開拓農業共同組合長に就任する（五十三歳）。西光農園というブドウ栽培も手掛けた。開拓者七十九名と力をあわせ、第二代目の組合長として八年間、豊かな洞察力、判断力、実践力、政治力等を多方面に発揮して、山積する諸問題を解決して組合員に明るい希望と勇気を与え、生活安定に努力した（『今はむかし第二集』平成十年二月）。

### (7) 開拓地周辺

後年、この開拓農地周辺には旧石器から縄文時代にかけての遺跡があることが分かり、現在「長井市古代の丘資料館」を中心に遺跡保存が行われている。

この長井周辺は、日本書紀の持統三年（六八九）に置賜《おきたま》の地名で記され、当時から肥沃の野であるとされていた。「質素倹約・自給自足・勤勉」が当地の美質とされている。長井市の南方で白川と松川が合流して大きな最上川の流れが始まる。「その昔、京都大阪との紅花などの船運交易で栄えたみちのく長井。穏やかな山に囲まれ京文化のかおりただよう、まろやかな風景とくらし」と広報紙が語りかけている。初夏の訪問客には素晴らしい緑の風景ではあるが、厳冬の事情はいかばかりであろうか。真冬の現地訪問や、無着成恭先生の『やまびこ学校』、橋田寿賀子の創作『おしん』などの状況の描写を借りなければ、暖国居住者には理解できないことであろう。

## ⑻　佐藤二郎先生の妻コウ先生

これまで二郎先生に焦点を当て、家族については触れなかったが、コウ夫人や、子息のことを簡単に紹介したい。

村一番の旧家出身であるコウ氏（与謝野晶子型美人とうわさされていた）も西根小学校の出身で、大正七年女子師範学校を卒業し、西根小学校教員となる。十二月に短期入隊から除隊してきた二郎先生も西根小に配属された。やがて二郎とコウ両人は恋仲となり、地域では有名な大恋愛の末結婚した。昭和十一年に二郎だけが西根より約四十㎞も離れた新潟県よりの僻地小国小学校に異動を命じられ、新妻コウを残し単身赴任をした。翌十二年豊川小に転属させられ、大正十四年三月神戸小に赴任するまで勤務を続けた。妻コウは西根小を辞職して子どもたちを引き連れ、二郎の神戸行きに随伴し、神戸筒井小の代用教員を経て半年後正式の教員となった。家庭生活は実妹はるに委ねていたが、はるは昭和十五年二十九歳の若さで死去した。

その後は教師と家庭生活を両立させながら若菜小学校に勤務していたが、昭和十九年（一九四四）二郎先生の退職騒動にあわせて依願退職した。山形での開墾生活に入ってからは、開拓農家の専業主婦として、食料収集、資金繰り、炊事、洗濯、子供の世話などに専念した。この開拓資金には二郎とコウ夫婦の恩給が当てられた。山形―神戸―山形と夫二郎の展開に子供を連れて随伴したコウ夫人の感慨を示す資料は未見であるが、昭和戦争期を生き抜いた有職婦人の生活と、戦後の開拓事業を支えた農業婦人の貴重な足跡は記録して残されるべきであろう。

長男は両親と同じ教職の道を進み、神戸市内の中学校校長などを歴任し、現在も教育界で活躍している。長女は山形県長井市草岡の開拓地に立て替えた屋敷で、農場を見守りながら、両親と亡夫の墓地を守り老後生活を送っている。あと三名の子供たちも各地に生活の根をおろし、先年行われた法事には総勢三十余名の子孫が参加した、と聞く。

### (9) 開拓の苦労

飲み水もない、電灯もない、本当にゼロからのスタートであったうえに、種をまいても育たない、収入がないといったどん底の時代から歩みだされてこられました。そこから田圃整備に到るまで長い年月と費用と労力を費やされ、厳しい中での相互の助け合い、協力により事業が順調に進行され、現在の西根地区の発展があるのだと思います。

（長井市長　目黒栄樹「今はむかし第二集」）

佐藤先生は昭和二十四年六月より三十年十月まで西根開拓農業協同組合二代目組合長として開拓事

業の基礎をつくり、後も顧問として支え続けた。こうした開拓の歴史は佐藤二郎先生の長女悦子の婿佐藤七夫《さとうかずお》たちによって『西根開拓のあゆみ』と題する百十八頁の冊子にまとめられている。

明治維新による政変後、山形県では庄内士族が団結して松ケ岡開墾を行い、自力で帰農して新政権に媚を売らなかったという歴史がある。佐藤先生の志に反映したかもしれない歴史事情である。

この冬季二m近くの積雪をみる西根地区での開拓生活と佐藤二郎先生および一家の奮闘努力とその成就については別途論考が行われるべきであろう。

昭和三十五年（一九六〇）昭五会三十周年記念号に佐藤先生は一文を寄せている。

　貧乏と長生きはすべきものと思います。

　貧乏と長生きのおかげで私は今日の喜びをしりました。皆さんお元気で、そして私も。四十周年には又参ります。仙境蔵王に一度いらっしゃい。そして私の農園も見てください。では又、さようなら。佐藤二郎（六八歳）

昭五会による神戸に住居提供の用意があるとの申し出を辞退し、苦しい原始的な手鍬開墾（一町）から、多額の借り入れ金による機械開墾（五反）への転換、そば、うどん麺製造など付帯事業による現金収入など開拓農業協同組合活動も成果をみせた余裕を教え子に伝えたい気持ちの現れた文書である。佐藤先生はほぼ毎年神戸を訪問していたのである。

## (1) 神戸小学校への転入

ここで島尾敏雄が神戸小の六学年二組・佐藤学級に転校生として登場した時の模様を『あけぼの』第一号に見てみよう。

島尾君　　　　村田順一郎

六年生となっていまだ十分な自覚もできずにいるころの事。ある日の二時間目に僕の前に見知らぬ一人の生徒が立っていた。見るからに柔弱そうではあるが、きりりと結んだ口元には男性的な奮闘的ないかにも堅忍不抜の意志を示している。僕は何となく親愛の情が湧き出たのでした。教室にはいってから先生はおもむろに口を開かれ「ここに来て自分の姓名を書きなさい」と言われた。僕は早く知りたいので黒板をにらんだ。やがて白墨が彼の手に握られた。ふと見ると「島尾敏雄」と達筆に書き記されていた。

島尾君とはすぐに打ち解けた親しい仲となった。彼は予想通り親切で快活であり頭脳明晰である。又能弁家であり秩序正しく整然たる答弁がいつも級友を驚かしている。現代の人間は陰日なたがあり、潔白な人が少ない。だが島尾君は実に潔白純真な少年である。皆に敬愛されるのも理の当然である。

転校してきた島尾敏雄の神戸小学校の印象は次のように『あけぼの』第一号に記されている。

過去をかえりみて　　島尾敏雄

思い出せば去年も今頃だった。父に連れられて兄弟三人で神戸校の門をくぐった。正面にある鉄筋校舎の中央にある時計、東の端にある二宮金次郎の銅像等もすべてその時初めて目についた。僕は四月新六年生としてこの学校に転校して来たのだ。

そうだ。その時何くそこゝで一旗挙げてやろうと言う一種の稲光のようなものが僕の頭にひらめいた。今では大崎君と言えばすぐ「あの子だな」ということがわかるが、その時は誰だか分らなかったが教室に案内してもらった事を覚えている。運動場に出てみたが何が何だかわからない。鐘が鳴っても違う組で並んだりして、とても滑稽《こっけい》だった。余り勝手が分からないので泣きたいような時もあった。が、月日のたつのは早いものだ。昔の人は「光陰矢の如し」と言っているが、本当にその通りだ。

僕ははやこの思い出の深い神戸校を懐かしい母校とするようになった。今では級友の名はもちろん、顔までも、いや性質までも分かっている。

毎日毎日親のように骨折ってくださった佐藤先生も懐かしい。そうだ!!　これからは先生の志を継ぎわが帝国の為に力を貸そう。その為に自分の選んだ県立商業で一生懸命勉強しよう。

・終・

### (2)『あけぼの』命名の志すもの

佐藤二郎先生が『あけぼの』第一号に一文を寄せている。

霊峰富士の絶頂で「あけぼの」の神秘に合掌したときの霊感はとても忘れることができない（略）上高地の別天地に一夜を明かした翌日、梓川の渓流に身を清め、白樺の樹間に立って心行くまで味わった「あけぼの」の清浄さはとてもわすれられない（略）槍岳の峻峰に佇立し（略）ほのぼの明け始めるときの尊厳さをとても忘れられない（略）いまや世は虚栄の世、醜悪の世、塵埃の世と化した。何処に清浄ありや。何処に尊厳ありや。何処に聖者の憩うべきありや。独り大自然にのみ「あけぼの」の純美がある。

### (3)同級生・炭竈達朗の《永遠の友》と題する回想録『あけぼの』第三号

島尾は六年生の時に転校してきた。すぐわれわれのクラスにとけ込んだ。その明晰な頭脳と快活な性格は我々を驚嘆させ、リーダーとなるのに日はかからなかった。たちまち頭角を現したのはその文才であった。私も作文は好きだったのと近所のよしみで旬日ならずして学校から帰ると互いに行ったり来たりするようになり、時の経つのを忘れて本も読み文章を書き話が尽きなかった。彼は自己を表現する術《すべ》を既に心得ていた。学校以外に謄写版（ガリ版）のあることを私はしらなかった。彼は自家用の小型謄写版で自分の考えを印刷し発表していた。『少年文庫』のような小冊子を発行し、教室で愛読者を募った。時には賞品付懸賞問題（今のクイズ）も当時既に現れていた。私も色々手伝ったが、クラスでは絶大な人気があった。特集号の付録だったか特別愛読者のサービスだったか、私の描いた軍艦画集が付録でついたことがあり、これまた評判が良かったが、現在私の手元にもちろんない。後年彼とそのころの話になった時、「あるよ、大事に持っているよ」と聞いた。

戦後――彼は海軍予備学生、私は、技術。同じ海軍だ、どこかでいつか会えるかもしれない等と考えていたが、それ程戦況は甘くはなかった。命を削るような戦局を経て終戦。私は外地で捕虜二年間を過ごして昭和二十二年ようやく復員。逓信省に復帰してやっと昭五会と連絡がとれ、島尾の生還とその凄絶な彼の終戦を聞いた。何年か後の昭五会での再会に島尾と手を取り合って喜び、涙し、そしてしみじみ語った。

「生きていてよかった――」

## (4) 自家出版のいとなみ

片仮名ゴム活字版や小型謄写版そして蒟蒻版《こんにゃくばん》などの小型印刷機が私の体験の中を通りぬけていった。自分で編集し印刷した、何度か誌名を変えた定期刊行物に、私はやがて詩に似たものを書きつけている自分に気づくことになる。

（「どうして小説を私は書くか」昭和四十二年）

また「島尾敏雄の原風景」という奥野建男・島尾敏雄の対談録で活字について発言している。

活字って、なにか神秘的な力をもっているような気がして、活字なんかとても買えないから、——あの頃かたかなのゴム版の印刷機売っていた。あんなものを買ってもらって、ちょっと植字して押してみたり、それから小さな謄写版買ってもらったり……。そしてパンフレット作っていたわけね。

（『国文学』特集島尾敏雄　昭和四十八年）

島尾敏雄の手製による定期的な小冊子『小兵士』『学びの声』など五十五冊に及ぶとされる刊行物の公表が望まれる。

### (5) 島尾敏雄「私の中の神戸」より

自分ではすっかり神戸弁をしゃべっているつもりなのに、ときどき級友から、異質な要素を指摘されたものだ。長い歳月のあいだ生活とからみ合って幾度となく耕された末にこしらえあげられた方言、そのひとつの、あのこわばった緊張感の少ない関西弁を、私は自分の舌とすることはできなかった。私の過去の経験がいつもよそ者として圏外の場所に自分の居場所を見つけることを覚えさせた。

しかし神戸は不死鳥のように、忘却の灰の中から、いきなりなまなましい記憶となってよみがえる。そこは私が小学校を終え、中等学校の修学課程をおさめたところ、いわば、その港と山と傾斜の町が都市に対するひとつの原型を私に与えてくれたのと同じように、にんげんのタイプを私にさし示してくれたところであることに気がついた。（略）幼い最初の集団生活の体験である神戸の小学校や中学校のときの級友たちは、無地の素肌に焼きつけられた刻印のように、そのほりあとは取除けるものではない。（略）神戸小学校にはただの一年かよっただけだが、そのときの同級生で組織された「昭五会」とよぶ同窓会が、卒業してすでに三十五年にもなろうというのに、その会合が未だにくずれずに続いている。（略）消息が分かってる三十四名のうち二十二名まで今もなお神戸に住んでいるのを見ていたら、言いようのない懐旧の思いに襲撃された。戦死、病死した十二人をあわせて全員五十一名の名前のかかれた名簿を見ていると、親しかった者もそうでなかった者もほとんどすべての名前がはっきり記憶にのこっていて、一人についての想起は次々に反応しあい、意外に個性的な性格として全員が自分の感受の中に刻みつけられていることにおどろいた。（略）けしつぶほどの私の生であるにしろ、通りすぎたところも、かけがえはない。ことに幼少の日を送った神戸を回想すると、日々の緊張から心はときほぐされ、つい軽い言葉が（へたな神戸弁ではあるが）口をついて出てくるのを覚えないわけには行かぬ。

（『神戸っ子』39号・昭和三十九年）

### ⑹ 神戸新聞　昭和二十五年（一九五〇）三月二十日号掲載記事

**老先生と背広姿のヨイコ再会への招待―四年越しのプランで**

三月十九日午前九時五十分ごろ国鉄三宮駅で「先生　先生」と呼びながら一老教師を囲む青年の一団が美しい風景を描いていた。

同駅に下車したのは山形県西置賜郡西根村佐藤二郎氏（五十七歳）でプラットフォームに迎えていたのは神戸市生田区神戸小学校同窓会の昭五会（三十三歳、三十四歳）、八神会、二鳳会の四十数人の青年たちで、それら同窓会員は戦争のため散り散りになっていたが、その後復員などもあってまとまり相集うようになったが、そのたびに思い出されるのは厳しくも思いやりのあった佐藤先生のことだった。

戦後開拓団に加わって遠く故郷の片田舎で農夫として単調な貧しい生活を送っていると伝え聞き、寄せ書きなどを送って慰めていたが、いつとなく「神戸博」には先生をお迎えして慰めようと衆議一決、二十二年暮れから毎月百円ずつを積み立てていたが足掛け四年の熱意は五万数千円となり、去る一日佐藤先生に招待状を送ったところ「クリクリ坊主の頭が薄くなりシワが増えたほか、あまり変化はございません。どんな批判をいただくか、近く実物をおみせする」というユーモラスな返信があったので、遅納していたものは月給を前借りするやら貯金していた女房の出産費をさいて納めるやら、うれしい騒ぎののち同日朝佐藤先生を三ノ宮駅に迎えたものである。

ある者は十一年ぶりに、またある者は十五年ぶりに相見える恩師の元気な姿に眼をうるませて「先生」「佐藤先生」と呼びあい、佐藤先生もまたまるで夢のようなうれしさの中に教え子たちの声をうれし涙を浮かべて聞いていた。やがて思い出懐かしい神戸小学校を訪れ茶話会を開いた。佐藤先生は一週間の予定で交替で教え子の家庭に泊まり、神戸博を中心に懐かしい神戸を見物するという。

「佐藤氏談…こんな嬉しいことはありません。みんな立派な青年になって喜んでいる。久しぶりの神戸で何もかも変わっているようです。」

佐藤先生を昭五会二十周年記念行事として神戸にお迎えした記録は島尾敏雄の手で書き残されている。

島尾敏雄はその二月『出弧島記』で第一回戦後文学賞を受賞していた。

昭和四十一年（一九六六）七月三十一日、佐藤二郎先生は亡くなられた。享年七十歳。八月一日告別式が長井市の自宅で行われ、東京在住の峯添良彦が昭五会代表として先生の遺骨を胸に抱いて参列した。先生をはじめ佐藤家の教え子に対する心情がひしひしと伝わる別離の式だと回想されている。

に昭五会員。

## (7) 佐藤先生の英雄待望教育

神戸市助役をした狩野学と三ノ宮センター街理事長大西章輔の座談をひもといてみよう。両人とも

狩野「僕が今思い出して、よかったと思うのは、非常に熱血漢で、今でいうとファッショの方で、ヒトラーとムソリーニとか、大いに〝英雄待望論〟をやってくれた。今の教育の姿とはちがうんだろうけど〝若者よ大志を抱け〟式の、自分自ら溢れるような覇気の人でしたから、それが大いに影響した。勉強ができるとか、できないとかじゃなくて、何か大いに野心を抱いて〝青雲の志〟を持って大いにやれと、その代わり宿題もたくさん出すし、ひどいめにもあったけどね。」

（『あけぼの』第三号）

## (8) 佐藤先生神戸校招聘余談

大西「佐藤先生が一杯飲みながら言っておられたけれども、当時としては高給で神戸小学校へ迎えられた。つまり進学率のいいようにやってくれ、（芥川）校長に頼まれて自分は来たんや……と、裏話をしよってでした。」

## (9) 島尾敏雄夫人ミホ氏の回想「会員の命の存する限り」『あけぼの』第三号より

「昭五会」なんと懐かしい会名でしょう。「昭五会」と聞いただけで私は涙が零れます。それは亡き島尾敏雄が、昭五会へ寄せた深い思いと、佐藤先生や級友の皆様方と島尾のえにしへの感謝の気持ちが、胸底の心弦をふるわせるからなのでしょう。島尾は小学校の頃から現在に至る迄の、昭五会員の方々の友情の暖かさを、折にふれ私に話してきかせました。

やさしい声で繰り返し語られる級友たちの思い出話は、年を重ねて尚島尾の胸に感動が甦る事柄ばかりですから、重ねて語られることもままあり、いつしか私にも馴染みとなり、少年時代の島尾や佐藤学級の皆様と一緒に、私迄もが子供らしい遊びや競技の仲間入りをしていたかのような錯覚を覚える程に身近に感じていました。そして昭五会への思いを夫と共有出来たことを、私はよろこびに思っています。

これは級友の方々と親しくお目にかかる機会に恵まれたことも、大きな原因となっていたのかも知れません。戦後昭五会員一同で、佐藤先生を神戸へお迎えすることになり、六甲の島尾宅へ佐藤先生においで戴き、級友の皆様も一緒にお揃いでの楽しい集いがありましたが、その時に先生と皆様にお目にかかれる機会を私は得ました。（略）『あけぼの』第二号に「昭五会は会員の命の存する限りは決して崩れることはないでしょう」と島尾が願ったように、昭五会の末長き存続と、会員一同の皆様の御健康と御活躍を心をこめてお祈り申しあげます。

## おわりに

昭和初期より昭和の終わりまで、大戦争を挟んだ動乱の歴史を生き抜いた昭五会の人たちと、教職の世界から開拓農民へと二つの世界を生きた佐藤二郎先生との交流をここに紹介した。ともすれば平板な事項の羅列になりがちな歴史書の裏側にある人間群像の姿をこの章から読み取っていただければ幸いである。

民主主義社会に身をおく今日からみれば、国民教育の根本である小学教育が、天皇制のもとでどのように行われていたかについては理解できない点が多いであろう。また当時の教育が日本帝国主義の手先養成にしか過ぎなかったと後知恵で糾弾することは容易である。ただ七十年、八十年前の発展途上国であった日本が置かれていた困難な状態の中で、普通の国民が、多くの犠牲を払いながら努力して生き抜いていった事跡に心を寄せていただきたく思う。

ついで、視点を変えて日本国内で使用されている各地方の言葉「方言」を考えてみたい。島尾敏雄は福島県相馬地方出身の両親の下、横浜に生まれ、小学低学年を同地で過ごし、神戸に移住した。東北言葉の家庭と関東言葉の横浜から関西弁の神戸に移住して以来、現地言語になじまず違和感を絶えず持ち続けていた。とりわけ中等学校時分に、今日でいう〝いじめ〟意識さえ持ったことが文章から推測される。

佐藤先生の長女は、神戸山手高等女学校四学年から長井市の女学校に転じた時、神戸言葉ゆえのいじめにあったと回想している。神戸では普通とされている明るい色あいの平服着用に際しても、山形地方では非難の視線を浴びたと感じている。

高校時代に秋田出身の教師に東北なまりの授業を受けたことのある女性は東北弁に違和感を持たないと漏らしている。ただ、旅行者として南西諸島を訪問しても、旅先で出会う土地の人たちは美しい共通語で対応し、なまりのあるお国言葉は聞けない。佐藤先生のように、なまり口調を隠さずに授業する先生の数が増えれば、他地方の話言葉に親しむことができ、言語による排他性が減少するであろう。

同じ東北地方であっても、山形長井地方と福島相馬地方とではおのずと文化的差異が存在する。それでも島尾敏雄は山形なまりの佐藤先生の授業にどれだけ心休まる思いがしたであろうか。石川啄木の上野停車場へ盛岡言葉を聞きにいく望郷の念を理解し地方語を大切に、そして文化の多様性として残したいものである。

（本章は第十二回島尾文学研究会・福島県小高大会（平成十七年八月二十七日）での基調講演の要旨としてまとめたものである。）

## 補　記

「東北出身の佐藤先生を神戸に迎えた背景」

佐藤二郎先生がはるばると神戸小学校に赴任してきた背景には次のような先輩の成功事例が記録されており、その初等教育界への影響によるものと考えられる。

明治四十年（一九〇七）明石女子師範学校付属小学校主事として、宮城師範の推薦をうけ及川平治先生〈宮城県栗原郡若柳町出身〉三十二歳が赴任してきた。そして一学級を二人の教師が担当して個別指導に力を注ぐ分団式教育法を展開し教育の成果をあげたと言われている。この『分団式動的教育法』は二十五版を重ね、二万五千部販売したと記録されている。文部省より欧米へ派遣され研究を重ね、一躍明石方式は全国的に注目を浴び、初等教育に貢献したのである。平成の現在、この個別指導方式は見直され、クラス運営に採用され始めている。

当初及川先生のなまりの強い東北弁に驚かされたのは、佐藤先生の場合と同様であったが、こうした先進的教育法を神戸地区で推進する一助として、佐藤先生も東北山形県から迎えられたのであろう。

（「教育に新風を吹き込んだ人たち」『兵庫人国記』黒部亮著　一九九四年　神戸新聞総合出版センター刊）

昭和５年４月　昭五会
発足当時の先生の面影
写真提供・昭五会

担任の佐藤二郎先生
（神戸小学校同級生の
医師松浦省之氏提供）

西根村山麓 昭和23年（1948）開墾した佐藤家農地の一部（著者撮影）

佐藤先生を山形よりお迎えして（昭和25年〈1950〉）
矢印・島尾敏雄　写真提供・昭五会

神戸市立神戸小学校　写真提供・昭五会

昭和５年（1930）神戸尋常小学校にて、校長（前列中央ネクタイ姿）の右側佐藤二郎先生と。矢印・島尾敏雄　写真提供・昭五会

# シルク貿易の父島尾四郎とその家族たち

## 一　桑・繭・生糸・羽二重について

### (1) はじめに

これまで島尾敏雄文学の論考が多く書かれているが、それらの中で祖母や母親に比べて父親四郎の存在は探求されずにいて、実像は薄霧のかなたにかくれて見えてこない。長男である島尾敏雄が父親四郎について記述している数少ない文章の一つをここに引用してみよう。

私は学生の時分より父からその生涯についての経歴を聞き書きしておこうと考えたことが度々あるが、遂に実行に移さぬうちに父は死んだ。今となってはもう手の施しようはない。(略)外でどんな環境の中でどれだけの仕事をしていたのかについてはおよそ不案内である。

(「父　その一」)

このような状況の中から「生糸」「羽二重」という言葉を頼りにして島尾敏雄の父親の背景に光をあて、その生存中の姿を追うことにより立体的な敏雄文学研究進行の一助ともなればと念願するところである。

島尾四郎は明治二十二年九月三十日に福島県相馬郡（現南相馬市）小高町に生まれ、横浜で羽二重輸出売込専門店の業務に従事し、関東大震災後神戸に移り住み輸出絹織物売込商を展開し、その後は終生関西地方より離れることなく昭和四十四年七十九歳にて京都で没した。

また島尾四郎の次男すなわち敏雄の弟である島尾義郎は総合商社・丸紅株式会社の副社長を歴任するなど実務家としての父親の血筋を受け継いだといえよう。事情が許せばこの義郎にも触れ、華麗な文学界に位置を占める島尾家の別側面である実業家の姿に触れられれば幸いである。

ただ日本における生糸産業の輝ける時代はすでに遠のき、文学の世界から養蚕の世界へ筆者にとって接近が困難であり、難路を辿ることになるであろうが、手の届くかぎりの情報と島尾敏雄の残した文章を杖として歩み始めてみよう。

### (2) 輸出絹織物売込商について

滝沢秀樹の『繭と生糸の近代史』の明快な説明を参考にして当時の商業形態を見てみたい。滝沢氏は生糸輸出が日本の近代化を支え日本資本主義体制の形成に寄与した、すなわち生糸輸出の貿易機構が日本経済の基本的位置をしめると考え、これを「生糸貿易機軸体系」とよび理論的分析に用いている。

安政開港によってはじめられた外国貿易は（略）不平等条約にもとづく居留地貿易の形態をとっていたから、外国商人は直接日本国内での商業活動は行えないたてまえになっていた。居留地に店を構える外国商人との間に、輸出の場合は「売込」を、輸入の場合は「引取」をこととする日本人商人の取引がはじまる。売込商というのは、このように居留地貿易形態にその成立の根拠をもつもので（略）やがて条約改正がすすみ内地雑居の時代となっても、その形態が存続していくのである。

（『繭と生糸の近代史』）

そして輸出は、生産者（荷主）→地方商人→売込商→輸出商の経路をたどる。そしてこの売込商を経由せず輸出することは困難な流通機構が当時残存しており、また売込商は製糸家（荷主）に対して金融面でも支配した。これら一連の商業形態が「売込問屋体制」と呼ばれた。

この売込問屋の一つである島尾四郎商店は絹織物の中でも高品質の羽二重を専門的に取り扱っていた。羽二重とは上質の絹糸の縦糸を細い二本にして平織りで織るため、軟らかく、軽く、光沢のある純白の絹織物で「絹の良さは羽二重に始まり羽二重に終わる」と言われていた。英語でHABUTAE SILKと標記され、またその手触りから羽二重餅という食品名にも転用されている。

シルクの歴史は中国において数千年昔に溯るとされており、はじめ絹織物は王侯貴族の独占物であり、中国から外部に出すことは禁止されていたが、紀元前四世紀ごろには東西交易路を経由して地中海周辺に伝わり、やがてこの交易路が長安よりコンスタンチノーブルにいたるシルクロードとなり東西交易が盛んになったとされている。朝鮮半島を経由して日本の奈良に通じるルートは東のシルクロードとよばれ、当時の絹製品など到来品が正倉院で見られるのである。また七世紀ごろ中国や朝鮮半島からの多数の渡来人がシルク新事情を伝来させたので、多くの絹産地が形成されたと言われている（『シルクの知識』日本絹業協会）。

ついで、こうした輸出絹織物の原材料である桑・蚕・シルクについての基礎的な考察を図表の助けをえながら試みてみたい。

### (3) 繭・生糸についての概略

蚕は桑の葉をたべて成長し、口から糸をはき繭を作る。その繭から糸を繰り出し、その糸を繰り合わせ絹織物を作成する一連の作業を次頁の図説を参考にして見てみよう。

このような蚕の営みから糸が紡ぎ出され、絹製品となり、流通業者により消費者に届けられるまで、様々な工程を必要とすることが分かる。

蚕の一生

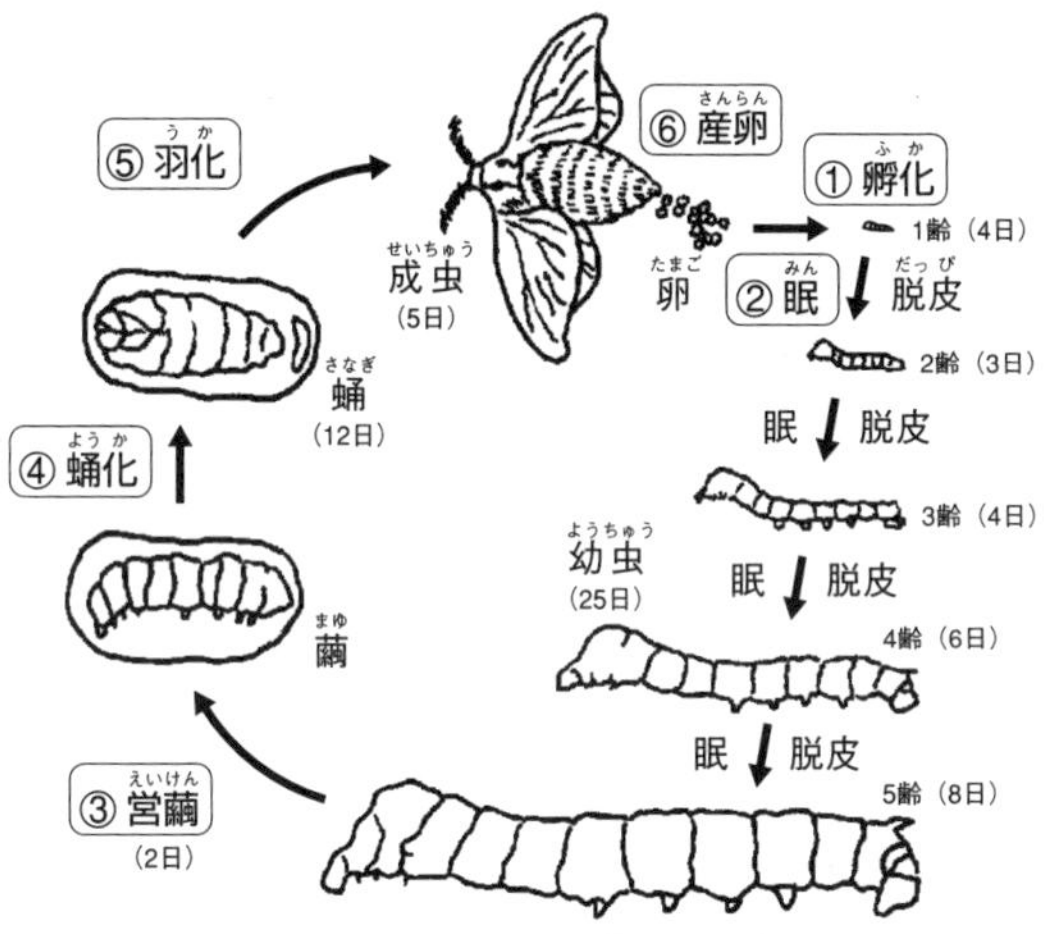


（全農ホームページより）　（日数《にっすう》は飼育温度《しいくおんど》で変《か》わります）

シルク製品ができるまで

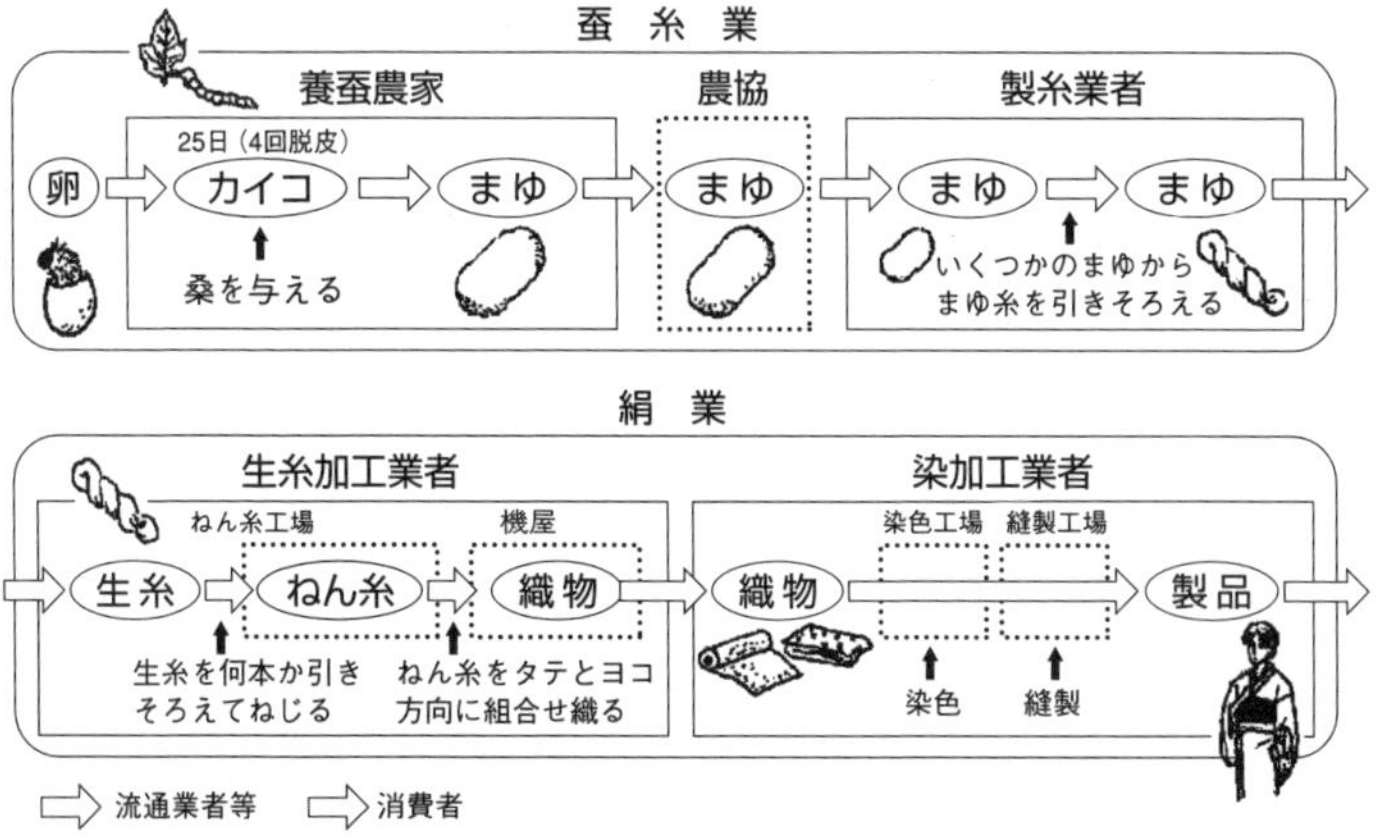


（独立行政法人農畜産業振興機構ホームページ「蚕糸業の基礎知識」より）

## (4) 父親島尾四郎と川俣伝説

島尾清兵衛とトク夫妻の三男として島尾四郎は明治二十二年九月三十日、福島県相馬郡小高町大井字松崎二〇三番地にて出生（長姉イネ、リツ、長兄清、次兄伊八についで本人四郎そして妹セキの六人兄弟姉妹）。

小高町立尋常高等小学校卒業後の明治三十七年（一九〇四）十月二十五日（十五歳）、横浜市小野一三九商店に入店し、大正七年（一九一八）五月八日（三十歳）まで同店に十五年勤務して退店の後独立した。

父を横浜の小野商店に世話をした人は郷里（※小高町）の半谷一意《はんがいかずい》という人だと父から聞いたことがある。

昭和五十年に刊行された「小高町史」を見るに及んで、はじめてその人の業績と郷里に与えた影響やその背景について若干の知識を得たのである。

小高地方の絹織物（主として輸出羽二重）にかかわる産業は同じ福島県川俣地方の先例の刺激と影響の下に明治の半ばごろ導入された由。

それは明治末年から大正の半ばにかけて小高地方の主要産業の地位を占めることになった。

（「父　その二」）

五世紀ごろ大和朝廷は東北地方を除くほぼ全国を統一した。大化改新後、律令国家体制を強化し、辺境の東北の住人を蝦夷《えみし》とよび、東国経営の方策を講じていた。それに関連して多くの伝説が残されており、ここでは川俣伝説を紹介したい。

**川俣の羽二重由来についての伝説**

福島県の養蚕・機織業発祥の地は県北中通り、阿武隈山地に位置する川俣町だと記録されている。その万葉時代からの伝説を調べてみよう。

**小手姫《おでひめ》伝説**

勅ありて大和国高市郡川俣里より庄司峯能といいし人、一人の娘小手姫をともない遥々陸奥へ下り桑を植え蚕を飼しめ女工を教しむる。この小手姫東国の人は心に違うとて終に夫をまたずして大清水に身を投げて死せしと也。

（『小手風土記』一七八八年）

「川俣」という土地についての奈良県での伝承は、現在橿原市雲梯町初穂寺にある木葉神社が福島県の川俣神社に関連すると言われている程度にしかすぎない。それにひきかえ福島県川俣町には養蚕を伝えた小手姫を祀る機織神社が存在しその遺徳がたたえられている。この土地は秦氏の開発地であるとか、奈良興福寺荘園と記録されるなど諸説が存在している。

崇峻天皇は蘇我馬子の反逆により倒れ、その皇子蜂子は父君の死を深く悲しまれ、隠謀うずまく大和朝廷から当時としては遥かな地の果である東北地方に移住して父君の霊を祀ろうと、聖徳太子の助力をえて密かに大和を脱出し北陸より海路出羽に赴いた。そして今日、日本三大山嶽宗教の一つとされている出羽三山（山形県鶴岡市）を開いた開祖がこの蜂子皇子《はちごおうじ》または能除太子とよばれた人であると伝えられ、東北地方に唯一の皇族の御陵の存在をみることができる。この皇子は修験道の開祖として出羽地方の人々の崇敬をうけられた。白髪の仙人に羽黒山をすすめられ、鳥崎稲荷のところで三本足のヤタノカラスに出会い、その案内で阿久谷に到着する。この谷で三年間木の実やカヤの根を食して修業をすませ、羽黒修験道を開いたと伝えられている。また五穀を出羽にもたらし、人々の苦難を払い除けたので能除太子ともよばれた。蜂子皇子の母親小手姫皇后もまた天皇の服喪のあと皇子を探し求めて東北地方を旅した。福島県小手郷堂平に安住の地を見いだされ、大和の皇后時代に天才的といわれた養蚕技術をこの地に伝授したと伝えられている。皇子に巡り会えない皇后は悲嘆にくれ大清水の池に身を投げて亡くなったとの伝承がある。福島地方が養蚕事業の先進地であるとされるのはこの小手姫皇后に由来するとされている。

第三十三代推古天皇時代に摂政聖徳太子が四天王寺と同時に建立した大阪市天王寺区茶臼山町の堀越神社には、崇峻天皇、小手姫皇后、蜂子皇子、錦代皇女が奉祀されている。伝来した仏教の受容をめぐり物部氏と蘇我氏の争いにて物部氏が敗れ、推進派の蘇我氏が朝廷の支配力をえたが、その蘇我氏内部の争いで崇峻帝が暗殺された。献上された山猪をみて「猪の頸を切らむ如く、何の時にか朕が思う人を断らん」との不用意な独り言を大伴出身の小手姫皇后が馬子に密告したため暗殺されたとされている。日本書紀によれば皇后に対する天皇の「寵《めぐみ》の衰えしを恨みて」夫である天皇を密告したと付言している。桜井市倉橋にある崇峻天皇御陵に対して、法隆寺の西側にある藤ノ木古墳が実際の御陵ではないかと高田良信法隆寺執事長などの人達が唱えたことがあるが、事実関係は未解明である。

今日からみれば福島と山形間の距離はそれほど遠く離れているのではないが、皇后と蜂子皇子との念願の再会が果たされず、悲観して母親小手姫皇后は池に投身したと伝えられている（『大阪堀越神社御由緒書』）。

**江戸期における殖産興業としての養蚕事業**

阿武隈川の両岸に位置する丘陵地帯でも「農間余業」、つまり蚕の養育繁忙期間は約一月半とされているので米作に支障を与えず養蚕業の進展がはかられた。とりわけ川俣は江戸幕府直轄地となり江戸城御用達の良質の川俣絹を産出するなどその名は全国的に知られ、安政の開国以後ますます需要が増していた。

## 明治期における川俣羽二重の展開

明治十四年（一八八一）開催の第二回内国勧業博覧会で出品した羽二重ハンカチーフが入賞し、その後安田利右衛門の努力により輸出羽二重の製織機が導入され、明治十七年川俣機業伝習所を開設するなど絹織物業の発展に寄与した。

また福島小手織物協会が設立され、行方郡大井村（小高町）のような外部からの参加が認められるなど関係が深まった。

ただし第一次世界大戦後、大正九年（一九二〇）の不況時、繭価も急落し、輸出絹織物業は壊滅的状況におかれ、米騒動など社会的変動におそわれ農村疲弊を招いたことは記憶に新しいところである。

## 士族授産の事業

相馬藩の近世的村落支配として兵農分離政策がとられ、二十八石以上の者を府下給人とよび中村城下住まいとし、二十八石以下のものは在郷給人として知行と屋敷を与えられた藩士がいた。これは平時には村にて農業を営み、かたわら藩の仕事を分担し、動乱時には武人となり活躍する藩士であった。郷士は後世取り立てられた藩士で役職は在郷給人とほぼおなじとされていた。

明治維新により禄をうしなった旧武士階級救済のため各種授産事業をおこした。県単位で国からの資金を貸与してもらい開墾事業や養蚕・製糸事業を推進した。福沢諭吉は「士族の授産は養蚕製糸を第一とす」と説いた（『福沢諭吉全集第九巻』）。

小高町においては明治二十一年に士族授産の道として羽二重産業を導入する目的で、士族百五十名の「士族就産金」を活用して「小高織物会社」を創立した。

また半谷一意《はんがいかずい》により半谷機業工場が設立された。ただ当時産出された生羽二重は精錬せずに川俣や北陸市場に販売していたが、明治三十七年相馬精錬株式会社が半谷清壽《はんがいせいじゅ》によって設立され、その後「地元商人ニヨツテ直接横浜市場へ輸送セラレルヲ見ル」ことになった（「県調査官の報告」『小高町史』）。

半谷清壽はまた東北機業株式会社を設立し、山形県鶴岡市斎藤外一の発明による斎外式織機二百台を備え、山形より指導者十三名を招き工場生産をはじめた。こうした機械化生産開始を「小高町の産業革命」とよんでいる（「小高町の産業革命」『小高町史』）。

この状況を島尾敏雄は次のように書き記している。

　父を横浜の小野商店に世話をした人は郷里の半谷一意という人だと父から聞いたことがあるが、その人について私は長いあいだ何も知るところがなかった。しかし昭和五十年に刊行された『小高町史』を見るに及んではじめてその人の業績と郷里に与えた影響やその背景について若干の知識を得たのである。小高地方の絹織物（主として輸出羽二重）にかかわる産業は同じ福島県川俣地方の先例の刺激と影響の下に明治の半ばごろ導入された由だが、やがてそれは明治末年から大正の半ばにかけて小高地方の主要産業の地位を占めることになった。その草創期の該産業を基礎づけた人々の中に半谷清壽、一意の名前を見つけることができるわけで、二人は叔父、甥のあいだ柄であり、共に私の父の生まれた大字大井の人だったのだ。（略）

彼（※半谷清壽）は明治三十九年に刊行した『将来之東北』と題する著述があり、その中で彼は本来東北地方には適していない米作を離脱して他に活路を見つけなければならない所以を説いたのだが、なお全体にわたって独自に東北自立の論をも展開しているのである。（略）

その半谷清壽が小高町も大井の出身であるだけでなく、私の父の生涯の方向を運命づけた半谷一意の血縁の者であることを知った私は彼に強い関心を抱いたのであった。（略）しかも『小高町史』によれば両者とも小高地方の絹織物産業の草分けの人であったとは。そしてそれらの業界は横浜の当該市場と深いかかわりを持っていたというのだ。

（「父　その二」）

**半谷清壽**（安政五年〜昭和七年）

小高町大井にうまれ、真言宗金性寺に入門し、十五歳のとき隣町原ノ町の商家に三年あまり丁稚奉公し、その単調な生活より脱出し、三春師範学校（現在福島大学）に入り、卒業後は小浜、二本松の小学校教師をつとめる。当時師範学校を卒業し二年間の義務勤務を果たした者には徴兵が免除される特例があった。この恩恵をうけて、二年間の教職生活をおえると、二十一歳の時小高に帰り、酒造業を始め、農談会をつくり乾田の普及につとめるなど実業界に活躍の場を求めた。なかでも養蚕業に尽力し、相馬織物会社を創立した。また明治十八年福島県会議員、大正元年衆議院議員（国民党）、大正四年議員（同志会）、大正六年議員（憲政会）などを歴任する。その間『将来之東北』（明治三十九年）を出版した。また『養蚕本論』も出した。相馬地方の経済発展のため、いぐさ栽培、相馬ゴザ織業計画、小高銀行設立。半谷農場の経営など実業界、政界で活躍した。

明治維新後の相馬藩は、体制の変遷による城下藩士制の解体にともない農家から田畑を買い上げ帰農藩士に配当したので、在郷給人で五反地主であった半谷家は四反を供出し一反農家になりはて、農業以外の職業展開に着目したことも考えられる。このスケールの大きい清壽の人物や、半谷一族にたいする識者の新しい考究が期待される（「大井史　おおい」『福島県相馬大井史』）。

### 島尾四郎が小高町より横浜市の小野一三九商店に入店

父が十五歳で小僧（或いは丁稚というのだろうか）として住み込むことになった「川俣羽二重輸出売込専門店」の経営者小野一三九《イッサク》は川俣の人だと聞いたように思う。（「父　その二」）

十五歳になった島尾四郎少年は、日露戦争で旅順総攻撃が行われ、与謝野晶子の詩「君死に給ふこと勿れ」が世上を賑わす時代背景のなか福島県小高町から新天地横浜に青雲の志を抱いて出立した。そのミナト横浜での新しい仕事「生糸売込商」が生涯の天職となったのである。

この相馬少年たちの就職経緯について半谷清壽『将来之東北』（明治三十九年）「東北よりは丁稚小

僧を都会に出さゞるべからず」の章で書かれた文章を参考にして横浜地区への就職事情を見てみよう。

東北は農業に依存しており、ひとたび凶作に襲われると国内はもちろん国外よりの援助を受けなければならない状態である。この窮地から脱出するためには在来型の農業本位の経済構造を見なおし、近代化つまり工業商業面に力を尽くす必要がある。

これまで半谷清壽は、東北開発のため東北以外の土地、とりわけ東京、横浜より資本と人材を誘引する必要があるので、まず東北人を都会にだし、実務を習得させると同時に社交訓練を与える必要があると説いた。上京して学問、政治修行を行う者はいるが、大半は東京地域に定着して帰郷しないので、これでは東北と東京を接近させる効果が少ないのである。

そこで若年業務見習員（丁稚・小僧）を横浜の貿易商館や小売店など堅実な企業に派遣することを試みて来たが、その評判がよいのでこの事業を拡大することにして相馬の教育界に呼びかけを行うのである。家計の都合で進学を果たせない、次男三男で農業に従事する希望を持てない状況にある性質善良で身体壮健な十四、五歳から十六、七歳までの者で即座に家庭送金を必要とせず、将来に希望を託する事のできるような子弟が希望される。換言すると相馬にいても親譲りの資産のない少年たちは、兄弟の世話になるよりは、本人の努力と心掛け次第で、将来大実業家になる夢がもてるではないか。米国の大実業家・大富豪が丁稚・小僧奉公人から生まれた事実をみても明白なことである。学力は小学校高等科修了が適当だが、全科修了していなくとも本人次第と考えられる。

これまで試験的に十人程度リクルートした相馬丁稚・小僧の評判がよく需要が増加して来ているので、人選を誤りこの好チャンスを失わないように相馬教育界の協力を求めたものである。横浜の新聞に求職広告を出した結果、教育界の推薦で三十名ほど就職が実現した。

東北人にして東北の開発を希望せんと欲せば、東北以外より投資と人物とを接近せしめる上に考慮をめぐらさゞるべからず。（半谷清壽『将来之東北』）

との言葉を記している。

島尾四郎は明治三十七年に横浜の「川俣羽二重輸出売込専門店」（小野一三九店主）へ就職を果たしているので、先発就職組の一人として業績をあげ、後輩進出の先駆けとなったのであろう。新規採用の三十名についてのその後を記すことはできないが、郷土相馬の名を発揚したことであろう。

島尾四郎の横浜就職までの事情をかいまみたが、小高小学校が火災にあったので、小高時代の生活資料にたどり着くことができず外的条件の素描に終始せざるを得なかった。今後の小高町の歴史変遷調査の中で当時の姿が浮かんでくることを期待したい。

明治三十一年に開通していた常磐線小高駅より上野駅経由横浜・桜木町にむけて四郎少年は希望にもえた熱い心を抱いて出発したことであろう。

# 二　島尾商店の横浜時代

## (1)　はじめに

島尾敏雄の父である島尾四郎が故郷の相馬小高町より「川俣羽二重輸出売込専門店」の小野一三九商店へ丁稚として奉公したのは明治三十七年（一九〇四）十月二十五日で、当時四郎は満十五歳であった。

島尾敏雄の言葉を見てみよう。

横浜の経済の根となり柱となってその発展を支えたのは、いわゆる「売込商」といわれた生糸商人であったことをふまえて言うと、生糸商人と絹織物商人とはどんなかかわりがあったのだろうか。

（「父　その二」）

この疑問に関して歴史的背景である「居留地貿易」からの考察を見てみよう。

安政元年（一八五四）に結ばれた日米和親条約による通商条約に基づいて各開港場に外国人のための居留地が設けられ、通商活動はその居留地においてのみ許され、また外国人に国内商業旅行は許されず、居留地外での貿易業務は日本人に代理させていた。

そのために外国商人は、当初は日本人の雇用人を産地に派遣したり、日本の商人への前貸しによって、生糸や茶などの輸出品を買いつけようとしたがうまくいかず、しだいに日本人の商人、つまり売込商と呼ばれる輸出商や、引取商と呼ばれる輸入商と取引をおこなうようになった。こうした取引はふつう現金で行われ、輸出入にかんする商権は当初は外国人がにぎっていた。

（杉山伸也『明治維新とイギリス人』）

生糸商人とは生糸という素材を商品とし、その生糸より織物としたものを取り扱うものを絹織物商人と見ればよいであろう。

島尾四郎は十五年間無事つとめ、大正七年（一九一八）五月十八日、円満に小野商店を退店した後、独立して輸出絹織物売込商「島尾商店」を横浜市南仲町通に構えた。

大正十二年九月一日に発生した関東大震災でその商店は壊滅し、大正十四年神戸に移住して新天地に再び島尾商店の看板を掲げたのである。この神戸移住までの横浜時代をこの章で瞥見してみよう。

### ⑵ 小野一三九商店

まず商店主の小野一三九について僅かな資料をもとにして光を当ててみよう。横浜商況新報社が明治四十二年十月に横浜港開港五十周年記念を祝して『横浜成功名誉鑑』を刊行した。森田忠吉社長は自序にて次のような言葉をよせている。

「本書の特色は、過去及び現在において、横浜市にて行政に携わる人や事業を行い会社を経営し組織する個人の活動を明らかにして横浜市の発展の径路を回想観察する所である」としている。また

「例言」にて「成功名誉鑑という本書名は大変華麗に過ぎるようではあるが、要するに、各時代及び諸方面で活躍している代表的人物を選び記載するものである」とのべ、「横浜市人達の奮闘努力の活きた歴史を列記するものである」としている。参考資料として『横浜開港五十年史』、『京浜実業家名鑑』、『人事興信録』などをあげている。官吏、公吏、功労者および有力者の名簿の次に

小野　一三九
写真提供・島尾家

「蚕糸絹織物及綿布貿易商」として約七十八名の個人名と商店名をあげている。その中に「輸出絹物商の異彩　小野一三九君」として紹介されている。その文章を要約してみよう。

天運というものは予測できないものであり、小野一三九君は明治七年栃木県飛駒村の名家に生れたが、幼いとき孤児となり、村を出て足利の豪商和泉屋に身をおいた。三年の間忠勤を尽くしたが主家は不幸にも没落してしまった。やがて横浜に来て、羽二重商加藤林吉氏の店員となったが、不幸は一度に収まらず、間もなく店主が病没した。三度主人を換えて鈴木豊助氏に仕えたが、薄幸の厄は手を緩めず、鈴木氏が投機に失敗して破産に至った。丁度明治三十五年六月のことで、小野一三九が二十七歳のときであった。あらゆる社会の激流に翻弄されたが、それでも、人柄が磨かれ激しい気質もまろやかになりより成長した姿で商業界に出現してきた。明治三十九年五月、

仲間と共に伊達市保原町に川俣羽二重機業合資会社を設立した。在来的な手織機をやめ、助成して作製させた新式の高性能の羽二重製織機を採用して増産した。明治四十年下半期には大日本輸出羽二重株式会社と改称し取締役に就任した。幾多の苦境にもめげない忍耐力とこの優秀な織機は、ますます小野君の名声を高めて、横浜港在の一流紳士と称せられるようになった。小野君の経歴はこのようなものであり、今日では日本絹布精錬株式会社取締役も兼任し、横浜輸出絹物同業組合評議員に任命されている。

尾上町一丁目四　電話一六六六番　（『横浜成功名誉鑑』）

島尾敏雄によれば小野一三九は福島県川俣の出身であるとしているが、ここに記載されているように、栃木県の生まれである公算が大きいであろう。

### (3) 丁稚

この小野一三九の店に明治三十七年十月二十五日、満十五歳の島尾四郎は丁稚《でっち》として入店した。小野店長は十六歳上である満三十歳であった。その後十五年間小野商店に勤務することになる。

丁稚奉公制度は日本の敗戦後、米国の占領政策による労働法規の整備や義務教育が九年間とされたことなどにより、江戸時代より二百年以上も続いたこの制度は姿を消すことになった。

通常十歳前後で商店に住み込み、使い走りなどの雑役、倉庫から品物の出し入れ、店舗の掃除など多岐にわたる仕事を番頭達から指示を受け処理した。こうした住込みの生活で礼儀作法など商人道の教育を受けた。衣食住を提供される代わり給与は支払われなかった。ただ盆と暮に小遣や衣服など、また里帰りの手土産などが支給された。

商店主の判断で手代、小番頭、中番頭、大番頭と序列が上昇して行き、やがて独立して商店を構えることになるシステムであった。大工たち職人は徒弟制度として別に育成された。島尾四郎より四歳年下の吉川英治は父の倒産により、中学進学を胸に秘めながら小学六年生で中退し、十三歳で少年活版見習い、給仕などを経験するなど丁稚時代を横浜、横須賀で過ごしている。長谷川伸、山本周五郎なども丁稚経験がある。

極めて厳しい職業訓練である面もあったが、寄宿制による集団的少年訓練法は、禅修業、陸軍内務教育などに見られるように男性訓育として活用されてきた。旧制高等学校の全寮制による各地方出身者との交流生活は生涯に亘る友情を育み、各人の社会生活に影響を与えることとなったとされている。

島尾四郎の小野商店時代の消息については敏雄の回想を見てみよう。

さてそのような川俣羽二重輸出売込専門店に勤務していた十五年のあいだの父について私の聞き知っていることは誠に少ない。（略）結婚して独立する前は、番頭（小僧、番頭という言い方でいいかどうか確かめていないが）になっていたと聞いたように思うが、仕事で外廻りをする際は専ら人力車を使ったと父は言っていた。そのために専用の車を与えられていたが、せっかちな父がすっかりは停まらぬうちに飛び降りるものだから、車夫は心得てまだ勢いづいて走っている車の梶棒を地面に投げつけるように放置して、自身はさっさと外に飛びのいてしまったという。すると父は梶棒がずずーっと地面をひっかき走っているあいだにサッ爽と飛びおりていたのだそうだ。言うまでもなく洋服ではなく着物を着用していた時代だから、相当危険も伴っていた筈だが、意気がって父はそんなことをやったものだと言っていた。しかし一度は遂に失敗して転倒し、向う臑に大怪我をしたといって、その跡がかすかに残っている傷口を見せてもらったことがある。そのころのことを語った父はむしろ珍しい例であって、この挿話を聞いたのも私が少年時代のことだったように思う。　　　　　　　　　　　　　　　　　（「父　その二」）

人力車は奈良、京都など行楽客専用として現在見られるところであるが、本来は今日のタクシー的存在であったと言うべきであろう。明治初期日本人の発明で、明治三十五年頃には四万五千台と大流行したが、市電、バス、タクシーなどにその地位を奪われた。島尾四郎が専用の車を与えられていたとのことは、ハイヤーを乗り回すほどのビジネス人であることを示し、投機的な相場に関係をしており、一刻を争うチャンスに際しては車の停止を待たずに飛び降りたのであろう。四郎の激務振りが偲ばれる挿話であろう。

わたしの手許に裏面に「当年二十歳」と書き込んだ父の写真が一葉残っているが、（略）結城紬らしい細縞の着物に角帯をしめ、黒っぽい羽織に鳥打帽という恰好で写っている。（略）やや才走った利かん気の感じが漂って見えるのは、或いは入店して四年を経過してようやく仕事の手順も覚えて多少自信がつき言葉の訛りも目立たなくなって（後年母は明らかに東北訛りが抜けきらなかったが、父の発音にはそれがほとんど消えていた）、その道でやって行く決意ができた時期でもあったのかもしれない。果たして小野商店の中では（その規模も全く知らないのだが）当時の父はどのような地位に置かれていたのだったか。

（「父　その二」）

現在奄美大島に保存中の島尾宅の諸資料の開示が望まれる。

いずれにしても数奇な運命をかいくぐり絹織物売込商人として活躍した小野一三九は優れた商人であると同時に部下養育にも格別の手腕があったに違いない。十五年という期間を無事に勤め上げ、独立して島尾商店を立ち上げた四郎の刻苦勉励の程もしのばれることである。独立、つまり暖簾わけに際して資本金の分与がなされたのであろうか、それとも島尾が独自に資本蓄積していたものかについて興味がもたれる所である。独立後の両商店間に存在したであろう交接の姿や、関東大震災後の相互援助や、営業面での競合の有無についての情報も知りたい点の一つであろう。ただ島尾商店関連の話題の中に小野一三九商店や小野一三九個人についての名前が出てこない。大震災で不幸にも小野一三九は死亡し、小野商店も消滅したのではないかと案じられる。

こうした商店主と奉公人・丁稚との関係が十五年という一応の約束的な年限で完結し、独立商店創設の事例は素晴らしいことであったろう。

この島尾四郎が小野商店に勤務していた明治三十七年（一九〇四）より大正七年（一九一八）までの間には日露戦争、大逆事件、韓国併合、明治天皇崩御、日比谷暴動、第一次世界大戦勃発、横浜ドック罷業、シベリア出兵、米騒動、大恐慌など大事件が生起していた。それらに商店奉公人たちの反応は明確ではないが、夫々の職域で職務に専念しており大衆的運動に参加する余裕もなかったのであろう。日露戦争勝利の花電車を見に行く暇もなかった模様である。四郎もひたすら日常業務に精励し、独立後の自営に備えていたのであろう。たとえば初歩的な商業英語の学習は貿易業務に必須である。だから同僚が寝入ったあと蠟燭をつけて深夜まで講義録を学習したと敏雄に話したことがあったようだ（「父　その二」）。

## (4) 独立後の島尾商店と家族

島尾敏雄の随筆「私の中の横浜」によれば、次の住所に居住していた。夫々の特記事項を調べてみよう。

一、戸部町三丁目八一番地　　島尾商店新規開店　大正七年五月二十日
二、南太田町二〇〇八番地
三、北方町小湊九六番地
四、南仲通二丁目二四番地　　長女義江誕生　大正七年十一月二十五日

次男義郎誕生　大正九年六月六日

五、住吉町三丁目

長男敏雄横浜小学校付属幼稚園入園

六、太田町一丁目一四番地

次女雅江誕生　大正十一年九月十二日

大正十一年九月十二日

長女の失火により家中水損。

大正十二年九月一日

敏雄病気療養のため小高町に母と弟妹が滞在中の所へ父親見舞いに帰郷中、関東大震災発生。屋敷崩壊・全焼、震災後父四郎罹災跡地にて俄運送業開店。

七、太田町樋ノ口二〇三番地

八、大岡町弘明寺

敏雄市電に乗り横浜小学校に通う。大正十四年十一月まで在籍。

九、大岡町九七三番地より神戸へ転居

（「私の中の横浜」）

大正五年三月二十七日、島尾四郎と井上トシは結婚式を挙げ、敏雄を身籠った時期まで小野一三九商店に同居していたと後年敏雄は推定している。大正六年四月十八日に敏雄は横浜市戸部町三丁目八一番地で出生したと戸籍謄本に記載されているが実際は小野商店所在地で呱々の声を挙げたのだろうとしている。

小野商店より独立した島尾商店は横浜市戸部町三丁目に店舗を構えたが、その商店の日常が敏雄の次のような文章で記されている。

百合人と呼ぶ幼児が住まいの部屋から店舗の部屋に出て行くと、そこは子供には見向きもしない忙しそうな空気が充満していた。父の血走った眼。「どいたどいた。子供はお店に出て来ちゃいかん。奥で遊んでいなさい」そろばん玉をはじく音と電話室のけたたましい呼鈴。盲縞の筒袖の着物に前垂をかけ白足袋をはいて忙しく立居振舞をしている金どんや好どんの威勢のいい返事。見知らぬ取引のお客さんが出入して煙草の煙を濛々と部屋の中一ぱいにこもらせて、喧嘩のような調子でしゃべっている。そんなしゃべっているくちばかり。白いつばきを飛ばして、しゃべってばかりいる部屋。

（『格子の眼』）

### (5) 関東大震災おこる

大正十二年（一九二三）九月一日、午前十一時五十八分関東地方にマグニチュード七・九の大激震発生。死者九万余名、行方不明者四万余名、全壊消失家屋四十六万余。横浜市内世帯の九五・五％が被災し、死者は二万人以上出たとされている。

参考までに平成七年一月十七日午前五時四十六分に発生したマグニチュード七・三の阪神淡路大震災の災害は死者六千四百三十五名、負傷者四万三千余名、全半壊二十五万棟、四十六万世帯であり、とくに神戸市街地は壊滅状況であった。

こうした繁忙の島尾商店に関東大震災が襲来してきたが、島尾一家は相馬小高町へ里帰りしていて全員無事であった。この間の事情を、後年、敏雄は彼の幼い記憶として書きつらねている。

父は輸出用絹織物を取り扱う店舗を構えていた。入口の扉の硝子戸には、島尾四郎商店とかいてあったっけ。関東大震災前の横浜の店には、住まいも一緒だったが、ヨシどんとキンどんと呼ぶ二人の店員が居た。筒袖の着物を着て前垂れをかけたような服装だった。幼稚園に通っていた私は気立てのいいヨシどんのほうによくなついた。福島県久之浜の人で私には子供心にも男っぷりのいい若者に見えた。彼は私を肩車に乗せては銭湯へ連れて行ってくれたものだ。震災の当日、店にはヨシどんだけが居て、崩れた家の下敷きになった。どうにか屋根を突き破って叫んでいたので助け出されたという。私は大病のあとの保養のため福島県相馬郡の母の実家に居たのだが、母が妹や弟を連れて迎えに来たまま一向に帰らずにいたのを、しびれを切らした父が又重ねて迎えに来たそのあとで、横浜の家は大地震に襲われ、押しつぶされた。その大地震の日から二、三日あとのことだったと思うが、ヨシどんが私たちを訪ねて相馬にやって来た。白い肌シャツとステテコだけの姿で、麦藁帽をかぶっていた。蝙蝠傘も持っていたように思う。庭に突っ立ったまま甚しく興奮した手ぶりで、震災の状況を大声でしゃべっていた。彼を取り巻いた人たちが別に聴きもしないことまで、ヨシどんはべらべらしゃべった。こうなったら、俺はなにだってできるぞ！などと蝙蝠傘を振りまわすような恰好で高ぶっていた。

（『続　日の移ろい』）

また次のような思い出を島尾敏雄は記している。

震災前に住んだ町の半ばは、今関内とよばれる横浜港と背中合わせの元の居留地のあたり、いわば横浜の中の横浜とでもいうべき場所であって、その町筋を転々と移り住んでいた事実がわかってみると、これまでに抱いたことのないなにやら誇らしげなきもちさえ湧いてきたことに驚いたのであった。しかしそれは父が商いをしていた絹織物と横浜の土地柄を考え合わせれば、容易に納得のいくことではあるが、むしろ自分の育ったのがこれほども港に近く又横浜生え抜きの町筋であったことを、今までの長い歳月をそれと明らかに知ることなく過ごしてきたことの方が、甚だ奇妙なことのように思えてきたのであった。

（「私の中の横浜」『透明な時の中で』）

この島尾宅災厄のがれの幸運な運命は神戸移転後も、後述するように昭和二十年五月の六甲篠原北町の住居が米軍による空襲被害から逃れていたことにも現れている。ついで移住した島尾商店の神戸時代に目を向けてみよう。

## 三　島尾商店の神戸時代・前期　―終戦の昭和二十年八月十五日ごろまで―

### (1) 島尾四郎神戸へ単身赴任のこと

関東大震災発生時横浜市太田町一丁目十四番地に島尾商店の店舗兼住宅があり、後年、島尾敏雄は次のように一家が不運を免れた状況を書いている。

大正十二年九月の関東大震災の時、太田町の家はその通りでは最初に崩壊したといわれ、地震のあとの大火で灰燼に帰してしまった。その直後のことだけれど、現場でブリキの金魚の焼けこげが道端に投げ出されているのを見た近所の人が、もし幼い私たちがその時家の中に居合わせていたら、ちょうどこんなふうになっていたろうと感慨をもらしたという。実は偶然が重なって年端も行かぬ私たち四人の子供と、父も母も父母の郷里の福島県相馬に帰っていて、震災の難は危うくのがれていたのだ。

（「私の中の横浜」）

それから約二年後の大正十四年（一九二五）、四郎三十五歳、母トシ二十七歳、敏雄八歳のおりの文集「ぼくは小学尋常科Ⅰ、Ⅱ」（『幼年記』）を参考にして、島尾一家の震災後から、神戸移住までの消息を見てみよう。

すでに父親四郎は横浜での営業再開をあきらめ神戸で貿易業務に従事し、妻子のいる横浜の自宅に時々帰宅していた状況を敏雄は、このように記している。

僕はお母さんが大すきです。それでお父さんが神戸からかへって来ると毎日父はふざけています。

（「僕のお母さん」）

そして小学二年生の敏雄が差し出した手紙に神戸より父親が返事している。

お手紙拝見しました。八月一日までにはかへります。ユウゾウは大きくなつたでせう。よくかわいがつて下さい。お父さんはかへるとすれば廿八日か廿九日にかへります。まづはごへんじまで。としをさん。父より。神戸ニテ。（「父の手紙」）

祐三出産後の母親が小高の祖母宅にいる敏雄への便りの中で、次のように述べている。

としをも神戸はいやだといふし、かあさんもいやだから、祐三を（※里子に）たのんだら、からだを丈夫にして、よこはまに居ることにしませう。かあさんは毎日それをかんがへています。おばあさんによろしく。八月二日。母より。としをさんへ。（「母の手紙」）

ここにでてくる三男、島尾祐三は大正十四年に横浜で生まれ、母親トシの健康状態から小高町へ里子に出されていたが、大正十五年六月に死去した。

このような家庭の状況のなか、島尾四郎は単身赴任の神戸港でシルク輸出業務の多忙な日々を送っていたのである。

江戸の土地より上方、つまり関西方面へ行くためには箱根の関所を越えなければならず、箱根の向こう側は辺境の地であるとの俗信が東京周辺に存在していた。京都、奈良観光旅行は歓迎するが生活の拠点を関西に置くことをためらう人達は、新幹線で三時間ほどの距離の現在でも存在している偏見の一つである。

その辺境の土地に横浜より島尾一家は移住する日が遂にやってきたのである。

## (2) 横浜より神戸へ移住

関東大震災で横浜港の機能が破壊され、島尾商店も損壊し、貿易業務は中絶状態であり、しばらくは焼け跡の仮設店舗でトラック一台のにわか運送業を始めたりしていた。

その間、輸出相手国、なかでも米国のシルク需要は衰えず、神戸港を利用しての輸出再開を強く要請して来ていた。島尾四郎は取引仲間のインド人たちの要請をうけ、既に神戸に単身先行し業務を再開していた。

その父親を追うようにして、大正十四年（一九二五）十一月、島尾四郎（三十五歳）、トシ（二十七歳）、敏雄（八歳）、美江（七歳）、義郎（五歳）、雅江（三歳）、の一家六名は東海道線にて横浜より西下した。その前後の様子を島尾敏雄の文章から見てみよう。

やがて父は、本来の絹織物の商い相手のインド商人が震災の横浜を見限って神戸に移ったあとを追い、横浜を離れた。家族はしばらくはそのまま大岡町に残されたが、私が小学二年の秋、また父の居る神戸に移って行った。（「私の中の横浜」）

大正十四年に横浜から移住したのはその西灘村の稗田《ひえだ》いう大字の区域であった。当時私は小学尋常科の二年生だったが、この関西移住にはこどもながらひどくうらぶれた心境を抱かされたものだ。前々年の関東大震災でそれまで住んでいた横浜市太田町の家は崩壊焼失し、父は輸出絹織物商の家業を挽回するために単身神戸に出向くことになった。一時的な措置のつもりが情勢は固定的となり、一年半ばかり経ったあとで父は家族も呼び寄せることに決心したようである。それでもなおいずれは横浜に帰るつもりがあったのか、母や私たちには、再び横浜に帰れる期待を失わせなかった。

（「西灘村界隈」）

この神戸への移住という家庭の一大変化を敏雄は次の習作に書いている。

島浦悦夫は今まで彼の父だけが神戸に出張して商売をやつてゐたのだが、どうしても震災後の横浜では彼の父の合性はうまくやつて行けないといふので、一家挙げて神戸に移住する事に決まつた。

汽車の中で離れ行く横浜を思ひ乍ら彼はいやでいやで仕方がなかつた。（略）母の悲しそうな顔を見て悦夫は真黒な地獄で荒狂ふ大海にすてられた様な恐ろしさを味つた。実際彼の母にとつて神戸への移住は恐ろしい事実だつた、何故なら西に流れると言ふ事に何とも言へない不安がたゞよつてゐたから。

復興に急ぐ人達、家運を起こさんと西に下つた悦夫の父、後を引受けて味気ない生活に一縷の望みをいただいて横浜に残つた悦夫の母。

人生の舞台は回転する。かくして二年。西といふ何となく未開な気がしてゐた上にましてや住居するなどとは思つた事さへなかつたゞけに、早急な神戸への移住はどんなにか凋落を意味してゐるかの様に感じたことか。然しそんな事を列車が知る筈はないし、列車はそんな悲しみばつかりつんではゐなかつたから、真黒な暗を西へにしへと突走つていた。（※翌朝）間もなく列車は三宮駅にすべり込んだ。

（「育むもの」第一巻）

この作品に書かれているような状況で一家は懐かしい横浜を離れ西下したのである。震災後、阪神間に避難してきた作家の中でも谷崎潤一郎が有名である。

### (3) 関東大震災前後のシルク輸出業界について

#### 地震で崩壊した横浜の代替港としての神戸

神戸港が備える輸出機能として、生糸市場の整備、生糸検査所の開設、生糸金融機関の整備、運輸保管、保険業務など緊急に整備が望まれ、官民あげてそれらの実現に努めた。これまでにも、神戸開港の直後から兵庫県知事などの努力で神戸港より生糸輸出が試みられてきたが実を結ばず、シルク輸出は横浜が独占の地位を占めていた。

大正十二年九月一日の関東大震災で横浜の港湾および貿易機能は完全にその機能を停止したが、十月には早くも地方生糸産地から送り出される荷受機関として、神戸生絲共同荷受所が活動を開始した。

地震直後、神戸からは数隻の大型貨物船に救援物資を積み込み横浜に向け出港させるなど、強力な支援活動を行ったのである。

焦土の横浜から輸出企業の多くは神戸に移り、貿易業務を続行したことが多数記録されている。地震の十一日後の九月十二日にはエムプレス・オブ・エシア号にて神戸港より生糸十俵が船積みされている。神戸税関統計によれば九月中に千七百四十二俵、十月中に七千八百九十一俵などが輸出されている。このような非常事態の中で中小商店も横浜より神戸に拠点の移動を余儀なくされた。

ついで代表的な個人商店の奮闘努力の姿を見てみよう。

### 大震災を契機として神戸で旭シルク商会を創生した小田万歳

横浜の松文商店で勤務中大震災に遭遇した小田万歳は、壊滅した横浜の再起には相当時間が掛かるものと判断し、同僚と相談して西下し、神戸商船ビルの一室に松文商店神戸支店を開き、生糸の対米輸出を始めた。やがて横浜復興が進むと松文商店は横浜に引き上げたので、小田は独立して十一月九日に生糸絹織物直輸出業「旭シルク商会」を開設した。後日、その営業活動はロンドン、ニューヨーク、サンフランシスコ、シドニー、上海に支店を開くまで発展した。

この小田万歳は明治二十八年、大阪郊外住道村で生まれ、大正五年に神戸高等商業学校を卒業し、久原鉱業に入社し、同社系列の商事会社に移り、米国、仏国で輸出、とりわけ生糸、絹織物を取り扱い、帰国後横浜の松文商店に入社した人物である。島尾四郎より六歳年下であるが、海外駐留の経験があり、関西圏の出身である点を有効に活用したものであろう。そして古い伝統で固められている横浜地区での新しい展開は考えられないので、生糸貿易の横浜・神戸二港主義を展開させたと言えるだろう（『神戸財界開拓者伝』）。

この神戸出身者に伍して横浜商人である島尾四郎が神戸に登場してくる。

**神戸における島尾商店**

大地震のあと郷里の福島県小高町より焼け跡の横浜に帰った島尾四郎社長は、旧店舗跡で運送業を開き、とりあえずの営業再開を試みていた。旧知の業界仲間のインド人に誘われて神戸での営業再開を志したのであるが、このインド貿易商会には百名ほどのインド人が従事していたといわれ、これらの人々の動向については別項でまとめたい。

また島尾商店が取り扱う羽二重とよぶシルク商品は、島尾の故郷相馬に近い福島県川俣が特産地として有名であり、横浜とも地理的に近く長年の仕入れ先として重用していた。また川俣の技術は北陸の富山、金沢、福井地方に導入され、三陸地方でも羽二重生産に力を入れていた状況であった。

兵庫県の丹波地方も京都西陣の影響をうけシルク産業が盛んであった。これまでこうした日本海側の産地は横浜港には遠く離れていて陸路輸送する難渋さが存在していた。それに引き比べ神戸港への搬送は距離的に短く歓迎されていたが、雑貨輸出を主力としていた神戸には、北陸直通電話や生糸検査所などシルク製品取扱いの基盤が脆弱であった。そのため神戸商工会議所、神戸市、兵庫県、政府などが一体となって国家的事業であるシルク輸出のためにそのインフラ整備に努力した。

羽二重製品を取り扱う島尾商店は、北陸の産地との地理的条件に恵まれた神戸という新天地で思う存分その商才を発揮することに魅力を感じたのであろう。

横浜震災復興が進むにつれ、これまで独占的に生糸輸出を担っていた横浜業界の強力な巻き返しが神戸に押し寄せてきた。

たとえば横浜正金銀行神戸支店の生糸金融中止事件、産地への神戸港出荷制限など激しい圧力が掛けられた。また横浜より離脱してきていた関連業者に横浜復興会という団体を通じて帰浜優遇策の数々を提示したことなどにより、大半の業者は住み慣れた横浜に帰還した。その理由として『生糸絹織物と神戸』（昭和二十九年十月・神戸生絲絹市場三十周年記念祭委員会発行）によれば次のことがあげられている。

**業者の帰浜理由**

①官民の冷淡…業者の来神以来これらの業者に対して外来人的な偏見を抱き待遇その他冷淡である。

②金融上の不便…業者来神以来すでに一年有半を経過しているが銀行は尚融資を渋り援助の実がないこと。
③完全な染色工場がないこと…北子染色工場はできたが完全な染色工場はなく不便は一向改善されない。
④加工費が高価で不完全なこと…縫捺染等は一度横浜へ送って加工しなければならない不便がある。
⑤北国方面と直通電話がないこと…京都または大阪を中継するため其の日の商用に間に合わないこと。

（大正十三年秋現在）

このような理由でインド商人十六名、上州の絹売込商三十数名などが続々帰浜しはじめた、との記録がある。勿論神戸側も引きとめ工作を強化し、関西蚕糸絹業協議会などを設立している。残留インド人は二十二名であるとされていた。後日、横浜港経由の絹取引は本国への着荷が神戸積出より一週間遅れること、絹物取引は神戸の方が盛大なこと、震災後の生活基盤が未整備なことなどから神戸残留インド人の横浜復帰は見送られる模様と「大阪朝日新聞」（大正十三年十二月七日）は報じている。

また「横浜から神戸へ来た絹織物業者は売込商七十余名、輸出商百余名、加工業者二十余名で、横浜に残つて居る有力なものは僅かに十名内外に過ぎない」と大正十三年二月二十六日版の「大阪朝日新聞」は報じている。この横浜残留組に小野一三九商店が入っているかどうかは判明しない。

こうした状況下、横浜本牧に三渓園（平成の現在でもその日本庭園などは横浜市の手で公開されている）を造った帝国蚕糸社長の原富太郎は大震災後横浜市復興会の会長を務め、二度ばかり神戸に足を運び避難横浜業者の即時帰浜を呼びかけていた。その原家も関東大震災復興支援事業に私財を投入したため衰微したといわれている。

このような業界の大変動のなか、島尾四郎社長は家族を横浜から呼び寄せ、神戸にて羽二重輸出に専念することになったのである。

### (4) インド織維貿易商人について

島尾商店を強く神戸に呼び入れたのは横浜時代の取引相手のインド人であった事から、当時のインド人事情について触れてみよう。

まず、横浜港をのぞむ山下公園の一隅に古風なドーム型の屋根の下に「インド水塔」とよぶ水呑場がある。これは大震災で犠牲になった二十八名ものインド人追悼記念に母国から大理石、タイルを調達して作製されたものである。またこの山下公園は震災の瓦礫で海面を埋立て造成された。

インド織維貿易商人は十九世紀末頃から上海、香港より横浜に進出し、絹物の輸出に従事していた。とりわけ日清戦争を転機として中国産シルクよりも日本産が廉価であることに着目し、主として現在のパキスタン・シンド出身者が横浜に移住してきたとされる。関東大震災後神戸に避難してきたインド人の多くもシンド系であった。彼らは通常マルとかチャンドラを名前の語尾につけるので「マルの人」と呼ばれていた。英国の植民地支配をうけていたインドにおいても、華僑と同様に交易を専門とするいわば「印僑」とでも表現できる商人団がアフリカ、中近東、インドネシアは勿論世界各地で活躍していた。それらは宗主国英国の支配を受けず自由にビジネスに従事していたとされている。当時横浜輸出絹製品の三十%は、インド人商人によって行なわれていた。

神戸の磯上通、八幡通、磯辺通など三宮の南部地区に百三十を超すインド商社があり、一階が倉庫、二階が事務所、三階が住居の木造住宅に多数の西インド出身商人とその家族が居住していたので、通称「ボンベイタウン」と呼ばれていた。一九三六年に祖父をたよって来神したマダンラール・パテラさんの言葉によれば「インド商人は世界中にネットワークがある。ビジネスレターの書き方、海外送金法などを日本人に教え、決済は二週間の現金払い。」このパテラ一家も戦争直前シンガポールに去り、ボンベイタウンは空襲で焼け落ちた。平成の今日、千二百人ほどのインド人が神戸に在住し、大阪で貿易業を営んでいるとされている（名波彰人「日本経済新聞」）。

また戦前の昭和十二年頃の在神インド人商社は百六十三を数えた。繊維貿易に従事する関連商社や、福井、金沢在のシルクメーカーや、仲買人はインド人商社とのコンタクトに懸命であったとされている。島尾四郎も在浜時代に築き上げたインド貿易商との友好的商業関係から神戸移転を誘われたものであろう。ここに島尾商店の神戸に於けるビジネス成功の出発点が置かれたことになる。

地震から再建が軌道に乗り始めた、大正十三年にはインド絹物商十六商社が横浜に帰り、残る三十四社にも強力な帰浜勧誘が展開されたが、関西蚕糸絹業協会が大正十四年一月インドクラブにて協議し、神戸残留を推奨して絹製品の売込を継続することになったと記録されている（『日印文化　創立三十五周年記念特集』在日インド人・関西日印文化協議会編、藤田誠之祐「神戸を中心とする日印経済交流と在留インド人の動向」『同』）。

### (5) 神戸・西灘村に居をかまえる

島尾敏雄の作品「西灘村界隈」に横浜から転居してきた時の状況が記されている。

最初に住んだのは今でこそ神戸市の中心部に近い灘区に含まれているが、当時はまだ兵庫県武庫郡西灘村と呼ばれていた場所だ。大正十四年に横浜から移住したのはその西灘村の稗田という大字の区域であった。当時私は小学尋常科の二年生だったが、この関西移住にはこどもながらひどくうらぶれた心境を抱かされたものだ。前々年の関東大震災でそれまで住んでいた横浜市太田町の家は崩壊焼失し、父は輸出絹織物商の家業を挽回するために単身神戸に出向くことになった。一時的な措置のつもりが情勢は固定的となり、一年半ばかり経ったあとで父は家族も呼び寄せることに決心したようである。それでもなおいずれは横浜に帰るつもりがあったのか、母や私たちには、再び横浜に帰れる期待を失わせなかった。

訥々とした東北なまりの抜けない母には、口になめらかな関西弁が一層そっけなく薄情なものに聞こえていたろうし（略）しかしやがて日が経ち横浜に戻ることが父の商売の都合上実際的でないことがわかってくるにつれて、いつのまにか土地柄に馴染もうとする気持ちが芽生えてきたように思う。結局西灘村には尋常科の二年の秋から五年生終業の時まで居た。（「西灘村界隈」）

因みに父親島尾四郎は横浜時代その東北訛りがほとんど消えていたと伝えられている。このように横浜から一家七人もの神戸への大移動が定着した様子の年の暮れ、十二月二十日に島尾家では奈良へ日帰り旅行を試みている。長男敏雄の作文を見てみよう。

奈良にいつたこと

今日は朝七時半におきて、それからごはんをたべました。するとお父さんが奈良に行こうといつたのでさつそくしたくをしました。そしてみんな阪急電車にのりました。（略）電車からおりてあるきながらしかを見て行きました。こんどはしやしんをとりました。すこしあるいて大きな大仏様を見ました。

（「ぼくは小学尋常科II」）

この家族旅行に際して、出張写真屋の手になる写真が『島尾敏雄新潮日本文学アルバム』に残されている。鹿のいる奈良公園で家族一同が、みなそれぞれ新しい暖かそうな冬の装いをして撮影されている（二八六頁）。当時神戸における家業の繁栄が垣間見られる情景であり、家族一同が少しは関西に馴染み出した記念の奈良訪問であったのであろう。帰途親類が関係している大阪の国民新聞社に立ち寄り、食事の接待や、本の贈り物を受けたりした。この国民新聞は徳富蘇峰が創刊した現在の東京新聞であり、どのような関係であったか定かではないが、島尾四郎の関西における数少ないネットワークの一つであったのだろう。

私の記憶の中のミニアチュアの西灘村には今もなお摩耶山の中腹の傾斜鉄路を鋼索で牽引された電車が上り下がりして、一面の黄色い菜の花の畑の上を紋白蝶が飛び交っているようなのだ。

（「西灘村界隈」）

こうした田園風景の東部神戸地区にも昭和時代の躍動が迫ってきていた。

大正七年（一九一八）の米騒動に伴い、当時の代表的な総合商社とでも言うべき神戸の鈴木商店が焼打ちされ、翌年、神戸川崎造船所の大争議。大正九年、第一次世界大戦後の恐慌発生。そうした歴史変動のなか、大正十二年の関東大震災の発生。そして大正天皇の崩御により昭和時代が始まることになった。

神戸市の中央部より東部の阪神地帯の海岸部では、すでに灘の酒造業が存在していたが、ここに鉄鋼、機械、金属などの重工業、黄麻工業などの発達、また港湾作業の繁忙などにより、労働人口が急激に増加し、それに対応するため北部山麓地帯に住宅地が急造され、やがて西灘村が神戸市に合併された。

この町の発展による就学児童数の急増に対し、島尾敏雄の転入学した西灘村には第一、第二、第三西灘小学校が開設され、最終的にはそれぞれの地名をつけた小学校となり、敏雄たちは稗田小学校に籍を置くことになった。

学校の前（大正十五年六月二十四日）

学校の前に池があります。其の池には亀や鮒がたくさんゐます、僕が其の池を見る時はいつも五六人の子供があみや釣ざおで魚を釣つてゐます。門のよこに夜学のふだがはつてあります。其のよこに赤や黄やいろ〳〵花がきれいにさいています。其の前の通に学用品を売る店があります。

（「ぼくは小学尋常科II」『幼年記』）

子供心に「夜学」の表示に心をとめ書き留めた事情を見てみよう。昼間の午前組と午後組とに分けて授業する二部授業の制度が、急増する児童対策として採られてきたことは珍しいことではなかったが、この小学夜学校は勤労児童に対する特別措置として採用され、将来職業に就いたり、徴兵検査時の読み書き調査の最低基準を保障するためのものであったが、昭和十六年に廃止されたと『灘区の歴史』（灘区役所まちづくり推進課編・平成五年刊）に記されている。

当時賀川豊彦の著書『死線を越えて』に書かれている葺合・新川地区の存在に目を向ける市民は多く、改造社刊行の本書は当時のミリオンセラーとなり、その収益を貧民救済に当てたと言われている。

賀川の影響のもと起こされた川崎造船所の労働争議などは歴史的に有名である。また彼の始めた生活協同組合運動は今日「コープこうべ」として継承されているが、神戸では賀川豊彦の姿も業績も煙霧の彼方におかれている。

灘浜の近辺は、神戸製鋼所がその製鉄作業である灼熱の鉄塊を操作するため、暑さに慣れている奄美・沖縄地方から多数の働き手を迎え、それらの人々によって居住地が形成されているとも言われた。また敏雄がキリスト教の日曜学校に通い出した当時の背景には、賀川豊彦たちの布教活動と共に、稗田地区の西隣の原田の森に展開していた関西学院の宗教活動の影響も考えられる。

このような一般社会状況のなか島尾商店は順調な営業を続けていたが、台風が関西地区を襲い、稗田小学校近くの島尾宅も被害を受けたようすを「此間の大暴風」と題しての作文を要約すれば次のようである。

昭和二年九月二十五日の夜半に雨戸が音を立てたので目を覚ました敏雄が階下に下りていくと、すでに母親をはじめ家族、番頭、小僧さんたちが起きていた。

反物陳列室の戸のガラスが割れていたので、反物を座敷に避難させたりした。翌日お父さんが出張先から帰宅して、福知山ではレールの上まで水が来ていたと伝えた。朝刊には港の被害や一千万円もの損害を出したことが報道されている。

この記録から、島尾商店は住宅兼商店を構えており、番頭と小僧の従業員を抱えていることや、島

大正14年（1939）12月20日。右より、父四郎、母トシ、
妹雅江、弟義郎、妹美江、敏雄。写真提供・島尾家

尾四郎社長は商談のため絹織物産地である丹後方面に赴いていたことなどが示されている。

景色　　島尾敏雄

屋上で摩耶山の方を見た。一面に青々とした木が生えてゐる。その下の青谷の方は、薄桃色の櫻がたくさんさいてゐます。あちらこちらに黄色いなたねの花が美しくさいてゐます。

六甲山はかすんで見えてあるのかないのかわからない位です。海の方はほまい船がほに風をふくんで、白いご石のやうに見えます。神戸港には大きな船が入つてゐます。又神戸の方を見渡すと何十本何百本ともしれないエントツからけむりがたなびいてゐます。

心の中には何ともいえないよい心地がします。こんなのどかな春の中を汽車電車はいそがしさうにはしつて行きます。紀州の方の山は山が空だか山だかわからぬ程です。海はやはり鏡のやうにすんでゐます。（「児童之生命」）

当時小学四年生、級長の少年が稗田小学校の屋上から眺めた神戸の春を描いているこの作文を見ても、島尾敏雄の作家としての将来像が見えてくるのではないだろうか。

この稗田小学校近くの二階建て島尾住宅の所在番地はいまだ特定できないのであるが、二年後の昭和四年春、葺合区八幡通五丁目へ住居を移すまで平穏な日々が経過したのであろう。資料としては次の冊子が貴重である。

『灘区の歴史』区役所まちづくり推進課　平成五年四月一日刊　有井基
『灘のうつりかわり　かいていばん』灘区勢振興会刊行　平成五年一月八日

## ⑹ 神戸市葺合区八幡通に転居

昭和四年（一九二九）春、神戸税関に通じる現在フラワーロードと呼ばれる大道路や、旧居留地グランドに程近いビジネス街に転居した。「合資会社　島尾吉田商店」の表札を後ろにして九州帝大時代の島尾敏雄と番頭さんの娘との写真（二九五頁）が昭和十五年頃の撮影として残されている。

島尾敏雄の同人誌『ＶＩＫＩＮＧ』掲載の小説「公園への誘い」の冒頭に次のような店舗の描写がある。

階下はコンクリートのたたきの店の事務室と、あがりかまちの三畳のせまい畳の間。それに下

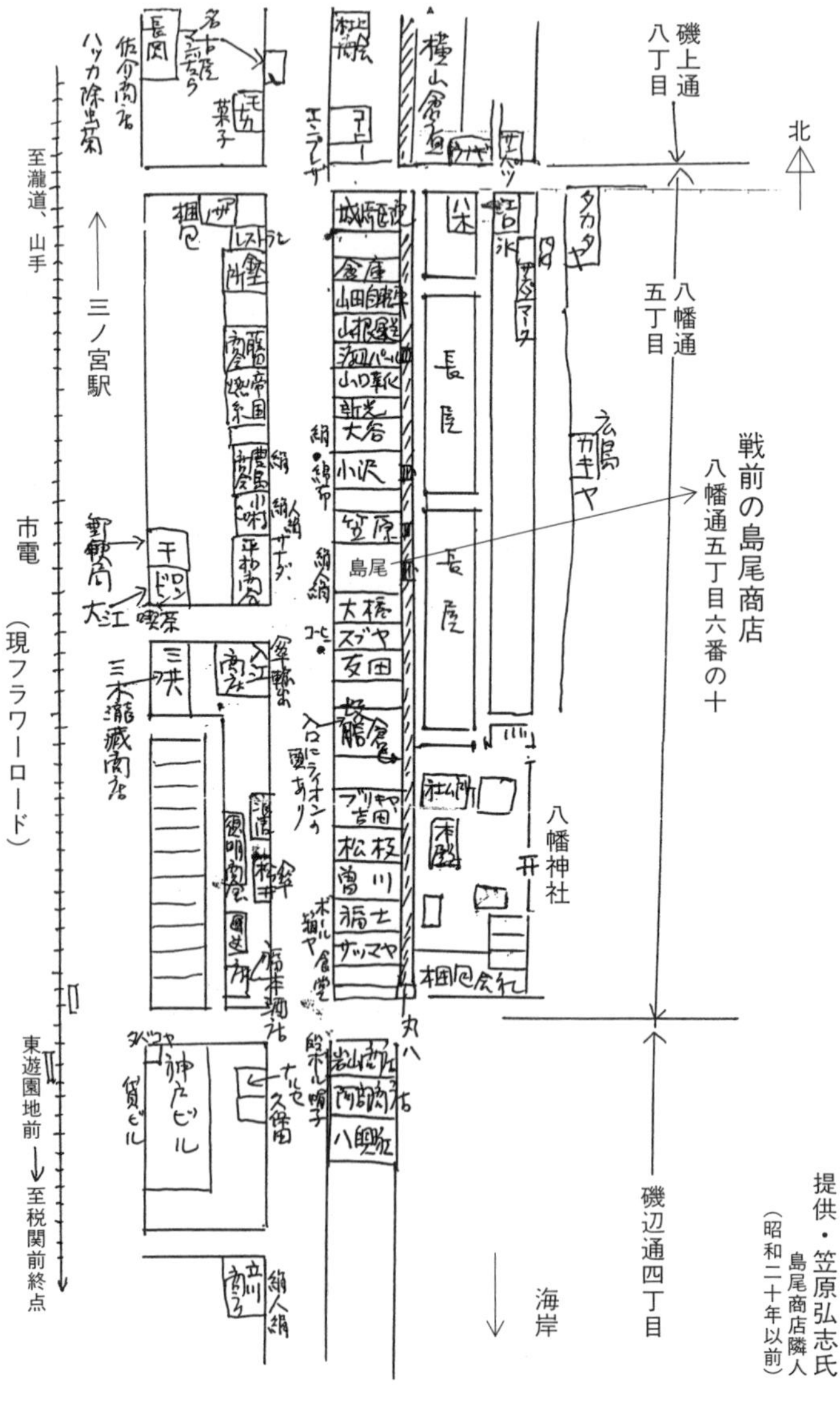


戦前の島尾商店
八幡通五丁目六番の十

提供・笠原弘志氏
島尾商店隣人
（昭和二十年以前）

駄ばきで仕事をしなければならない炊事場にすぐ続いた暗いしめっぽい一日中陽のささない狭い茶の間。

それは狭いその部屋を一層狭くするように、店の商品の白い羽二重が、紙問屋の倉庫のように積み上げられていることにも原因していたのであろう。

二階は四角な部屋が四つあって、襖がたてられるようになっていたが、敷居はゆるみ、うまく開けたてするのに苦労した。その二部屋は四人の兄妹が男二人、女二人ずつに分れて、勉強部屋兼寝室に充てられていたが、どの部屋も、道路の荷車や自転車や隣の運送屋の人夫たちの喧騒が上昇して流れ込み、気分が散って落ち着けなかった。（「公園への誘い」）

この八幡通への転居に従い、敏雄はじめ就学していた兄弟たち共々古い歴史をもつ神戸小学校に転校した。父につれられて二人の妹や弟とともに、敏雄は新六年生として神戸小学校の門をくぐった。この転校先のクラスは翌年昭和五年春卒業の時、昭五会と呼ぶ会を作り、恩師佐藤先生を中心として終生交わりを重ねた。「昭五会」については別稿で小論としてまとめている。

### (7)　レター事件

平穏に過ぎていた島尾家にもある日波風が立ち、母親のトシが夫四郎の不実に抗議して身を隠す「レター事件」が起こった。敏雄の回想を引用してみよう。

その事件の具体を私は知らないが、揚げ句の果てに母は父に無断で家を出て相馬の郷里に帰った。私が小学校を卒業する年の二月のことだ。母は数えの三十四歳、長男の私にだけしばらく田舎に帰って来るからと言い置き、風呂敷包みを抱えた恰好で家の表の店の方は避けて、裏手のよその倉庫とのあいだの、糞尿汲取人のほかは通ることとてもない狭くて汚れたあいだ道から隠れるように家を出て行ったのだ。しかしわずか一箇月ばかりで母が戻って来たのが意外であった。

（「母　その三」）

この妻トシが抱いていた夫四郎の従事している職業への思いを、島尾敏雄と奥野健男との対談「島尾敏雄の原風景」から見てみよう。

小さい時は母親の眼から見た父を見ていたから、父のなりわいというか、そういうものを、理解できなかった。

相場にも関係するし、浮き沈みが激しいしね。はぶりのいい時はいいのだけれども、また、なにかがくんときた場合には梅干しばかりの弁当持って。

こうした生活上の変動は、羽二重取引に付随する相場取引につき物であり、こうした浮沈の激しい商人家庭には馴染まない、文人肌の妻トシとの夫婦間に波瀾の生じることは免れなかったであろう。また生涯関西弁になじめなかった東北人トシの異郷の地神戸での孤独感はいかばかりであったろうか。妻の家出後に帰宅した四郎は残された子供たちの肩を抱いて声を出して泣いたと聞いたことがある。

こうした家庭の事情が起こりはしたが、敏雄はじめ五人の子供たちは女中に面倒を見て貰って元気よく神戸小学校に通っていた。ひと月ほどして母親は帰宅してきた。

一方、母親のトシは産後の肥立ちが悪く、大正十五年四月に里子に出していた末子で一歳の祐三を小高で失った悲しみを味わった。昭和九年、遂にトシは病に倒れ、北陸の温泉地に逗留し養生に努めた。それでも病状は好転せず、京都大学付属病院での子宮手術後、昭和九年十一月十一日、三十七歳の若さで死去した。その深い悲しみを敏雄は次女雅江の言葉として伝えている。

小さな妹が、母が好きだつたレコードをかけて、その上にぼろぼろ涙を落として、お兄ちゃん、なんぼでも出てくるで、と言つてゐた。（「身辺雑記」）

敏雄は神戸小学校を卒業し、兵庫県立第一神戸商業学校に通学し、昭和十一年春には長崎高等商業学校（現長崎大学）に入学している。昭和十二年の夏帰郷すると、実家は阪急六甲駅近くの灘区篠原北町一丁目一の四九の新宅に移転していたが、島尾商店事務所は今まで通り八幡通に置かれていた。

母トシ
写真提供・島尾家

昭和初頭の経済恐慌に続き、昭和六年九月には満州事変が起こり、田河水泡の漫画「のらくろ二等兵」の連載が始まった。それでも島尾一家が安らかな家庭生活を営んでいたことは、父四郎が敏雄を誘い六甲登山をしたり、次男の義郎も連れて、神戸裏山早朝登山に参加していることからうかがえる。神戸市民は「毎朝登山」と名付けて近くの山頂に登りラジオ体操を行い、お茶を飲み、談笑する市民活動を、大正時代から平成の現在まで継続している。

関東大震災後横浜から神戸に移住してから、島尾商店の従業員（番頭、丁稚）についての敏雄の回想を見てみよう。

　神戸に引っ越してからは、店の人たちの服装も着物から洋服に変わってしまった。大震災は世相の一つの変わり目だったかもしれない。タケオさん、ヤマシロ君、サンゲンさん、ナカタ君、イシバシ君、カツヤマさん、カナモリ君、スズキ君、オグラさん、フジタさん、マツムラ君、イッちゃん。これだけが神戸に引っ越して以来脳卒中で倒れた父が店仕舞いをするまでに、その店に居たことのある人たちの名前でおもいだせるもののすべてだ。

（『続　日の移ろい』）

## ⑻　戦時体制に伴う輸出絹業の休止

横浜市小野一三九商店は川俣羽二重輸出売込専門店であり、島尾四郎は明治三十七年十月に福島県小高町より小僧として入店した。大正七年五月十八日同店に十五年勤続した後独立して、横浜市戸部三丁目に輸出絹織物売込商を開店していることが明らかになっているが、現時点ではその商業活動の詳細には理解が届かない。

昭和十三年の日付で書かれた島尾四郎の「神戸輸出絹織物同業組合・中南支視察記」や「株式会社島尾商店設立ノ主題」、「神戸輸出絹物同業組合解散私案」などと題したノートが残されていることが敏雄の回想録『忘却の底から』に記されている。これらの情報が開示されれば島尾四郎やその商店の状況が判明するに違いない。

とりわけ同業組合を解散する動機と展望が示されているであろうし、中国視察の報告は非常に興味深いものがある。昭和十三年といえば日本軍は徐州まで戦火を拡大し、武漢三鎮を占領した、日華事変一周年にあたる頃合である。

昭和十四年八月二十四日の敏雄の日記には、

父、商用旅行から帰られ、二十三日付夕刊で発表された独ソ不可侵条約の性質に就いて語られる。日本は最悪の場合に置かれた。一切白紙の立場に立つて独自の行き方をしなければならない。早く、さう云う決心を必要とする状態に立至つたことは幸運とでも云はうか。表面的には、日本の外交の敗北である。なつておらん。国民の総親和が必要、ひいては島尾商店の総親和、島尾家の総親和、と云つたことを。

父、小生の守るべきことゝして、早朝の冷水摩擦と、ラヂオ体操並に腹式呼吸の三つを要求する。自分は之を信仰とするべきことを思ふ。

（「昭和十四年日記」『幼年記』）

また十二月二十六日の項目には次の記載がある。

午後二時、父、サントス丸で広東視察旅行に出らる。

（「昭和十四年日記」）

日本の内外事情は中国大陸での戦火の拡大とともに、軍需産業への傾斜が強くなり、シルク産業も転換が求められた。アメリカでナイロンなど絹代替品が生産され輸出量の激変とともに、食料の自給政策により桑畑が減少するなど、業界を取り巻く環境悪化が見られた。

昭和十六年（一九四一）十二月八日、太平洋戦争が始まり、すべては「非常時」の言葉で覆い尽くされることになった。いよいよ戦時総動員体制に入り、軍需関連産業以外の輸出業界は政府統制下に組み入れられた。シルク製品の最大の取引相手国である米国に戦いを挑んだので対米輸出業務は途絶えた。生糸の大半は軍用目的、落下傘、飛行服、防寒衣類などに使用された。

昭和十七年一月に、繊維製品配給消費統制規則により、衣料品切符制度が実施され、市民は自由に衣料を店頭で購入できなくなった。従来の問屋および買い継ぎ商は統制機関、つまり日本絹人絹織物配給統制会社の代行となる以外は転廃業を余儀なくされたと記録されている。すべての人的・物的資源が国家統制のもとに置かれ、企業整備が強行された。これまで二千五百社あった問屋は約一割の二百七十五社に整理された（「統制時代の取引機構」『生糸絹織物と神戸』）。

島尾商店は吉田商店と合併し、輸出業務から国内織物配給業務に転身したのであろう。ここに当時の貴重な写真が残されているのを見てみよう（次頁）。

「日本絹人絹織物／配給統制株式会社　業務代行人」「合資／会社　島尾吉田商店」この表札の写

真に島尾敏雄と勝山番頭の娘勝山洋子嬢が写っている。

島尾商店は吉田商店と合併して合資会社を設立し織物配給統制株式会社の代行業務を担当したと見られる。

やがて昭和十八年三月に軍需物質の海外調達機構として交易営団が作られ業界再編成がおこなわれ、同時に神戸取引所も生糸市場を閉鎖した。

写真提供・笠原弘志氏

貿易業務整備統合政策により、神戸貿易協会傘下の業者の多くは転廃業補償金を受け取り転廃業を余儀なくされた。島尾吉田商店は国内織物配給業務を担当したことは明白ではあるが、その規模、期間などについては、番頭勝山氏など当時の関係者からの証言を得ることは今日困難である。

平成十八年七月、京都の島尾卓郎宅で次の文言が記載された木製の看板が発見された。

繊維貿易公団　実務担当者

内地向絹人絹織物販売業者　登録四十三号

神戸協働輸出株式会社　京都営業所

戦時経済統制時代に神戸の島尾商店は神戸協働輸出株式会社に統合され、内地向けの絹人絹販売を担当したことになる。この京都営業所の内容は不明である。いずれにしても、京都の島尾宅に看板が現存していることは興味深い事実である。

## ⑼ 神戸市灘区篠原北町へ移住

昭和十一年自宅を商店街より閑静な篠原北町へ移してから、戦時期を迎えた島尾四郎を中心とする島尾家の動静を概観してみよう。

父親四郎の会社経営については別記したが、この六甲の居宅にて家事を処理する女中はいたとはいえ片親だけで四人の子供たちの養育に心を砕いていたことが、長男敏雄の文章からも推察される。

母がしんでからなぜか商いが安定してきた、と父は言っていたが、その頃に篠原北町に移ったまま動くことがなかったのも、それと関係があったのだろうか。　（「終の住処」）

戦時下、四郎は相馬小高町の実家のある集落へ二度ばかり多額の寄付金を寄せている。出征兵士留守宅および戦没兵士の遺族にたいするお見舞いとしてであった。事業が安定し望郷の思いが強くなり、敏雄たちに相馬の話題をよく話しかけていた。兵役免除になったのか四郎の軍歴については不明だと敏雄はしるしているが、当時「籤のがれ」という制度があり、甲種合格者であってもくじ引きで入隊を決める制度があった。四郎の場合は多分籤漏れのため徴兵されずにすんだのだろうが、事実は不明である。寄付金は従軍者達に対する感謝の気持ちの表れであったのだろうか。村では基金の処理法について協議することにしたとの記録が残っている。

## ⑽　家族の消息

**＊長男敏雄**（昭和十一年より同十八年まで）

昭和十八年八月十四日の島尾宅での庄野潤三と敏雄たちとの交流を庄野潤三の『前途』から見てみよう。

　夕食をよばれる。取ってくれてあったビールが二本。小さいビフテキ、鮭の燻製、トマト。それからライスカレーを二杯。空が暗くなって、夕立が来た。（『前途』）

この日階下には妹たち神戸女学院生達も夕食に招かれていた。その後男女はトランプ遊び、怪談遊びをしている。こうした接待は敏雄の大学仲間を迎えての特別歓待料理であり、富裕家庭でなければ実現しない宴であった。昭和十八年夏当時、普通の家庭では闇取引のできる家庭以外ではこのような料理を提供することは不可能であった。大阪の庄野校長宅でも、普通の家庭では入手できない料理で島尾たち学生と中学教師であった伊東静雄は接待を受けたことが記録され、島尾や庄野の家の良さ、

島尾家の人びと、昭和15年（1940）正月。
左より、父四郎・義郎・義江・敏雄・雅江。
写真提供・島尾家

育ちの良さが両者の文学にも反映されている。

昭和十年春、兵庫県立第一神戸商業学校卒業、翌十一年長崎高等商業学校入学。同十五年九州帝国大学（経済科）入学。同十六年九大（文科）に入学。同十八年九月九大繰上げ卒業。十月志願して第三期海軍予備学生に採用され、旅順予備学生教育部に入隊。この予備学生志願に際し父四郎は「お前も長いことふらふらしとったが、やっと正業についたな」との感想を敏雄に述べたことは「九州大学最後の夏休み」で紹介したが、その正業が特別攻撃隊の隊長になる事だとはその時点で親も息子も予測外のことであった。

以後震洋特別攻撃隊隊長として奄美群島加計呂麻島に駐屯したが出撃の機会なく昭和二十年九月十日復員し帰宅する。その後現地で邂逅したミホと神戸で結婚する。

＊長女義江　大正七年十一月二十五日横浜市南仲通二丁目二十四番地出生。

神戸女学院高等女学部を昭和十一年卒業。五十三期生。父四郎の毎朝の見送りを行い近所から若い後妻かと噂されたこともあるほど尽くした。

福岡県三井郡大橋村字合楽二百二十番地原頼と昭和十五年十二月二十五日結婚。昭和二十年八月満州国奉天市にて男の子二人を残して不慮の死をとげる。享年二十七歳。

富裕層の子女が通う神戸女学院に末の妹雅江ともども通わせた島尾家の経済事情がここにも反映されていよう。

**＊次男義郎**　大正九年六月六日横浜市南仲通二丁目二十四番地出生。

神戸三中を経て一ツ橋高等商業学校卒業。昭和十七年会津若松連隊に入隊時の状況を敏雄は「磐越西線の晩秋」という詩に表現している。前夫人と結婚したが、丸紅での仕事の性格上出張が多く、疎遠になり離婚に至った。やがて戦後の美容界をリードした山野愛子（大関早苗）と出会い再婚。丸紅副社長などを歴任し、平成六年十一月二日東京都で死去した。

敏雄が昭和十七年里帰りする妹義江を朝鮮の大田まで出迎えに行き、その帰途立ち寄った慶州の仏国寺での弟義郎への感想を「仏国寺行」（『島尾敏雄全集一』）という随筆に書き残している。

敏雄の『続　日のうつろい』によれば、

彼（※義郎）はビルマ最前線の塹壕での被弾で瀕死の重傷を負った。今でも弾片が肺の中にとどまったままなのだ。私（※敏雄）のほうは戦闘体験皆無のまま無傷で復員したから、彼に会うと何となく経験をより多く踏んだ兄をでも見る目つきになってくるのが防げない。

敏雄の文学仲間の富士正晴が次のような島尾義郎の人物評を残している。

島尾の弟は俗世間的な意味で島尾が及びもつかぬ位にタフで要領が良い商人であり、島尾の父と話が合う。

（「交遊的島尾敏雄論」）

義郎と早苗夫婦については独立した論考が纏められるに違いない。

＊次女雅江　大正十一年九月十二日横浜市太田町一丁目十四番地出生。

神戸女学院高等女学部を昭和十五年卒業。五十七期生。千葉県香取郡豊和村字飯塚六百六番地鎌形修三と婚姻。昭和二十一年十二月二十六日東京都にて病死（享年二十四歳）。

絵が上手で敏雄の勧めで田村孝之介画伯の塾に入ったが、戦局の推移に伴い絵画とも離れ結婚生活に入った。挿絵は『幼年記』の誌面を飾っている。

日本国が敗北した昭和二十年八月十五日に神戸六甲在の島尾邸には島尾四郎と女中がいたであろうと推測される。幸いにして島尾邸は戦火を受けることなくその風雅な日本建築の姿を留めていた。そして従軍中の子息敏雄、義郎の無事復員するのが待たれていた。

国の内外の転変に揺さぶられながらも、平和な戦後時代に入って行く島尾家の姿を次に取り上げてみよう。

## 四　島尾商店の神戸時代・後期

### (1) 終戦後

昭和二十年八月十五日正午日本は全国民に敗戦を布告した。占領軍が全土に駐留し、民主主義の宣伝につとめ、敗戦国の国民は飢饉状態からの脱却に懸命であった。輸出産業の花形シルクに占領軍の目が向けられたが、戦時中桑畑は食料生産に転用されるなど、シルクの急激な増産には時間が必要であったが、暫時回復基調に向かっていた。神戸六甲在の島尾四郎宅は周辺まで戦災の猛火に包まれたが、幸いなことに類焼はまぬがれた。(近年の阪神大震災に際しても、この六甲山麓の高台・篠原北町に存在していた旧島尾宅は外観だけでは大屋根の瓦が少しずれた程度で、木造の建物は健在なように見えていた。現在、四階建てのマンションに建て替えられている。)

神戸の中心街八幡町にあった島尾吉田商店は、戦時中、営業店舗として使用されていたか、閉鎖されていたかについては不明であるが、この地区は焼夷弾攻撃で焼失した。加えて戦後は島尾商店跡地より港湾地区にかけて膨大な敷地が米軍駐屯地としてフェンスで囲まれ、日本人の立ち入りは禁止されていた。

昭和二十二年三月を境として戦時期の変則的な行政指導が解かれ、民主的自由経済への道が開かれた。とりわけ羽二重のアメリカ向け輸出が急激に増大し、昭和二十二年末までに全絹織物輸出量の九十三・五%を羽二重が占めたのである。これは米国内での婦人用スカーフ、ヘッドカチーフの需要急増によるものとされていた。この輸出が疲弊していた絹業界振興の契機となり、官民一致してシルク増産に務めたと記録されている。シルクがすべて国内資源、国内労力に立脚し、米ドル獲得の主戦力と期待されていたのである。敗戦後の日本経済再建はこの多額の外貨が大きく貢献したと言えるだろう。

平和到来とともに島尾四郎社長は直ちに貿易業務再開に動き始めたのは当然であろう。戦災にあわなかった、比較的大きな六甲の屋敷内には取り扱い繊維商品が保管されていたとの回想を、後年島尾ミホ夫人から聞いたことがある。

こうした業界の傾向のもと島尾商店は戦時中の繊維国内販売商社から、本来の輸出売込商に専念することになるのだが、各種資料に島尾商店の名前は出現せず、考証の裏付けを得ることが出来ないので、六甲在の島尾邸での家人の動きを見て、その業績の程を推定してみよう。

### (2) 島尾家の動静

＊長男敏雄　昭和二十年八月十五日終戦の日を奄美大島・加計呂麻島の震洋特攻基地で迎えた島尾敏雄海軍中尉は、九月一日震洋特攻隊搭乗員を引率し三隻の機帆船にて奄美を出て九月四日に佐

世保海兵団に到着し、翌五日解隊手続をすませ、海軍大尉に昇級した。六日召集解除となり、佐世保駅頭にて解散した。島尾敏雄は八日福岡の友人真鍋呉夫留守宅を訪問し、十日の夕刻に神戸の実家に復員した。父親島尾四郎にとってこの敏雄無事帰還は青天の霹靂だったに違いないが、両者ともにこの帰還についての所感は残されていない。

＊次男義郎　陸軍将校として中国戦線に従軍し、ビルマより復員したが、日時は特定できない。戦闘で負傷。六甲の実家に暫く同居していた。父親四郎の血筋であるビジネス界に身を投じ、丸紅飯田株式会社に勤務し、海外に派遣されることが多かった。

＊長女義江　昭和二十年十一月二十五日、旧満州奉天市で二十七歳の若さで不慮の死を遂げていた。

＊次女雅江　昭和二十一年十二月二十六日、二十四歳のとき肺結核で死去した。

こうした娘たちの死去の知らせに対する父親四郎の思いは記録されていない。事業が上向き平和日本の幸せを享受できるその入り口で若死にした娘たちへ寄せる痛恨の思いの深さが想像できるではないか。寡黙な四郎の胸中に心を寄せたい。

ついで島尾家の長男敏雄に祝婚の儀が運ばれてくることになる。

敏雄が復員帰宅すると大阪の庄野潤三よりハガキが舞い込み、九月二十二日詩人伊東静雄とともに庄野宅に宿泊するなど、戦後の交流を開始し、文学談義を楽しんでいた。奄美大島・加計呂麻島の呑ノ浦に将来を言い交わしたミホ嬢が残されていたが、本土向け通航している民間の船で鹿児島に到着していた。神戸あて手紙を差し出しても敏雄の応答はなく空しく日々が過ぎるばかりであった。ミホの書簡はすべて島尾家の父親によって処理され敏雄の目にふれなかった。ある日の外出時、郵便受けでミホの来信を見た敏雄は、鹿児島へ迎えに出かけ、ミホとの再会を果たすことができた。このミホが加計呂麻島より小船にのり渡海を試みた状況は「御跡慕いて—嵐の海へ」（絶筆）に書かれている。また昭和三十九年四月島尾敏雄夫妻と九州旅行をしたおり、ミホ夫人の語り口を同道していた若杉慧がメモ書きしたものが残されている。

父行けといふ、窮死もしくは途中で斃れたとわかつたときは自分も死ぬ、この庭に花の咲くまでまつてをる（島尾を連れてかへれの意）。親戚一同に出島の挨拶回り。20年10月なり、同志の女一人、震洋艇からバク薬装置を抜いて放置されてゐたのを、民間で無断私有、電気にて動く仕掛けに改造。三人で出航、台風にあふ、波と潮をかぶつてエンジンとまり、流される。三人で何も無いので手で波をかいだす。（略）泳ぎはけいこしてゐるし、もまれつつ着岸し、女は飛び込む。男は艇が惜しくてとびこまず。上つた所が自分の家のある島の裏側、その寒かつたこと！第一回失敗。一ヶ月後の脱出は密航組による大きな闇船、このときもエンジン故障して喜界島に流れつき、そこからとびとびに本土にわたる。川内《せんだい》の叔母の家から手紙を篠原（※神戸の島尾の本宅）へ何本出せども音沙汰なし。橋の上からとび込みたくなるほど悲し。（書信はみんな家の人がおさへてゐた）（何本手紙を出しても返事よこさぬ男へ怒鳴りこんでやりたいと叔母憤慨）、ふと八幡通の店（※神戸市葺合区八幡通に島尾の父の貿易店あり）の便箋に電話が入つてゐたのを思ひ出し、そこへ掛ける。朝から夕方まで申し込んでかかるのを待つ、つめたい局の土間で一日中、やつとかかると、その番号は焼けてもうありませんと！　やつぱり手紙にたよるほかなしと何本も何本も出すうち、一本が外出せんとする彼の目が郵便受けにとまつて手に入る。すぐ迎へに行くと電報──しかし、一気に神戸には入れぬので京都の親戚に落ちつき、島尾は父をやうやく説得して、あらゆる結婚方式を正式にふんで六甲入りをしたのが翌年三月なり。

（「島尾敏雄への私情」）

諸種の資料から推定すれば昭和二十一年一月十七日に鹿児島本線川内駅で再会し、大小路町伊勢山の吉川正己宅に一同宿泊。一月十九日ミホを連れて川内駅発、夕方船子屋駅下車。二十一日まで竹水館に滞在。二十二日朝神戸・三ノ宮駅着。立花駅下車しミホの親類児玉太郎宅にミホを預け敏雄は六甲に帰宅した。

ここで父親四郎と敏雄の間で南海からの花嫁を迎えての婚儀の話が話題となり始める。平和到来に伴い父親のシルクビジネスは活況を取り戻し、四郎は敏雄と話し合いを持つゆとりさえないようであった。その多忙な時間をさいてミホと初対面した四郎は、南国婦人としては色白だなとの感想をもらしたという。戦前時分には神戸に移住してきた沖縄、奄美地区出身者に対する本土的差別意識は根強く存在していた。

東北出身の父親四郎には長男の嫁に同郷の女性を選びたいとの潜在的願望があり、戦前大学生時代に従兄弟に連れられて農家の娘を遠望したことを、敏雄は文章化している。通俗的には軍隊の駐屯地から当事者が移動してしまえば男女関係は自然と解消したとされている。食料事情の悪い地方では軍隊の持つ食糧がその媒体となった例話が戦後話されたことがある。敏雄のように復員直前に娘の父親と話しあい、隊長としての業務が終わり次第ミホを迎えに来島するので結婚を許してほしいと、了解を得ていた事例は少なく、敏雄の資質の優れた一面が示されている。

昭和二十一年三月十日、島尾敏雄二十九歳とミホ二十七歳は、神戸・六甲花壇で結婚式をあげ、祝婚者として伊東静雄、庄野潤三、そして震洋隊の部下藤井茂の三名だけが臨席した。

この六甲花壇は神戸における絹成金の豪邸を、高級料亭として活用していたものである。ミホが花嫁衣裳を背負って尼崎の仮寓よりこの玄関口に到来した時、闇商品の搬入は勝手口へ回れといわれたが、偶然敏雄がいて、この人こそ花嫁だと説明したとのエピソードがある。

新婚生活の中、五月に庄野潤三、林富士馬、大垣国司、三島由紀夫の五名で文学冊子『光耀』を創刊し、敏雄は「はまべの歌」を掲載した。十月には「弧島夢」が佐藤春夫の書簡などと共に載せられている。三号で閉じた『光耀』の出版経費は匿名ながら島尾四郎の出資であった。

## (3) 敏雄の就職と離職

つぎに敏雄の就職活動の回想を見てみよう。

昭和二十年の九月に神戸の父の許に復員した私はその翌年の三月に結婚した。しかしそのどちらの年もどこにも勤めを持たずに父に寄食していた。

私が進んで職に就こうとしないことに対して父は殊更に意見はださなかったが、内心ではいろいろ考えあぐねていたふしがあった。父の言いつけで或る市会議員の家を訪ねさせられたのも、そのあらわれであった。それはその人の力添えで、戦後に設けられた市立の外事専門学校の教師の職を斡旋してもらおうという父の思わくがあってのことだった。従ってその直後にその市会議員の紹介で学校長に会いに出かけた私は、教師になる意志が無いことをにべもなく学校長に伝えて、父を落胆させてしまった。（「敗戦直後の神戸の町なかで」）

そして大阪の日本デモクラシー協会に富士正晴の紹介で勤務したが一ケ月で退職した、その直後の五月に神戸山手女子専門学校の非常勤講師となっている。これにはミホ夫人の助力があった。

丁度その頃私は「ポトナム」の歌人の小島清さんと知り合うことができた。彼は私の妻の短歌の師に当たる人だが、たまたま神戸市内の或る瓦会社に勤めていることを知った妻に誘われ、私は彼をその勤め先にたずねて行っての結果であった。早速私を彼自身非常勤で国文学を教えに通っている神戸山手女子専門学校に紹介して下さったのであった。

昭和27年（1952）３月、島尾家上京前、神戸六甲宅に集まった当時の家族。左より父四郎、一人おいて敏雄・マヤ・ミホ・伸三・義郎・同夫人・四郎夫人・卓郎。写真提供・島尾家

ところで父は、先の神戸市立外事専門学校就職の件をあきらめてはいなかった。当の学校は草創のせわしさの中でまだ職員の全部はそろってはいないようであった。私は自分の弱さを父の世故にたけた強引さのせいにしながら挫けた気持をやっと持ち直し、父の言葉に服して再び学校長を訪ね、改めて就職を希望し、たまたま受け入れられて正規の職員に採用されることになったのだが、それらのあと先の経緯を思い起こすと、私は自分の腰の定まらぬ姿勢に今もなお顔が赤らむ思いに襲われてくる。

しかしとにかくその学校への就職によって、以後の私の断続した学校教師としての一面が定められることになったのであった。

（「敗戦直後の神戸の町なかで」）

戦争が終わり、進駐軍と呼ぶ米軍が神戸港周辺に駐屯基地をつくり、神戸市行政もGHQの支配下に置かれた。島尾四郎は度々市長、市会議員たちを戦火から無傷の京都の料亭に招待し、米軍対策としての絹製品の提供も行うなど多忙な日夜を過ごしていた。その中で神戸市立外事専門学校への就職依頼が行われたのであろう。

その背景には長男伸三の出生予定があり、定職を求めたものである。もし就職口がなければ北九州の炭鉱にいる友人を頼って移住しようかとの意向をミホに漏らしていた。ついで昭和二十五年四月には長女マヤの誕生を迎えることとなった。

片や同年二月には『出孤島記』で第一回戦後文学賞を受けるなど、身体の不調を訴え温泉療養のため休講しながらも二足のわらじを履いていたが、昭和二十七年三月ついにその大学教員の職を投げうち作家生活に専念するために上京した。神戸市外国語大学五十年誌には退職第一号者として島尾敏雄の名を留めている。

なぜ安定した教職を捨ててまで、幼い長男、長女、妻とともに東京・小岩に移住したのであろうか、との疑問に若杉慧は次のように書いている。

どの女中かしらないが以前から島尾君の家に居て、島尾君の帰還を待つてゐたといふふうにもきいた。お父さんは島尾君等が神戸にすむなら生活は見てやらう、出るなら自活しろと言はれてゐたのを、島尾君は押して出たのだといふことを後年ミホさんから私は聞いた。島尾君としては文学上の野心が主動機ではあつたらうが、その他の事もいろいろ配慮して、神戸から足を抜く必要を感じたのであらう。（「島尾敏雄への私情」）

また父親四郎は再婚した百合子との間に孫の伸三と同年の四男卓郎の誕生を迎えていた。敏雄の異母兄弟であり、伸三にとって叔父にあたる存在である。このような複雑な家庭環境も敏雄に東京への移住を決意させたのかもしれない。

敏雄が上京する決意を表明したとき父四郎は泣いて引き止めたと、ミホは回想を『死の棘日記』に記している。先に父親のレター事件の際、子供たちを残して妻トシが家出をした時、子供四人の肩を抱いて落涙した時と、この上京時の二度ばかりが父四郎の悲嘆として記録されている。

朝鮮動乱を迎えた日本経済の急激な発展に伴い、島尾商店の営業は繁忙の時期を迎えていたに違いないが、具体的な傍証が見出されない。東京への移住に際し、敏雄には財産分与の形で東京小岩に一戸建の住居が買い与えられたし、また「カテイノ事情」騒動に際して四郎は再三上京し影ながら金銭の援助を与えたともミホが漏らしたことがある。

### ⑷　島尾四郎功労賞をうける

二人の娘を亡くし長男敏雄とも別居した父親四郎にも明るい光が照射される時がきた。

昭和二十八年十月に神戸生絲絹市場開設三十周年記念祭が開催され諸祝賀行事のなか神戸シルク祭式典に於いて功労者百四十五名の一人として島尾四郎が功労賞を受賞して名簿に記載されたのである。明治三十七年十月二十五日、満十五歳の少年四郎が福島県の相馬より横浜に丁稚として出郷して以来四十九年間（戦時中の休眠間もふくめ）シルク貿易に専念してきた歴史が公に認められたことは、どれだけ当年六十三歳の島尾四郎社長にとり誇らしいことであったろうか。

手にし、眼にふれうる幾多の資料中『生糸絹織物と神戸』の功労賞受賞者名簿以外に島尾四郎の名前を見出せなかった。この記念誌は六百二十六頁に及ぶ大冊子で、昭和二十九年十月に神戸生絲絹市場三十周年記念祭委員会の手で刊行されている。内容は蚕糸業の歴史、生糸の輸出、次いで絹織物の現状と将来と題する沼田義雄の論説を掲載している。

功労賞受賞の昭和二十八年に竹内百合子と四郎は婚姻届を提出しており、これは内祝いの入籍ではなかったかと忖度される。

晩年の父四郎
写真提供・島尾卓郎氏

### (5) 嫁ミホとの間柄

次の文章は島尾伸三の文学作品『月の家族』に掲載された一つの挿話である。

父も母もふたりの子供も、家のなかでじっとして、外出もしないでいるのです。台風が来ているわけではありません。外は良い天気です。原因は神戸のおじいちゃん、つまりおとうさんのおとうさんが奄美まで私たちに会いにきたので、何をそんなに嫌がったのか、母がおじいちゃんを嫌がって、家族でいえの中に籠城する命令を出しているからです。

おじいちゃんは、街の宿に泊まっていて、毎日やって来て、私たちに会おうとしましたが、ついにできませんでした。いいえ、最後の日に私は、雨戸の破れた所から手を出しておじいちゃんの手を握りました。妹のマヤも戸の穴からおじいちゃんと握手しました。

おじいちゃんは、その後、私に手紙を何度かくれましたが、母が読んで捨ててしまいましたので、たまたま彼女が居ないときに受け取った一通だけが私に届きました。それには、何度も手紙を出したが読んでくれたかと書いてあったので、母の仕業がわかったのです。（『月の家族』）

長年の慣習として、これまでも商取引上のトラブルを避けるため、四郎は会社以外の住居には敏雄の表札を掲げることにしていた。六甲の屋敷も敏雄名義であり、法的な制度上敏雄の印鑑を得る必要があって四郎がわざわざ奄美まで出向いたのであろう。しかし敏雄夫婦は父親との面談を拒否した。昭和三十年頃の出来事であったと推定される。

信書の秘密を守るどころか、受取人に手渡さないというやり方は、神戸六甲に復員していた敏雄に対するミホからの郵便物が父親の手で破棄された事例が、その後祖父と孫の間の通信妨害となって現れたといえよう。

後年伸三が夏休みの帰省で奄美へ帰ったとき、

母が、おとうさんは、お風呂場で泣いていたと言ったので、一年前におじいちゃんが他界したことを初めて知ったのです。（『月の家族』）

ミホの四郎に対する感情のしこりが残り、ちょうど自転車事故で入院していた敏雄に父親四郎の死去をミホは知らせなかったのであろう。

次は島尾伸三が母親によせた言葉である。

観念の傲慢は、もう、自分の昇華にだけ関心があって、身辺の優しい人々を踏みつけにしていることに神経が巡らない大罪に、全く気づかないいんですね。もう。（『魚は泳ぐ』）

### ⑹　四郎の晩年

昭和三十一年、春京都市上京区鞍馬口の清閑な地に新居を構えることができた六十六歳の島尾四郎は妻百合子と息子卓郎の三人で、やっと穏やかな暮らしをはじめることができた。ただ中風の症状が現れていた。島尾商店の閉鎖は取引先のD興業からの不渡りによるものとの情報があるが確証は見出されない。神戸六甲の屋敷の処理も終わり、妻百合子の献身的な介助をうけての生活であったろうと推定される。そして時折、長男敏雄の作家としての文名や、巨大商社で活躍する次男義郎の業績を耳

京都市上京区　島尾四郎宅前で敏雄（左）、百合子（中央）　写真提供・島尾卓郎氏

にしながら、四郎は生まれ故郷の相馬で早朝から桑畑で桑を摘み、実家の養蚕室で給桑に従事した少年時代への回想を友として、絹織物にゆかりの西陣近くの寓居で月日を過ごしたのであろう。父親四郎は昭和四十四年五月七日京都で肺炎のため死去、享年七十九歳であった。敏雄と義郎の二人の息子によって作られた相馬小高の墓地に納骨された。丁度横浜に赴任して以来六十五年目の帰郷であった。四男島尾卓郎は京都府立大学を卒業し、義兄義郎夫妻の推薦を受け公務員となっていた。その後、卓郎は残された母親百合子の扶養と介護を行い、平成十二年十二月にその野辺の送りをすませた。享年八十三歳であった。

平成元年（一九八九）十一月神戸市六甲荘にて「島尾敏雄先生を偲ぶ神戸の集い」が開催され、島尾ミホ、伸三、マヤの参加をみた。この懇親会の席上、一老人から「島尾の孫である伸三君が貿易をやるならいくらでも応援するよ」と声を掛けられ、その瞬間、島尾商店の過去の栄光に光が照射されたのである。この言葉に勝る島尾四郎への賞賛の言葉はなかったであろう。

この集会は神戸小学校、兵庫県立第一神戸商業学校、神戸山手女子専門学校、神戸市外国語大学の元同僚、教え子、文学関係者が主催して開催したものだが、島尾商店ゆかりの人や奄美大島関係の市民も多数参加していた。

このようにして明治・大正・昭和と日本歴史の大変動の中を生き抜いてきた東北・相馬出身の男子の生涯が終わるのである。シルクの栄光は化学繊維に奪われ、女工哀史の悲話も、特攻パイロットが首に巻いた白絹マフラーも、日本の繁栄の中に埋もれてしまったが、平成の今日、養蚕は宮中の年中行事として皇后の手で継承され、生み出された絹は、正倉院御物の補修や外国からの訪問客への贈り物として活用されている。

島尾敏雄の次の言葉は父四郎の生涯を要約しているものと考えられる。

父が履歴書の中で、その経験した仕事を『羽二重輸出売込専門店』或いは『輸出絹織物売込商』と書きしるしてあることについて、当時私はただ父の経歴の一駒として別段思案することもなく見過ごしてきたが、今では甚だ興味深い資料となって見えてくる。つまりそれは、表面では東北農家の次三男の一少年が都会に出てたまたま選んだ職業の記録に過ぎないわけだが、実はその中に喜怒哀楽に織りなされたひとつの人生とそれに由来する複数の人生が発足をし展開されたた根が胚胎していることは言うまでもないが、その背景をさぐれば、単に個人を襲った偶然を越えて、或る地方の推移の、そしてそれが又国全体に嚙み合った歴史の、歯車の一つである様相が、潜んでいるという事情があらわれてくるからである。

（「父　その二」）

ここで敏雄夫妻、娘マヤの生涯を整理してみよう。

島尾敏雄　大正六年出生。昭和六十一年十一月十二日、出血性脳梗塞のため鹿児島市宇宿にて逝去。享年六十九歳。

島尾マヤ　昭和二十五年出生。平成十二年八月三日、腹膜炎のため鹿児島県名瀬市にて逝去。享年五十二歳。

平成十九年三月二十五日、敏雄の妻島尾ミホは、奄美大島の自宅で孤独な暮らしの中、脳内出血のため帰天した。八十九歳であった。

戦争の動乱に翻弄された祖父、父の時代を受けて、戦後新世代の島尾伸三は次の言葉を記している。

戦争の終わった頃に生まれ、戦争のない時代に子ども時代を過ごし、戦争を経験しないで青年期を終え、戦争に直接参加させられることもなく初老を迎えようとしている幸せな人生は、運命に感謝しなければなりません。

（『星の棲む島』）

# 五十年目の昭五会会報

島尾敏雄

昭五会はもはや私の過去を確かめる際の気持ちの支えの一部と化していると言える。今まで私はその会合に常に出席できたわけではないが、私もその会の一員であるという事実には安度の感を持ってきた。昭五会は昭和五年の春先に神戸小学校を卒業した同級生のクラス会であるが、それが半世紀のあいだずっとつづいてきたことは、稀有かどうかは別として、少くとも普通一般であるとは思えない。その上に会が緊密に運営維持されてきた経緯があることになればやはり珍らしい現象と言えるのではなかろうか。 昭五会の会員の大方はそれを当然と考えているとしても、私にはどうしても特別なことと思えてならない所がある。 と言うのは、会員の殆んどが小学六か年のあいだクラスを同じくしただけでなく、そのうちの五年間を同じ一人の教師つまり佐藤二郎先生のもとで過ごしたという深いかかわりを持っているのにくらべて、私は最後の六年生の一か年だけしかそのクラスの生活を知らないからである。しかし私には小学生時代のクラス会は二の昭五会しか無かったし、その時の仲間のそれぞれの個性が記憶の中で確かなかたちを形造っている点については昭五会の中のそれが最も数が多くそしてわかりやすい状況となっている。私の小学生体験は神戸小学校よりも、横浜小学校の二年半と西灘第二小学校の三年半の方がずっと期間が長いのに、あとの二校での級友たちのイメージは鮮明さがかなりぼやけてしまっている。生涯の中でかかわる世間の中の他人なるものの原型の多くを示してくれるのは、小学校時代の級友たちだと思えてならないが、私がかよった三つの小学校のそれぞれの体験はいずれも同じ重さを持っているにちがいないのに、最後の神戸小学校でのたった一年間のそれ

(1)

(2)

コクヨ ケ-20 20×20

が殊に鮮やかなのは、つまりは昭五会なるクラス会の存在の持続が、追体験の機会を重ねて与えてくれたからにちがいあるまい。

此の度五十年ぶりに会報の「あけぼの」第二号が編集されることになって、私は気持ちの支えが更に固められた思いになっている。これはやはり昭五会が持ち続けてきた言うに言えぬ或る力、又は或る心のあらわれなのであろうか。もうこの会は会員の命の存する限りは決して崩れることはなかろう。何と言ってもそ (3)

れは東北（山形県）出身の一人の甚だ教育に熱心な青年教師であった佐藤二郎先生を核として集まった生徒たちの、稀に見る濃密な結びつきの現実があったからである。関西育ちの大方の生徒たちと東北出身の教師とのその結合き、ふと私は不思議に思うこともある。それは遅れてその結合の中にはいった私の気おくれのせいもあるだろうが、もともと私はあの腰の強いなめらかな関西弁の発想を自分の根としていないことに原因することなのかも知れない。それにもか

かわらず、彼らの中にまざり込むとつい後先を忘れ、六年二組佐藤学級の時の神戸弁の世界に埋没してしまう自分を発見することも否定ができない。私も又まぎれもなく昭五会の磁場の中に引きつけられて居ることは確かなのである。

近く五十周年の総会が、言うまでもなく神戸に於いて開かれることになっているが、私は今その会合での若やぎを先取りしているような気分に置かれている。会報第一号は、卒業 (4)

直後に何人かがまだからだになじまぬ中学生の新制服を身にまとって母校の神戸小学校に集まり、編集やガリ切りそして印刷製本までを共にしてできたものであった。五十年前のその時の姿はなおまざまざと目に浮かんでくるが、何とも興味が深いのは、その第二号が、半世紀の歳月をあいだにしつつも、遂に発行されるに至ったことである。

# 神戸と島尾敏雄のえにし

島尾ミホ

　対話の時には言葉を選んでいるかのように間合いをおいて、訥々と静かに話すのを常とした島尾が、関西弁だと屈託なく表情まで生き生きと明るむのを見て、「この人は関西人」と私は思いました。彼は弟妹や関西出身の人と対する時は専ら関西弁でした。そして関西弁の時は気持ちまで如何にも自在げに見えました。西灘小学校、神戸小学校、兵庫県立商業学校を終え、長崎高商、九州大学を卒業して、軍務に服し、敗戦によって復員、更に二児の父親となるまでの長い歳月の間、彼の家は神戸にありましたから、関西人なのはいわずもがなといえるでしょう。

　島尾の両親は福島県相馬の出身でしたから、彼は小学校以来大学生となっても欠かすことなく毎年の夏休暇の期間を、相馬で生活するのが慣例となっていました。そしてその折に聞き覚えた訛りの強い東北弁を、土地の人たちの言葉の味わいを充分に身につけて話すことが出来ました。しかし話せたのであって、日常語として使用したのではありませんでした。東北弁は両親の故郷の言葉で、島尾にとっては掛け替えのない大切な父祖の地の言葉ではありますが、彼のお国言葉というには、躊躇いの思いが私にはあります。幼い時から成人に至るまでの間育まれた土地の言葉は血肉となって身に付き、生涯を通してなめらかに唇にのぼり、つまり母の舌といわれるものですから、その言葉を供与してくれた土地こそが故郷といえるのではないでしょうか、さすれば島尾敏雄にとっては関西弁こそまさしくお国言葉といえるように私には思えます。

　横浜と神戸に対して島尾は生涯を通じて愛着を抱き続けてきました。横浜は出生の地で (1)

あり、神戸は幼少期を過し、成人となり結婚して二児の父親になるまでの、人間形成に大切な時期を抱養してくれた場所であって、その間にえにしを得た友人知己が多勢いますから、神戸への望郷の念には彼の心の奥深いところで常に心弦をふるわせ続けたのでしょう。

長男が誕生した時「六甲」と命名したいと島尾は考えていました。ところが島尾の父が京都の生命判断で判じて貰った名が「伸三」だと示された時、父の意向を大切に思い「六甲」ではなく「伸三」と私達夫婦は決めました。自分の子に男子が出生したら「六甲」「女児の場合は「摩耶」と名付けたいと、結婚当初から希望していた島尾の心の裡を思い、私は長男が幼児の頃は「六甲さん」「六ちゃん」等とも呼びかけ、伸三は「はーい」と可愛い返事を返していました。

長女出生の折には島尾がかねがね望んでいた「摩耶」と名付けました。お七夜の祝いの日に若い父親は、弾む思いを胸裡満満に、島尾敏雄・ミホ・長女「島尾摩耶」と記載して、出生届を神戸市灘区役所に差出しました。ところが戦後の漢字制限で「耶」の字は使用出来ないと拒否され、不本意ながらも片仮名で「マヤ」と届けざるを得なかったと、島尾は如何にも残念そうでした。私たちは折ある毎に「摩耶山から頂戴したマヤですよ」とマヤに教えました。

島尾敏雄は勿論、両親、弟妹更に彼の妻子にとっても、神戸は神の御旨に導かれた深いえにしのさだめの地と思わずにはいられません。

復員後、神戸外大の助教授と山手女専の講師をしながら、島尾は文学への道を志しました。彼の文学活動は神戸六甲の家での執筆を起点にして展開していきました。処女作といわれている「島の果て」、戦後文学賞の第一回受賞作となった「出孤島記」、病床で苦しみながら書いた長篇小説「贋学生」等の他に

伸三（右）、卓郎（左）
神戸六甲にて
昭和26年（1951）10月７日
写真提供・島尾卓郎氏

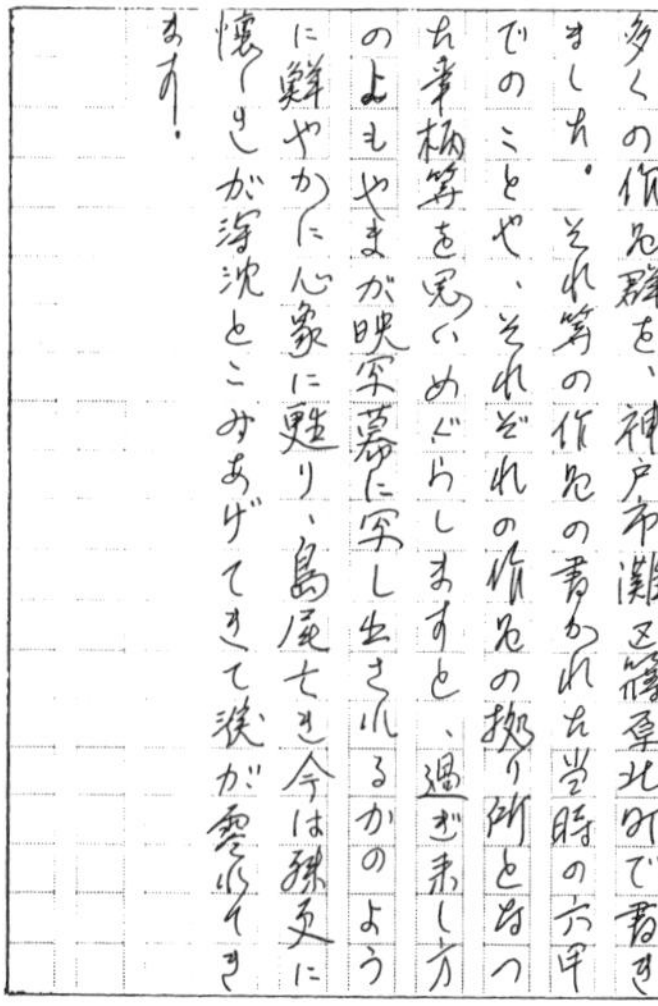

多くの作品群を、神戸市灘区篠原北町で書きました。それ等の作品の書かれた当時の六甲でのことや、それぞれの作品の拠り所となった事柄等を思いめぐらしますと、過ぎ来し方のよもやまが映写幕に写し出されるかのように鮮やかに心象に甦り、島尾亡き今は殊更に懐しさが滔沈とこみあげてきて涙が零れてきます。

（3）

# 文化会館時代のぼくのおとうさん

島尾伸三（しまお しんぞう）

## ブンカカンカン

四万人前後の名瀬に住んでいる全ての人、子どももおとなも、みんなが「文化会館」と呼んでいた一九五〇年代から一九六〇年代の、だれも本当の名前など気にしていなかったはずの、当時の鹿児島県名瀬市では一番大きなホールのあった、合衆国軍政府時代の「米琉文化会館」から「日米文化会館」となり、後の「鹿児島県立図書館奄美分館」に、ぼくのおとうさんは勤務するようになりました。ぼくが奄美小学校の三年生から四年生になる頃です。一九五八年頃だったでしょうか。

そこでは常に五人から七人程度の職員が働いていました。館長になるはずだった酔っぱらいの当田さん、死んだ館長だった人の奥さんの中平さん、謹厳実直居士の求（もとめ）さん、アルバイトで黒い学生服を着ていた東さん、はぎわらさん、得さん、等です。

公務員でも何でもなかった、奄美大島へやって来て人脈もなかったはずの、無職だったぼくのおとうさんが、そこへ勤務できるようになったのは、多分、新聞記者や小説の好きな人たちの、強い推薦が功を奏したのかもしれません。

その中の誰かが、

「こんな人材を放っておくのは、シマの損失だ」というようなことを、言っていたのを覚えています。それは、多分、たった一人しか居ない朝日新聞社名瀬支局の、支局長兼雑用係の西田さんだったはずです。

## 本館とホール

洋風の木造二階建てで青いペンキを塗った、瓦屋根だったはずで、小さなエントランスのある正面玄関を入った正面には、断面が五角形のガラスケースが四台ぐらいだったと思うのですが、その中に化石や陶器の破片の並べられていて、訪れる人がまるで少ない博物室、その後ろには書庫と宿泊室。右側には職員の働く机が並んだ事務室、その奥には館長室。左へ行くと二階へ上る広い階段があって、二階では高校生が勉強をしていたりする読書室でした。

古い木造家屋に特有の、日に焼けたような臭いがしている階段でした。

その建物の後ろに、舞台のあるホールが建てられてました。職員の求さんたちが、ホールの掃除をしている時に出くわしたことがあるのですが、舞台の下や、錆びた鉄のロッカーには、アメリカ時代のものが残されていて、職員の人と緑色のガラス瓶に黒い水が入っているのを見つけると、これは兵隊が好きなジュースだというので、栓を抜いて、飲み回しをしたのですが、薬のような味と臭いがするので、ぼくは吐き出してしまいましたし、残りの瓶も全てぼくも職員の人も、「腐っている」とか、なんとか言いながら、何でも食べてしまう飢えた時代だったのに、あれほど食べ物には意地汚かったにも係わらず、その不味さにすっかり怒って、全部捨ててしまいました。

一九六〇年代初頭に、大島高校に大きな体育館が出来ると、だいぶくたびれてきていた文化会館のホールはその中心的な役目から解放され、忘れられ、いつの間にか消えていったのでした。

## パイプの折り畳みイス

奄美幼稚園に通っていた妹のマヤは「ブンカカンカン」と言って、その施設が大好きでした。奄美小学校に通っているぼくも、いつも何か面白そうなものがありそうな文化会館が好きでした。

文化会館のホールには灰色に塗装された、鉄パイプを曲げ鉄板を溶接して作ってある折り畳みイスが、無造作にたくさん在って、運動会やメーデーの時には無料で貸し出されて、校庭で座ったままガタガタ引きずられてもイスたちは文句も言えずに、しっかり名瀬市民のお尻を支えていました。その中には、ウンチを川で済ませて、川の水で洗っている、貧しくてパンツをはいていない女の子や坊やたちのツルツルのお尻も、日本復帰運動に東奔西走した運動家たちの大きなお尻も、あったはずです。

当たり前に誰もが便利に勝手に使っていたので、学校や役所や町のあちらこちらで、返却しそこなったイスが、忘れられたかのように放置されたまま、寂しそうにしているのを見かけたものです。

信者たちが隣組どうしで競い合ったり工夫して演じる盛りだくさんの出し物と、お土産のお菓子の入った紙袋にひかれて、大勢の市民がやってくる、カトリック教会のクリスマス・パーティも、文化会館で行われていました。ええ、尊敬して止まないジェローム神父やルカ神父や、敬愛するユゼビュース神父、ひねくれ者のマリオン神父…真っ白な修道服に包まれた彼らの聖なる大きなお尻も、文化会館の鉄パイプのイスは、無言で支えていたのです。

そうそう、奄美大島はカトリック信者の多いシマで、村々には、ミニチュアのような小さなものから、大理石の祭壇がある大きなものまで、たくさんの聖堂が建てられていて、二〇〇七年現在も約三十の教会堂が点在します。

**映画会**

日本復帰後の一九六〇年代になってからも文化会館は、図書館業務だけでなくアメリカ合衆国の文化宣伝も行っていました。その中味は、ブリキの円盤形のフイルムケースを納めた四角い灰色の箱にはカーキ色のブックバンドのようなベルトが十字にかけてある、合衆国軍の兵士に配給する映画。同じ様な丈夫な箱にはタイムやライフなどのグラフ雑誌、大型辞書よりも厚くて大きなデパートのカタログ、趣味や歴史の書籍、アメリカ合衆国政府の方針を説明する日本語で紹介した冊子などが詰められていたのです。

それらは毎月決まった日に定期的に発送されてきて、二階で閲覧できました。おとうさんが廃棄処分になった雑誌やカタログや本をもらってきてくれたので、それを眺めるのが楽しみでした。写真のたくさん掲載された蒸気機関車や自動車の本、そして挿し絵や年表のある歴史の本を眺めるのが好きでした。

兵隊向けの映画が市民向けに、時々ホールで無料で上映されていました。奄美小学校と名瀬小学校の生徒は、先生に引率されると、アヒルの行列のように連れ立って、文化会館でアメリカの映画を、見に行っていました。その小学生のほとんどが、裸足でした。靴があるのに、ぼくも学校では素足になっていました。

映画はどうやら、白人向けと黒人向けに別々のセットになっていたらしく、白人向けのセットは、最初にフォスターの「草競馬」や、「星条旗よ永遠なれ」を音楽隊が演奏したりする、白人の歌のフイルムが上映されます。映画の最初の歌の時には、影絵や競馬場の場面の下の方には、五線譜の上を歌に合わせて黒い印が飛び跳ねるのを追いかけながら、小学生たちは手や足でリズムをとって大声で英語の歌を唄いました。だからといって、英語が理解できているわけではありませんでしたから、いい加減に自分の勝手な歌詞でうたうのです。

「オーブージョー♪」といった具合です。

次はニュース、そして教育フイルムか喜劇。真打ちには白人ばかりが出てくる「嵐が丘」や「風と共に去りぬ」のような映画です。山高帽を片手に踊る細い男の人と、白いヒラヒラしたスカートを履いたパーマネント頭の女の人が踊る映画もありました。音楽映画が多かったような気がします。

黒人向けは、黒人の歌とか「アポロ・サタデー・ナイト」というニューヨークの劇場の演奏会の様子を記録したもので、始まりにはその劇場の縦書きのネオンサインが写し出されるのでした。リトル・リチャードやチャック・ベリーを知りました。歌いながら気絶したりする人はジェイムス・ブラウンでした。その次に上映されるのが白人と同じニュース、そして黒くて痩せたネズミや、カバンを持った黒いネコが出てきて、めまぐるしく動き回るようなマンガか、短い喜劇でした。

真打ちは黒人ばかり出てくる、ミシシッピ川に浮かぶ蒸気船で歌う人や、タップダンスが沢山出てくる物語、といった音楽の映画がほとんどでした。中でも黒人哀歌（ブルース）の「マリアンアンダーソンの一生」とかいう映画は、ポーランド系アメリカ人のルカ神父が感激してみんなにすすめていたこともあって、おとうさんとおかあさんと妹も一緒に、何度も見ました。

## アメリカ合衆国か鹿児島県か

アメリカ合衆国国務省の代理で、メッドさんが数回、あるいは四、五回、文化会館の運営について視察にやって来ました。一九六〇年代前後の名瀬には日本復帰前のアメリカ合衆国の占領時代の多くの人や物が機能していました。英語の通訳をする人、タイプライターの小さな文字が並ぶ英語の書類が、文化会館にも市役所にもたくさん在りました。アメリカ時代の軍政府内に、翻訳局というのがあったそうです。当時の書類を見せてくれると言っていた、そこの職員だった徳さんは、二〇〇五年に亡くなりました。

アメリカ合衆国は全てに力強い大きな国だと信じられていたのです。林のアヤ様は、「ハゲ、ハグサンチバ（まあ、憎たらしい）」と言って、戦争に負けた途端、価値が百分の一になったり使えなくなったりする日本のお金は信用出来ないと怒っていましたし、永田橋に住んでいる賢い人は、沖縄からアメリカ製の商品を日本へ運ぶ密輸で儲けたお金を、米ドルに替えて沖縄に貯金をしているという噂でした。

文化会館の板の看板や、図書室や職員室の入口のプレートには、漢字と英語が併記されていました。おとうさんは、そこから、英語を消したいとメッドさんと交渉しているようでした。それは、象徴的なことで、多分、アメリカ政府のもっと多くの制約から解放されたいということだったのかも知れません。

しかし、メッドさんは、お金を出しているのはアメリカ合衆国政府だとか言っていたと、おとうさんが話していたような気がします。鹿児島県との身分を含めた調整も行われたかもしれません。おとうさんは、国家宣伝ばかりのアメリカ合衆国よりも、鹿児島県の下で「奄美図書館」と「奄美博物館」を誕生させたいと願っていたようです。しかし、奄美の独自性を嫌った鹿児島県は意地悪で、「県立図書館奄美分館」というところまでしか譲歩しなかったのです。

どうして、小学生のぼくがそんなことを知っているかっていうと、床に畳を敷いた宿直室に、十六ミリの映写機を持ち込んで、宿直室の壁に白い紙やシーツをかけて、小さな画面でチャック・ベリーやリトル・リチャードやジェイムス・ブラウンといった黒人の音楽の出てくるショート・フイルムを見せてもらったりしていたので、「県は、文化会館をつぶしたいみたいヨ」などという、そんな職員の人たちの雑談が耳に入っていたのです。

合衆国との交渉にも四苦八苦していたようで、「通訳が、こっちの意見を伝えないで、アメリカの顔色ばかりを気にして」と、おとうさんが、おかあさんに話していたのも覚えています。でも、やがてメッドさんとは奥さんと子どもたちも、家族ぐるみのつき合いとなりました。ぼくのおとうさんは、アメリカ人を好きではなかったみたいですが、メッドさんと知り合ったおかげで、徐々に敵国人だった人とも、人柄でつき合うようになったと思います。

メッドさんは、やがて東京の祐天寺という駅のある所に家族で住むようになり、ぼくの家族は、そこへ遊びに行くだけでなく、原因が分からない病気になってしまった妹のマヤは、二年ぐらいそこに住みながら、都内の病院へ通ったりしたほどです。高校生の夏休みにはぼくも、十日間ぐらい、メッドさんの家で遊ばせてもらいました。それはおかあさんの、社交的に開かれた性格がそうさせたのだと思います。

その夏、嚙みタバコをおぼえました。しかも、誰にも咎められることはありませんでしたが、アメリカ軍の基地の中にある店でしか売っていなかったので、それは習慣化する前に、空箱になると同時に終わりました。

メッドさんと家族は、アメリカへ行きたいためにメッドさんを中傷する嘘の報告書を書いた日本人女性によって、本国へ呼ばれて帰っていきました。

卑屈な態度の日本人女性は、アメリカへ行く時には、何と、出発前の面倒なことだけでなく、メッドさんに保証人なってもらっていたのです。

メッドさん家族と彼女を羽田空港へ見送りに行くと、メッドさんの上司のアメリカ人男性と一緒に飛行機に乗り込んだので、メッドさんは困惑していました。それを見た奥さんは、メッドさんと彼女にやましいことがないことを確信したようでした。

その日本人女性の挙動不審は、どの窓にもお尻を外に向けて飛び出させたエアコンディションがブーンブーンうるさく唸りっぱなしだった、東京のアメリカ大使館のビルの中で、一回しか合ったことのない高校生のぼくでさえ、落ち着きのない物腰だけでなく、「メッドさんもヘンリーさんもいません」というような、電話で嘘の返事をして、「どうして、そんなことを言うのですか」と、他の職員から文句を言われていることからも、あやしいと感じたのに、そこで働くアメリカ人達は、それに気付いていないようでした。さほど美人だとも思えない、成り振り構わず一所懸命に生きようとしているらしい背の低い彼女は、その後、どうなったのでしょうか。いったい、どこの、誰のために嘘をついたり、こそこそしなければならなかったのでしょうか。

アメリカ合衆国へ呼び戻された後、メッドさんたちは離婚したということでした。当時は小学校五年生ぐらいだった一人の女の子と、その下の二人の坊やは、どうなったのでしょうか。

## 何も知らない

ベトナム戦争の泥沼化が始まる頃のことです。

文化会館の隣には名瀬小学校があって、給食の時間になると、五年生や六年生が文化会館の掃除をやっていたのだそうです。おとうさんへ昼の弁当を届けに行った時に、何度か、掃除をしている小学生を見かけたことはあります。

早めに弁当を届けに行くと、職員とおとうさんが揃って体操をしていたりしました。「あんたの、おとうさんは…」って、当時、名瀬小学校の五年生だったという女の子が、「子どもにも、すっごく礼儀正しい人だったのよ」って、東京での奄美人の集まりで話してくれましたが、ぼくは見たことがないので、それがどんな様子だったのかは見当がつきません。

名瀬の留置所にいる人のために、なにか勉強会なのか、講義なのか、出かけていたということも、聞いたことがありますが、いまだに仔細は知りません。

奄美の郷土研究会の方々が、おとうさんを偲ぶ会を料亭で開いて、おかあさんとぼくが招待されました。そこでのお招きのお礼の挨拶で、「みなさんが羨ましいです。子どもだった私は、父が何をしていたのか全くわからないからです」というようなことしか言えませんでした。おとうさんが死んだのは一九八六年十一月のはずですから、その翌年あたりだったはずです。その方々も多くは亡くなられたと聞いています。

沖縄タイムスが主催して下さった偲ぶ会でも、ぼくはただの酒飲みで、集まった方々にまるで面識がありませんでした。東京での偲ぶ会でも、知っている人はあまり居ませんでした。おとうさんの知り合いは眩しい人ばかりで、住む世界が違ったのです。ぼくは、おとうさんの仕事や行状など、何も知らないに等しいのです。

加えて、寺内邦夫さんが、神戸のおじいちゃんのことを調べるために、大阪府南河内郡から遠方の世田谷の拙宅までお出かけ下さったのに、何も知らなくて、教えて頂くことばかりでした。

この度の寺内邦夫さんのご本への文章は、単に遺族というだけで、ご苦労の結晶の飾りに添えていただけるのでしょうが、ご期待通りのお役に立てないことをお詫びしなければなりません。

おとうさんが文化会館に勤務し始めた頃を振り返ってみましたが、駄文で申し訳ありません。

（写真家・作家）

# 『島尾紀』参考文献目録

※本文中の「注」「資料」「補記」に掲げた文献については割愛した。
スペースの都合により資料の漢数字を算用数字で示した。
引用文が複数箇所にわたる場合、作品名・著書を初出に示した。

| 頁 | 作品名 | 著書 | 著者 | 出版社名 | 発行日 | 引用箇所・頁 |
|---|---|---|---|---|---|---|
| | 【九州大学最後の夏休み】 | | | | | |
| 3 | 出孤島記 | 島尾敏雄　戦争小説集 | 島尾敏雄 | 冬樹社 | | 参照 |
| 3 | 出発は遂に訪れず | 〃 | 〃 | 〃 | | 〃 |
| 3 | その夏の今は | 〃 | 〃 | 〃 | | 〃 |
| 3 | | 魚雷艇学生 | 〃 | 新潮社 | 昭60（一九八五）8・10 | 〃 |
| 3 | | 震洋発進 | 〃 | 潮出版社 | 平7（一九九五）3・30 | 〃 |
| 3 | （復員）国やぶれて | 群像1987-1月号 | 〃 | 講談社 | 昭62（一九八七）12 | 〃 |
| 4 | 日記 | 前途 | 庄野潤三 | 〃 | 昭43（一九六八）10・12 | 〃 |
| 4 | 雪・ほたる | 文学交友録 | 〃 | 新潮社 | 平7（一九九五）3・30 | 〃 |
| 4 | 卒業論文草稿 | 幼年記 | 島尾敏雄 | 弓立社 | 昭52（一九七七）3・20 | 〃 |
| 4 | | 幼年記　自家版 | 島尾敏雄 | こをろ | 昭18（一九四三）8・25 | 〃 |
| 5 | 昭18（一九四三）7・6日記 | 前途 | 庄野潤三 | 講談社 | 昭43（一九六八）10・12 | p219 220 |

| | | | | | | |
|---|---|---|---|---|---|---|
| 6 | 詩　戦友別盃の歌 | | 大木惇夫 | 陣中新聞「赤道報」 | | 掲載 |
| 7 | 九州帝大生の頃の回想 | 透明な時の中で | 島尾敏雄 | 潮出版社 | 昭63（一九八八）1・30 | p100 |
| 8 | かかとの腫れ | 魚雷艇学生 | 〃 | 新潮文庫 | 昭60（一九八五）8・10 | p62 63 |
| 8 | 昭18（一九四三）4・21日記 | 前途 | 庄野潤三 | 講談社 | 昭43（一九六八）10・12 | p151 |
| 9 | 昭18（一九四三）7・12日記 | 戦争日記（暗黒日記） | 清沢洌 | 岩波文庫 | 平2（一九九〇）7・16 | |
| 10 | 昭18（一九四三）7・9日記 | 前途 | 庄野潤三 | 講談社 | 昭43（一九六八）10・12 | p226 |
| 13 | 昭18（一九四三）8・14日記 | 〃 | 〃 | 〃 | 〃 | p247 |
| 13 | 篠原北町 | 島尾敏雄作品集月報 | 庄野潤三 | | | |
| 15 | 対談 | 特攻体験と戦後 | 島尾敏雄・吉田満 | 中央公論社 | 昭53（一九七八）8・15 | p13 |
| 16 | 昭18（一九四三）8・17日記 | 前途 | 庄野潤三 | 講談社 | 昭43（一九六八）10・12 | p251 |
| 17 | 私の内部に残る断片 | 島尾敏雄全集第14巻 | 島尾敏雄 | 晶文社 | 昭57（一九八二）7・25 | p295 296 |
| 18 | 伊東静雄との通交 | 〃 | 〃 | 〃 | 〃 | p303 304 |
| 19 | 昭18（一九四三）8・19 | 前途 | 庄野潤三 | 講談社 | 昭43（一九六八）10・12 | p254 255 |
| 21 | 元代回鶻人の研究一節 | 幼年記 | 島尾敏雄 | 弓立社 | 昭52（一九七七）3・20 | p553 |
| 22 | 昭18（一九四三）5・24日記 | 前途 | 庄野潤三 | 講談社 | 昭43（一九六八）10・12 | p175 176 |
| 22 | 昭18（一九四三）8・20日記 | 〃 | 〃 | 〃 | 〃 | p256 |
| 22 | 昭18（一九四三）8・24日記 | 〃 | 〃 | 〃 | 〃 | p258 |
| 22 | 昭18（一九四三）8・25日記 | 〃 | 〃 | 〃 | 〃 | p259 260 |
| 23 | インタビュー　回帰の想念・ヤポネシア | | 島尾敏雄 | 中国 | 昭45（一九七〇）5 | 参照 |

| | | | | | | |
|---|---|---|---|---|---|---|
| 24 | 私の卒業論文 | 過ぎゆく時の中で | 〃 | 新潮社 | 昭58（一九八三）3 | p 136 |
| 25 | 東洋史の入り口で | 島尾敏雄全集第13巻 | 〃 | 晶文社 | 昭57（一九八二）5・25 | p 251 252 253 |
| 26 | 重松先生の思い出　白墨の字 | 重松先生古稀記念九州大学東洋史論集 | 庄野潤三 | 研究室 | 昭32（一九五七）7 | 参照 |
| 27 | 重松教授の不肖の弟子たち | 島尾敏雄全集第13巻 | 島尾敏雄 | 晶文社 | 昭57（一九八二）5・25 | p 203 |
| 27 | 日野先生『東洋史学論集』刊行に寄せて | 過ぎゆく時の中で | 〃 | 新潮社 | 昭58（一九八三）3 | p 200 |
| 30 | 幼年記のあとがき・奥付 | こをろ | 〃 | こをろ | 昭18（一九四三）8・25 | 巻末 |
| 32 | 昭18（一九四三）3・10日記 | 前途 | 庄野潤三 | 講談社 | 昭43（一九六八）10・12 | p 112 |
| 32 | 昭18（一九四三）6・8日記 | 〃 | 〃 | 〃 | 〃 | p 194 195 |
| 32 | 昭18（一九四三）8・17日記 | 〃 | 〃 | 〃 | 〃 | p 251 |
| 32 | 昭18（一九四三）8・20日記 | 〃 | 〃 | 〃 | 〃 | p 256 |
| 33 | 昭18（一九四三）8・30日記 | 〃 | 〃 | 〃 | 〃 | p 267～269 |
| 34 | 昭18（一九四三）9・1日記 | 〃 | 〃 | 〃 | 〃 | p 270 |
| 34 | 昭18（一九四三）1・6日記 | 昭和18年日記抄 | 島尾敏雄 | 潮出版社 | 昭56（一九八一）5 | p 130 |
| 34 | 昭18（一九四三）1・15日記 | 〃 | 〃 | 〃 | 〃 | p 137 |
| 34 | 昭18（一九四三）1・17日記 | 〃 | 〃 | 〃 | 〃 | p 139 |
| 34 | 昭18（一九四三）9・2日記 | 〃 | 〃 | 〃 | 〃 | p 273 274 |
| 36 | 昭18（一九四三）9・3日記 | 前途 | 庄野潤三 | 講談社 | 昭43（一九六八）10・12 | p 275 276 |
| 37 | 沈復の浮生六記 | 島尾敏雄全集第14巻 | 島尾敏雄 | 晶文社 | 昭57（一九八二）7・25 | p 72 |
| 37 | 昭16（一九四一）7・16満州日記 | 島尾敏雄全集第1巻 | 〃 | 〃 | 昭56（一九八一）5・25 | p 412 |

| | | | | | | |
|---|---|---|---|---|---|---|
| 37 | 昭18（一九四三）9・4日記 | 前途 | 庄野潤三 | 講談社 | 昭43（一九六八）10・12 | p278～283 |
| 39 | 昭18（一九四三）9・5日記 | 前途 | 〃 | 〃 | 〃 | p283～285 |
| **【掌編『はまべのうた』到来記】** | | | | | | |
| 51 | はまべのうた | 島尾敏雄全集第2巻 | 島尾敏雄 | 晶文社 | 昭55（一九八〇）5・25 | p25 |
| 52 | 出孤島記 | 島尾敏雄全集第6巻 | 〃 | 〃 | 昭56（一九八一）1・25 | p240 |
| 53 | 秘蔵の書13 | 一冊の本 | 島尾ミホ | 朝日新聞社 | 平9（一九九七）10 | 参照 |
| 53 | 出孤島記 | 島尾敏雄全集第6巻 | 島尾敏雄 | 晶文社 | 昭56（一九八一）1・25 | p235 |
| 54 | 加計呂麻島敗戦日誌 | 新潮　平成9年9月号 | 島尾敏雄 | 新潮社 | 平9（一九九七）9・1 | p190 |
| 56 | | 島尾敏雄II | 島尾ミホ・他 | かたりべ叢書30 | 平2（一九九〇）4・18 | p6 8 9 10 11 |
| 56 | | 昭和万葉集巻6 | | 講談社 | 昭54（一九七九）2・8 | p265 |
| 57 | | 島尾敏雄 | 島尾ミホ・他 | かたりべ叢書25 | 平1（一九八九）4・18 | p9 10 11 |
| 57 | 幼年記　解説 | 幼年記 | 島尾敏雄 | 弓立社 | 昭48（一九七三）11・30 | p629 |
| 63 | 対談　極限の中の青春 | 夢と現実 | 島尾敏雄・小川国夫 | 筑摩書房 | 昭51（一九七六）12・15 | p23 24 |
| 64 | 日本戦没学生の手記 | きけわだつみの声 | | 岩波書店 | 昭52（一九八二）7・16 | 参照 |
| 66 | 『はまべのうた』論 | 甲南大学紀要 | 髙阪薫 | 甲南大学 | 平9（一九九七）3 | 〃 |
| 66 | | 島尾敏雄論 | 岩谷征捷 | 近代文芸社 | 昭57（一九八二）8・10 | p114 |
| 67 | 死のコンボイ | 決死の時代と遺書 | 森岡清美 | 吉川弘文館 | 平3（一九九一）12・16 | p93 |
| 67 | 震洋の横穴 | 震洋発進 | 島尾敏雄 | 潮出版社 | 昭62（一九八七）7・10 | p11 |

| | | | | | | |
|---|---|---|---|---|---|---|
| 68 | 対談 | 戦後の戦争文学を読む | 高橋源一郎・川村湊・成田龍一 | 朝日新聞社 | 平11（一九九九） | 参照 |
| 70 | 二十九年目の死 | 島尾敏雄全集第15巻 | 島尾敏雄 | 晶文社 | 昭57（一九八二）9・25 | p219 |
| 70 | 或る特攻部隊のてん末 | 新潮　平成9年9月号 | 島尾敏雄 | 新潮社 | 平9（一九九七）9・1 | p200 201 |
| 71 | | 出孤島記 | 島尾敏雄 | 冬樹社 | 昭49（一九七四）8・1 | p360 |
| 72 | 解説 | 出孤島記 | 奥野健男 | 〃 | 〃 | p497 |
| **【島尾マヤさんの葬送】** | | | | | | |
| 83 | 爆弾の痕 | 島尾敏雄 | 島尾伸三 | 鼎書房 | 平12（二〇〇〇）12・20 | p140 |
| 83 | マヤと一緒に | 島尾敏雄全集第6巻 | 島尾敏雄 | 晶文社 | 昭56（一九八一）1・25 | p48 |
| 83 | 父島尾敏雄の知られざる一面 | 島尾敏雄 | 島尾マヤ | 鼎書房 | 平12（二〇〇〇）12・20 | p158 |
| 84 | | 死の棘 | 島尾敏雄 | 新潮社 | 平17（二〇〇五）3・3 | p108 109 |
| 85 | 魔的なものの力 | 島尾敏雄研究 | 三島由紀夫 | 冬樹社 | 昭51（一九七六）11・30 | p30 31 |
| 85 | 芸術選奨　受賞感想 | 島尾敏雄による島尾敏雄 | 〃 | 青銅社 | 昭56（一九八一）6・25 | p134 |
| 85 | | 島尾敏雄事典 | | 勉誠出版 | 平12（二〇〇〇）7・1 | 参照 |
| 85 | | 海辺の生と死 | 島尾ミホ | 創樹社 | 昭49（一九七四）7・25 | 参照 |
| 87 | 映像小説 | ドルチェ―優しく | A・ソクーロフ | 岩波書店 | 平13（二〇〇一）5・2 | p184 185 |
| 87 | | 星の棲む島 | 島尾伸三 | 〃 | 平10（一九九八）8・16 | p250 251 |
| 90 | | 離島の幸福・離島の不幸 | 島尾敏雄 | 未来社 | 昭35（一九六〇）4・30 | 参照 |
| 90 | マヤと一緒に | 島尾敏雄全集第6巻 | 〃 | 晶文社 | 昭56（一九八一）1・25 | p68 |

**【島尾敏雄に導かれて南島めぐり】**

| | | | | | | |
|---|---|---|---|---|---|---|
| 96 | 請島の結婚式 | 島尾敏雄全集第16巻 | 島尾敏雄 | 晶文社 | 昭57（一九八二）11・25 | p169 170 171 174 |
| 115 | 徳之島航海記　作成の経緯 | 島尾敏雄全集第14巻 | 〃 | 〃 | 昭57（一九八二）7・25 | p188 |
| 117 | 海南小記 | 柳田國男全集第1巻 | 柳田國男 | ちくま文庫 | 平1（一九八九）9・26 | p343 |
| 125 | 徳之島航海記 | 出孤島記 | 島尾敏雄 | 冬樹社 | 昭49（一九七四）8・1 | p270 271 278 288 292 296 |
| 129 | 奄美大島古謡 | | 島尾ミホ談 | | | |
| 131 | 沖縄脱出兵と沖縄奪還クリブネ挺身隊 | 奄美郷土研究会報38号 | 菊池保夫 | | | 参照 |
| 132 | 徳之島航海記 | 出孤島記 | 島尾敏雄 | 冬樹社 | 昭49（一九七四）8・1 | p269 272 278 281 291 |
| 135 | 星くずの下で | 〃 | 〃 | 〃 | 〃 | p222 |

**【島尾敏雄と大阪】**

| | | | | | | |
|---|---|---|---|---|---|---|
| 140 | 政権を亡す宿命の都 | ふるさと文学館32号大阪 | 司馬遼太郎 | ぎょうせい | 平5（一九九三）9・15 | p195 |
| 141 | 重松教授の不肖の弟子たち | 島尾敏雄全集第13巻 | 島尾敏雄 | 晶文社 | 昭57（一九八二）5・25 | p199 |
| 142 | 私の受験時代 | 島尾敏雄全集第14巻 | 〃 | 〃 | 昭57（一九八二）7・25 | p106 107 |
| 144 | 名瀬だより | 庄野潤三全集第10巻 | 庄野潤三 | 講談社 | 昭53（一九七八） | p279 |
| 144 | 昭和17年12月30日日記 | 前途 | 〃 | 〃 | 昭43（一九六八）10・12 | p66 |
| 144 | | 硝子障子のシルエット | 島尾敏雄 | 講談社 | 平1（一九八九）10・10 | p62 |
| 145 | 昭和18年日記 | 日記抄 | 〃 | 潮出版社 | 昭56（一九八一）6・25 | p128 |
| 145 | 私の内部に残る断片 | 島尾敏雄全集第14巻 | 〃 | 晶文社 | 昭57（一九八二）7・25 | p295 |
| 145 | 昭和18年8月17日日記 | 前途 | 庄野潤三 | 講談社 | 昭43（一九六八）10・12 | p250 251 252 |

| | | | | | | |
|---|---|---|---|---|---|---|
| 146 | 私の内部に残る断片 | 島尾敏雄全集第14巻 | 島尾敏雄 | 晶文社 | 昭57（一九八二）7・25 | p295 296 |
| 147 | 伊東静雄との通交 | 〃 | 〃 | 〃 | 〃 | p304 |
| 147 | 伊東さんのこと | 島尾敏雄全集第13巻 | 〃 | 〃 | 昭57（一九八二）5・25 | p231 |
| 148 | 葉書　昭和18年11月　島尾宛 | 定本伊東静雄全集 | 伊東静雄 | 人文書院 | 昭46（一九七一）11・25 | p460 |
| 148 | 葉書　昭和18年11月22日　島尾宛 | 〃 | 〃 | 〃 | 〃 | p461 |
| 149 | 葉書　昭和19年1月11日　島尾宛 | 〃 | 〃 | 〃 | 〃 | p463 |
| 149 | 葉書　昭和19年3月27日　島尾宛 | 〃 | 〃 | 〃 | 〃 | p466 |
| 150 | 伊東静雄との通交 | 島尾敏雄全集第14巻 | 島尾敏雄 | 晶文社 | 昭57（一九八二）7・25 | p304 |
| 150 | 葉書　昭和19年3月27日　富士宛 | 〃 | 〃 | 〃 | 〃 | p466 |
| 151 | | 庄野潤三ノート | 阪田寛夫 | 冬樹社 | 昭50（一九七五）5・5 | p67 68 |
| 152 | | けい子ちゃんのゆかた | 庄野潤三 | 新潮社 | 平17（二〇〇五）4・30 | p82 |
| 152 | 伊東静雄と日本浪曼派 | 富士正晴全集第3巻 | 富士正晴 | 岩波書店 | 昭63（一九八八）9・6 | p356 |
| 157 | 伊東日記 | 定本伊東静雄全集 | 伊東静雄 | 人文書院 | 昭46（一九七一）11・25 | p276 291 |
| 157 | 昭19（一九四四）12・9日記 | 定本伊東静雄全集 | 伊東静雄 | 人文書院 | 昭46（一九七一）11・25 | p291 |
| 158 | 伊東静雄氏を悼む | 伊東静雄研究 | 三島由紀夫 | 思潮社 | 昭46（一九七一）12・1 | p128 |
| 159 | 伊東静雄の詩 | 〃 | 〃 | 〃 | 〃 | p671 |
| 159 | | 三島由紀夫日録 | 安藤武 | 未知谷 | 平8（一九九六）4・25 | p62 |

| | | | | | | |
|---|---|---|---|---|---|---|
| 160 | | 三島由紀夫伝説 | 奥野健男 | 新潮文庫 | 平12（二〇〇〇）11・1 | p169 |
| 161 | 三島由紀夫年譜 | 鑑賞日本現代文学23 三島由紀夫 | | 角川書店 | 昭55（一九八〇）11・30 | p392 |
| 161 | | 級友三島由紀夫 | 三谷信 | 中央公論社 | 平11（一九九九）12・18 | p176 |
| 162 | 詩を書く少年〈三島由紀夫〉 | イロニア10号 | 林富士馬 | 新学社 | 平7（一九九五）10・20 | p77 |
| 162 | 私の内部に残る断片 | 島尾敏雄全集第14巻 | 島尾敏雄 | 晶文社 | 昭57（一九八二）7・25 | p296 |
| 163 | 伊東静雄との通交 | 〃 | 〃 | 〃 | 〃 | p305 |
| 163 | 詩　想起来 | 島尾敏雄詩集 | 〃 | 深夜叢書 | 昭62（一九八七）7・1 | p80 |
| 163 | ロング・ロング・アゴウ | 出孤島記戦争小説集 | 〃 | 冬樹社 | 昭49（一九七四）8・1 | p109 |
| 164 | 詩　月下の別れ | 島尾敏雄詩集 | 〃 | 深夜叢書 | 昭62（一九八七）7・1 | p82 |
| 166 | | 魚雷艇学生 | 〃 | 新潮社 | 昭60（一九八五）8・10 | p97 98 |
| 168 | | 南山踏雲録　保田与重郎文庫13 | 保田与重郎 | 新学社 | 平12（二〇〇〇）10・8 | 参照 |
| 169 | 我が詩をよみて人死に就けり | 高村光太郎 | 高村光太郎 | ミネルヴァ書房 | 平15（二〇〇三）10・10 | p227 |
| 170 | 詩　出陣―川棚の訓練所を発つ | 島尾敏雄詩集 | 島尾敏雄 | 深夜叢書 | 昭62（一九八七）7・1 | p81 |
| 170 | 詩　海戦想望 | 定本伊東静雄全集 | 伊東静雄 | 人文書院 | 昭46（一九七一）11・25 | p84 |
| 172 | | VIKING15号 | 富士正晴編集 | 富士正晴記念館蔵 | 昭25（一九五〇）3・1 | 参照 |
| 172 | | 魚雷艇学生 | 島尾敏雄 | 新潮社 | 昭60（一九八五）8・10 | p69 |
| 172 | 詩　春のいそぎ | 定本伊東静雄全集 | 伊東静雄 | 人文書院 | 昭46（一九七一）11・25 | p73 |

| | | | | | | |
|---|---|---|---|---|---|---|
| 173 | 幼年記 解説 | 幼年記 | 島尾敏雄 | 弓立社 | 昭52(一九七七)3・20 | p628 |
| 174 | | 島尾敏雄論 | 松岡俊吉 | 泰流社 | 昭52(一九七七)10・1 | p336 |
| 175 | 日記 昭和20年8月28日 | 定本伊東静雄全集 | 伊東静雄 | 人文書院 | 昭46(一九七一)11・25 | p325 |
| 177 | 伊東静雄との通交 | 島尾敏雄全集第14巻 | 島尾敏雄 | 晶文社 | 昭57(一九八二)7・25 | p306 307 |
| 178 | 詩人の存在―忘れえぬこと | 〃 | 〃 | 〃 | 〃 | p255 |
| 179 | 島尾敏雄日記 5月26日の記 | 島尾敏雄全集第13巻 | 〃 | 〃 | 昭52(一九八二)5・25 | p13 |
| 180 | 伊東静雄 | 伊東静雄研究 | 富士正晴 | 思潮社 | 昭46(一九七一)12・1 | p94 |
| 181 | わたしの戦後 | 富士正晴作品集1 | 〃 | 岩波書店 | 昭63(一九八八)7・6 | p374 |
| 181 | 文部省・新教育指針 | 日本史資料 下 | | 日本法令出版 | 昭48(一九七三)9・5 | p23 |
| 181 | | 住吉中学新聞2号 | 現住吉高校同窓会 所蔵 | | | 参照 |
| 182 | 伊東静雄との通交 | 島尾敏雄全集第14巻 | 島尾敏雄 | 晶文社 | 昭57(一九八二)7・25 | p310 311 |
| 183 | | 文学交友録 | 庄野潤三 | 新潮社 | 平7(一九九五)3・30 | p165 |
| 183 | 敗戦直後の神戸の町なかで | 過ぎゆく時の中で | 島尾敏雄 | 〃 | 昭58(一九八三)3 | p144 145 |
| 183 | 同人雑誌四十年 | 富士正晴作品集1 | 富士正晴 | 岩波書店 | 昭63(一九八八)7・6 | p450 |
| 184 | 林富士馬氏への返事 | 島尾敏雄全集第13巻 | 島尾敏雄 | 晶文社 | 昭57(一九八二)5・25 | p99 |
| 186 | 伊東静雄との通交 | 島尾敏雄全集第14巻 | 島尾敏雄 | 晶文社 | 昭57(一九八二)7・25 | p308～310 |
| 187 | 伊東静雄の詩 | 伊東静雄研究 | 三島由紀夫 | 思潮社 | 昭46(一九七一)12・1 | p673 |
| 187 | 詩 帰路 | 定本伊東静雄全集 | 伊東静雄 | 人文書院 | 昭46(一九七一)11・25 | p120 |
| 187 | 伊東静雄との通交 | 島尾敏雄全集第14巻 | 島尾敏雄 | 晶文社 | 昭57(一九八二)7・25 | p312 |
| 188 | 伊東静雄との通交 | 〃 | 〃 | 〃 | 〃 | p310 |

| | | | | | | |
|---|---|---|---|---|---|---|
| 189 | | 回想　開高健 | 谷沢永一 | PHP研究所 | 平11（一九九九）1・19 | p195 |
| 191 | 久坂葉子の誕生と死亡 | 久坂葉子作品集　女 | 久坂葉子 | 六興出版 | 昭53（一九七八）12・31 | p8 9 |
| 193 | 私の遍歴時代 | 三島由紀夫全集第30巻 | 三島由紀夫 | 新潮社 | 昭50（一九七五）10・25 | p432 433 |
| 195 | 紙魚の退屈 | 富士正晴作品集1 | 富士正晴 | 岩波書店 | 昭63（一九八八）7・6 | p404〜406 |
| 195 | 多少の縁―三島由紀夫 | 島尾敏雄全集第15巻 | 島尾敏雄 | 晶文社 | 昭57（一九八二）9・25 | p250〜252 |
| 198 | 極楽人ノート | 富士正晴作品集1 | 富士正晴 | 岩波書店 | 昭63（一九八八）7・6 | p411 |
| 198 | ヴァイキング族は今のこんにちにおいて何をなすべきか | VIKING24号 | 富士正晴編集 | 富士正晴記念館 | 昭25（一九五〇）12・1 | 参照 |
| 198 | 書簡　ヴァイキングへの提案 | VIKING25号 | 〃 | 〃 | 昭26（一九五一）1・1 | 〃 |
| 200 | キャップスコーナー | VIKING26号 | 〃 | 〃 | 昭26（一九五一）2・1 | 〃 |
| 201 | ヴァイキング事情解説 | 島尾敏雄事典 | 廣重聰 | 勉誠出版 | 平12（二〇〇〇）7・1 | p158 |
| 201 | | 富士正晴略年表 | | 富士正晴記念館 | | p42 |
| 201 | 徴用老人列伝 | 富士正晴作品集1 | 富士正晴 | 岩波書店 | 昭63（一九八八）7・6 | p322 |
| 201 | | 文学交友録 | 庄野潤三 | 新潮社 | 平7（一九九五）3・30 | p169 170 |
| 202 | 伊東静雄との通交 | 島尾敏雄全集第14巻 | 島尾敏雄 | 晶文社 | 昭57（一九八二）7・25 | p312〜314 |
| 203 | 林富士馬氏への返事 | 島尾敏雄全集第13巻 | 〃 | 〃 | 昭57（一九八二）5・25 | p100 |
| 203 | 対談　島尾敏雄の原風景 | 内にむかう旅 | 島尾敏雄・奥野健男 | 泰流社 | 昭51（一九七六）11・30 | p85 |
| 204 | むかしの五枚の原稿 | 環59号 | 岡見裕輔 | | 昭59（一九八四） | 参照 |

## 【島尾敏雄と東北のえにし】

| | | | | | | |
|---|---|---|---|---|---|---|
| 210 | | 明治・大正・昭和　軍隊マニュアル | 一ノ瀬俊也 | 光文社新書 | 平16（二〇〇四） | 参照 |
| 211 | | 徴兵制 | 大江志乃夫 | 岩波書店 | 昭56（一九八一）3・5 | 〃 |
| 212 | 五十年目の昭五会会報 | あけぼの第2号卒業五十周年記念号 | 昭五会編 | | 昭56（一九八一）4 | 〃 |
| 215 | 島尾敏雄への私情 | 半眼抄 | 若杉慧 | 木耳社 | 昭47（一九七二）9・10 | p310 311 |
| 215 | 侍従をお迎えして | 志ほら12号 | 神戸市初等教育研究会編 | | | 参照 |
| 216 | 思い起す事ども抄 | あけぼの第2号卒業五十周年記念号 | 佐藤二郎　昭五会編 | | 昭56（一九八一）4・1 | 〃 |
| 219 | この頃の生活 | あけぼの第1号 | 島尾敏雄　昭五会編 | | 昭5（一九三〇）7 | 〃 |
| 221 | 老開拓者のつぶやき | 西根開拓農業協同組合誌 | 佐藤二郎 | | | 〃 |
| 222 | | 今はむかし第2集 | 西根地区文化振興会 | | 平10（一九九八）2 | 〃 |
| 224 | 開拓の苦労 | 〃 | 長井市長　目黒栄樹 | | 〃 | 〃 |
| 225 | 昭五会三十周年記年号に寄せて | | 佐藤二郎 | | 昭35（一九六〇） | 〃 |
| 226 | 島尾君 | あけぼの第1号 | 村田順一郎　昭五会編 | | 昭5（一九三〇）7 | 〃 |

| | | | | | | |
|---|---|---|---|---|---|---|
| 227 | 過去をかえりみて | 〃 | 島尾敏雄 昭五会編 | | 〃 | 〃 |
| 228 | 『あけぼの』命名の志すもの | 〃 | 佐藤二郎 昭五会編 | | 〃 | 〃 |
| 228 | 永遠の友 | あけぼの第3号卒業六十周年記念号 | 炭竈達朗 昭五会編 | | 平1(一九八九)7 | 〃 |
| 230 | どうして小説を私は書くか | 島尾敏雄全集第14巻 | 島尾敏雄 | 晶文社 | 昭57(一九八二)7・25 | p262 |
| 230 | 対談　島尾敏雄の原風景 | 内にむかう旅 | 島尾敏雄・奥野健男 | 泰流社 | 昭51(一九七六)11・30 | p35 |
| 230 | 私の中の神戸 | 島尾敏雄全集第14巻 | 島尾敏雄 | 晶文社 | 昭57(一九八二)7・25 | p135 136 |
| 232 | 老先生と背広姿のヨイコ再会への招待 | | 神戸新聞 | | 昭25(一九五〇)3・20 | 参照 |
| 234 | 対談　狩野学と大西章輔 | あけぼの第3号卒業六十周年記念号 | 昭五会編 | | 平1(一九八九)7 | 〃 |
| 235 | 会員の命の存する限り | 〃 | 島尾ミホ 昭五会編 | | 〃 | 〃 |
| **【シルク貿易の父・島尾四郎とその家族】** | | | | | | |
| 243 | 父その一 | 忘却の底から | 島尾敏雄 | 晶文社 | 昭58(一九八三)4・30 | p77 78 |
| 244 | | 繭と生糸の近代史 教育社歴史新書134 | 滝沢秀樹 | 教育社 | 昭54(一九七九)7・20 | 参照 |
| 246 | | シルクの知識 | 日本絹業協会 | | 平16(二〇〇四)6・1 | 〃 |
| 247 | 図「蚕の一生」 | 〃 | 〃 | | 〃 | 〃 |

| | | | | | | |
|---|---|---|---|---|---|---|
| 247 | 図「繭から生糸ができるまで」 | 〃 | 〃 | | 〃 | 〃 |
| 248 | 父その二 | 忘却の底から | 島尾敏雄 | 晶文社 | 昭58（一九八三）4・30 | p84 |
| 249 | | 小手風土記　復刻版 | 山根正 | 歴史図書社 | 昭54（一九七九） | 参照 |
| 251 | 大阪堀越神社御由緒書 | | リーフレット | 堀越神社 | | 〃 |
| 253 | | 福沢諭吉全集第9巻 | 福沢諭吉 | 岩波書店 | 昭46（一九七一） | 参照 |
| 253 | 県調査官の報告 | 小高町史 | 小高町 | | 昭50（一九七五）12 | p57 |
| 253 | 小高町の産業革命 | 〃 | 〃 | | 〃 | p508 |
| 254 | 父その二 | 忘却の底から | 島尾敏雄 | 晶文社 | 昭58（一九八三）4・30 | p83 84 85 |
| 254 | | 将来之東北　復刻版 | 半谷清壽 | モノグラム社 | 昭52（一九七七）11・3 | 参照 |
| 255 | 養蚕本論 | 〃 | 〃 | 〃 | 〃 | 〃 |
| 255 | 父その二 | 忘却の底から | 島尾敏雄 | 晶文社 | 昭58（一九八三）4・30 | p85 |
| 255 | 大井史　おおい | 福島県相馬大井史 | 大井史編纂委員会 | | 平14（二〇〇二）3 | p413 |
| 258 | 父その二 | 忘却の底から | 島尾敏雄 | 晶文社 | 昭58（一九八三）4・30 | p85 |
| 259 | | 明治維新とイギリス人 | 杉山伸也 | 岩波書店 | 昭5（一九三〇）7 | p26 |
| 261 | | 横浜成功名誉鑑 | 横浜商況新報社 | | 明42（一九〇九）10 | p149 |
| 263 | 父その二 | 忘却の底から | 島尾敏雄 | 晶文社 | 昭58（一九八三）4・30 | p86 87 |
| 266 | 私の中の横浜 | 透明な時の中で | 〃 | 潮出版社 | 昭63（一九八八）1・30 | p9 |
| 267 | 格子の目 | 島尾敏雄全集第2巻 | 〃 | 晶文社 | 昭55（一九八〇）5・25 | p56 |
| 269 | | 続　日の移ろい | 〃 | 中央公論社 | 昭61（一九八六）8・25 | p100 |

| | | | | | | |
|---|---|---|---|---|---|---|
| 269 | 私の中の横浜 | 透明な時の中で | 〃 | 潮出版社 | 昭63（一九八八）1・30 | p 12 |
| 270 | 私の中の横浜 | 〃 | 〃 | 〃 | 〃 | p 10 |
| 270 | 僕のお母さん | 島尾敏雄全集第1巻 | 〃 | 晶文社 | 昭56（一九八一）5・25 | p 15 |
| 271 | 父の手紙 | 〃 | 〃 | 〃 | 〃 | p 16 |
| 271 | 母の手紙 | 〃 | 〃 | 〃 | 〃 | p 17 18 |
| 272 | 私の中の横浜 | 透明な時の中で | 〃 | 潮出版社 | 昭63（一九八八）1・30 | p 15 |
| 273 | 西灘村界隈 | 〃 | 〃 | 〃 | 〃 | p 16 |
| 274 | 育むもの | 島尾敏雄全集第1巻 | 〃 | 晶文社 | 昭56（一九八一）5・25 | p 122 |
| 276 | 小田万歳 | 神戸財界開拓者伝 | | 太陽出版 | 昭55（一九八〇）7・1 | 参照 |
| 277 | | 生糸絹織物と神戸 | 神戸生絲絹市場三十周年記念祭委員会 | | 昭29（一九五四）10 | p 518 |
| 278 | インド商人の帰横 | | 大阪朝日新聞 | | 大13（一九二四）12・7 12・26 | 参照 |
| 280 | 新聞記事 | | 名波彰人記者 日本経済新聞 | | 平5（一九九三）3・4 | 〃 |
| 281 | | 日印文化創立三十五周年記念特集 | 在日インド人・関西日印文化協議会 | | 平6（一九九四） | p 15 |
| 281 | | 神戸を中心とする日印経済交流と在留インド人の動向 | 藤田誠之祐 〃 | | 〃 | 参照 |

| | | | | | | |
|---|---|---|---|---|---|---|
| 282 | 西灘村界隈 | 透明な時の中で | 島尾敏雄 | 潮出版社 | 昭63（一九八八）1・30 | p16 |
| 282 | ぼくは小学尋常科II | 島尾敏雄全集第1巻 | 〃 | 晶文社 | 昭56（一九八一）5・25 | p29 33 |
| 283 | 西灘村界隈 | 透明な時の中で | 〃 | 潮出版社 | 昭63（一九八八）1・30 | p20 |
| 284 | | 灘区の歴史 | 灘区役所まちづくり推進課編 | | 平5（一九九三） | 参照 |
| 284 | | 死線を越えて | 賀川豊彦 | キリスト教新聞 | | 〃 |
| 287 | 児童之生命 | 島尾敏雄全集第1巻 | 島尾敏雄 | 晶文社 | 昭56（一九八一）5・25 | p55 |
| 289 | 公園への誘い | 島尾敏雄全集第3巻 | 〃 | 〃 | 昭55（一九八〇）7・25 | p56 |
| 290 | 母その三 | 忘却の底から | 〃 | 〃 | 昭58（一九八三）4・30 | p105 |
| 290 | 対談　島尾敏雄の原風景 | 内にむかう旅 | 島尾敏雄・奥野健男 | 泰流社 | 昭51（一九七六）11・30 | p27 |
| 291 | 身辺雑記 | 島尾敏雄全集第1巻 | 島尾敏雄 | 晶文社 | 昭56（一九八一）5・25 | p490 |
| 292 | | 続　日の移ろい | 〃 | 中央公論社 | 昭61（一九八六）8・25 | p101 |
| 293 | 昭和14年日記 | 幼年記 | 〃 | 弓立社 | 昭48（一九七三）11・30 | p435 515 |
| 294 | 生糸絹織物と神戸 | | | | | |
| 296 | 終の住処 | 島尾敏雄全集第15巻 | 〃 | 晶文社 | 昭57（一九八二）9・25 | p400 |
| 297 | | 前途 | 庄野潤三 | 講談社 | 昭43（一九六八）10・12 | p246 |
| 299 | 仏国寺行 | 島尾敏雄全集第1巻 | 島尾敏雄 | 晶文社 | 昭56（一九八一）5・25 | 参照 |
| 299 | | 続　日の移ろい | 〃 | 中央公論社 | 昭61（一九八六）8・25 | p228 |
| 300 | 交遊的島尾敏雄論 | 島尾敏雄研究 | 富士正晴 | 冬樹社 | 昭51（一九七六）11・30 | p400 |

| | | | | | | |
|---|---|---|---|---|---|---|
| 304 | 御跡慕いて | 新潮　平成18年9月号 | 島尾ミホ | 新潮社 | 平18(二〇〇六)9 | 参照 |
| 305 | 島尾敏雄への私情 | 半眼抄 | 若杉慧 | 木耳社 | 昭47(一九七二)9・10 | p355 |
| 307 | 敗戦直後の神戸の町なかで | 過ぎゆく時の中で | 島尾敏雄 | 新潮社 | 昭58(一九八三)1 | p145 146 |
| 310 | 島尾敏雄への私情 | 半眼抄 | 若杉慧 | 木耳社 | 昭47(一九七二)9・10 | p314 |
| 311 | 四郎の功労表彰 | 生糸絹織物と神戸 | 神戸生絲絹市場三十周年記念祭委員会 | | 昭29(一九五四)10 | p603 |
| 311 | | 月の家族 | 島尾伸三 | 晶文社 | 平9(一九九七)5・10 | p151 152 |
| 313 | | 魚は泳ぐ | 〃 | 言叢社 | 平18(二〇〇六)4・8 | p224 |
| 316 | 父その二 | 忘却の底から | 島尾敏雄 | 晶文社 | 昭58(一九八三)4・30 | p83 84 |
| 316 | | 星の棲む島 | 島尾伸三 | 岩波書店 | 平10(一九九八)3 | p251 |

# 参考資料検索機関

謝意とともに

| | |
|---|---|
| 南相馬市 | 埴谷島尾記念文学資料館 |
| 東京都 | 日本近代文学館 |
| 横浜市 | 横浜都市発展記念館 |
| | シルク博物館 |
| | 横浜開港資料館 |
| | 神奈川近代文学館 |
| 京都市 | 京都府立総合資料館 |
| 茨木市 | 富士正晴記念館 |
| 東大阪市 | 大阪府立中央図書館 |
| 大阪市 | 大阪府立中之島図書館 |
| | 大阪市立中央図書館 |
| | 富田林市立図書館 |
| 西宮市 | 関西学院中央図書館 |
| 神戸市 | 神戸市文書館 |
| | 神戸市立中央図書館 |
| | 神戸市立三宮図書館 |
| | 神戸市立博物館 |
| | 神戸市外国語大学図書館 |
| | 神戸大学中央図書館 |
| 福岡市 | 九州大学附属図書館 |
| 鹿児島市 | 鹿児島県立図書館 |
| | 鹿児島近代文学館 |
| 奄美市 | 鹿児島県立図書館奄美分館 |
| 瀬戸内町 | 町立図書館・郷土館 |

# 初出一覧

九州大学最後の夏休み―繰り上げ卒業・予備学生への道―
原題「九州大学最後の夏休み―予備学生への道」　『タクラマカン』三三号（平成十二年〈二〇〇〇〉一月）
掌編『はまべの歌』到来記　『青銅時代』四三号（平成十三年〈二〇〇一〉十一月）
原題「特攻隊作家島尾敏雄―掌編『はまべの歌』到来記」
（平成十五年三月二十九日「奄美本土復帰五十周年記念。第十回島尾文学研究会奄美大会」における要旨口頭発表にも基づく。）
島尾マヤさんの葬送　『青銅時代』四四号（平成十四年〈二〇〇二〉三月）
島尾敏雄に導かれて南島めぐり
一　奄美諸島だより　『青銅時代』四五号（平成十五年〈二〇〇三〉四月）
二　奄美徳之島への船旅　『青銅時代』四五号（平成十五年〈二〇〇三〉四月）
三「徳之島航海記」への一考察　本書初出
島尾敏雄と大阪　『青銅時代』四六号（平成十七年〈二〇〇五〉一月）
島尾敏雄と東北とのえにし　『タクラマカン』三九号（平成十七年〈二〇〇五〉九月）
シルク貿易の父島尾四郎とその家族たち
一　桑・繭・生糸・羽二重について　『タクラマカン』四〇号（平成十八年〈二〇〇六〉六月）
二　島尾商店の横浜時代　本書初出
三　島尾商店の神戸時代・前期　本書初出
―終戦の昭和二十年八月十五日ごろまで―
四　島尾商店の神戸時代・後期　本書初出

# あとがき――敗残の哀しみ

寺内邦夫

軍服を着て敵と戦い桜花のように散ることが、生存の目的であるとの教えに導かれ、苦しみに耐えて晴れの戦死の日の到来を待ちのぞむ日常から、敗戦という奇妙な終結で軍隊組織から放擲され、「お前らが弱兵だから負けたのだ」と復員途上、私は怒声を浴びせ掛けられた。その陸軍崩れに、はにかみながらも時折、いたわりの視線を向けたのが、特攻崩れの海軍大尉島尾敏雄であった。そこには敗残の哀しみを共有しているような光が感じられた。

その士官が若年兵に時折示す仕草が、書くことだけにすがりついて生きようとしている、痩せ細った文学少年にどれだけ励ましを与えたことであろうか。そして文章を書き連ねることによって生きて行く力を得る術を伝授されたのだった。甘えには峻絶で応えられたが。

「文学を系統的に、アカデミックな世界から指南を受けたことのない、我流で悪戦苦闘してきた在野人にとって、変則的ではあるが文学作品に嚙みつき、しがみつきながら、感じ、考えてゆく研究方法を取らざるをえない。あちらこちらと迷い、無駄足と力不足を嘆きながら対象に肉薄して読破することだ」とは、富士正晴の門弟・三沢玲爾に連れられて訪れた、高槻近郊の農家の一室で、洋酒とともに正晴から頂戴した教えであった。

この「島尾紀」は富士正晴流に島尾敏雄全集を嚙みくだいた集積である。ただ長崎高等商業学校時代と東欧紀行の領域は未踏である。

「島尾四郎とその家族」執筆中に島尾ミホ夫人が突然、静かに死去されたので島尾紀全容をお見せできなかったのが悔やまれる。

## お礼の言葉

まず高阪薫先生の本書に寄せて頂いた序文に心からお礼を申し上げます。

ついでエッセーを寄せて頂いた島尾伸三氏には島尾家の写真、原稿などの転載のお許しを快く頂きました。

またタクラマカン、青銅時代、島尾文学研究会、昭五会の皆様が示されたご厚情に謝辞を捧げます。

版元である和泉書院社長廣橋研三氏の島尾紀に寄せられた励ましのまなざしを忘れることができません。また、和泉書院の持つ編集力がなければ本書の刊行はおぼつかないことでした。

アーティストこしだミカ氏には今回もすばらしい表紙を頂きました。

九州大学時分の「こをろ」同人千々和久弥氏から貴重な写真の提供をいただきました。こうした写真修復画像処理は旧友松井辰男氏にお願いしました。

お一人、おひとりのお名前をあげて親しく感謝の念を伝えたい方々にもここでお礼を申し上げます。有難うございました。

最後に今回も家族の忍耐強い支援の手でこの書物の誕生を見ることができました。

いま暫く島尾文学を杖として残余の生命の日々を歩んで参ります。

との念願も今ではむなしいことである。

その後、氷見市島尾という地名の探索の結果が判明した。東は富山湾に面し、万葉集に松田江長浜と歌われた松林が続くこのあたりは島村と称し、江戸後期に近在の尾崎村よりこの島村に村民が移住し、明治十五年（一八八二）両村の名前をあわせて島尾村となったとのことである。ちなみに、富山、高岡、氷見周辺の電話帳を調べても個人名義で「島尾」は登録されていない。

島尾の苗字は祖父清兵衛の創姓にかかるらしく、族称は平民であった。それを名乗る家もゲドジの二軒のほかには聞いたことが無い。清兵衛が育てられたという山尾の方は士族、つまりかつての相馬藩の在郷給人の家である。ほかに三島という同様の家が近在にあるが、イネ伯母によると、島尾の苗字はその山尾と三島を意識しつつそれぞれから一字ずつ借用して創ったということであった。一面には清兵衛が山尾の家で育ったという縁によってでもあろうか。

（「曾祖母」）

やはり類い稀なシマオという苗字は、氷見市島尾という地名と同じように、合成された固有名詞と説明されている。明治維新の社会新生にともなう創姓にあたって樽矢・袴矢・笠矢というように屋号を名字に当てた例もあるが、関連深い他家の苗字から一文字ずつ借用して合成苗字を作成し、〈島尾〉が成立したという命名法は興味ある事情であろう。

さきに照会の依頼をしていた相馬の若松丈太郎氏から次のような情報が寄せられた。

「島尾」という地名についてのお尋ねですが、結論から申しあげますと、旧中村藩の大字・小字には「島尾」という地名は見当りません。

これは、当時、福島県相馬の小高町に埴谷・島尾文学館を建設するための資料収集など中心的推進役を担っておられる詩人の若松丈太郎氏への調査依頼に対する返事の一部である。貴重な地図など資料も頂き、ご多忙な若松氏に大変お世話をおかけした。頂いた資料のハローページ福島県相双地域版に島尾姓の記載は次の六軒だけである。小高町四軒、原町田市二軒。シマオさんという香しい苗字は太平洋にのぞむ阿武隈高地のふもとにて、島尾家の先人たちの美学にもとづいて創られたとの歴史的事情を浮かび上がらせている。

その後、徳島県三好郡井川町周辺に十軒足らずの「島尾」姓が存在し、その家族が大阪周辺に居住していることを知り、詳しいことを聞いても昔から島尾の苗字で暮らしてきたとのことで、作家の島尾敏雄については馴染みがないようである。

## 二、伊東静雄と島尾敏雄――その文学碑にふれて

平成五年（一九九三）十一月十二日、名瀬市にある鹿児島県立図書館奄美分館の前庭で七回忌にあたり島尾文学碑の除幕式が行われた。この図書館は島尾敏雄が十七年間勤務し、図書館脇を歩いて五十五歩のところにある官舎で、『死の棘』をはじめ多くの作品を生み出したゆかりの地でもある。そしてこれは奄美・加計呂麻島についで第二の文学碑である。

病める葦も
　折らず
けぶる燈心も
　消さない

島尾敏雄

黒御影石（一・四×二・三m）に島尾自身の肉筆で書かれた聖書のことばが刻まれている。生前、訪問先で島尾が揮毫を求められ、書き記した色紙の文字を拡大彫刻したとの説明が除幕式で行われた。昭和五十五年七月、名瀬を訪問した当時六十三歳の島尾に楠田豊春氏が「先生の一番お好きな言葉」の揮毫を依頼し、即座にフェルトペンで書き記したこの旧約聖書、第二イザヤ書四十二章三節の詩句の文言は、つね日頃胸中に刻まれていた言葉に違いない。この碑文は正確には〈島尾敏雄書〉と明記すべきであろう。

すべてを肯定的に受け入れ、かぼそい生命の存在にたいして、心を傾けるこの決意を選んだ島尾と、それを図書館前に掲げた奄美の人達の行為に心うたれて、私は除幕式のあと、初夏のような十一月の奄美より鹿児島むけの有村海運の夜船で離島したのであった。（平成九年秋、再訪したこの文学碑のまえには屋根つき自転車置き場が建設され、図書館入口から見えない装置になっていた。）

島尾が海軍に入隊する以前から庄野潤三を仲立として大阪府立住吉中学（旧制）教師の伊東静雄との交流は始まってい

た。軍隊のなかへ第三詩集『春のいそぎ』を持ち込みくりかえし読むことになるのである。後記する蓮田善明も戦場へ同詩集を携行している。

「軍隊の規則の生活と、やがて行先に待ち受けている未知の戦場の不安な映像にはさまれて、私はいっそう彼の詩にすがりついて行ったと思う」と「私の内部に残る断片―伊東静雄の詩」にて回想している。

島尾敏雄が海軍より神戸へ復員し、大平ミホとの結婚の前後を回想した昭和四十三年（一九六八）の文章を引用してみよう。

彼は私の結婚式に私のためのただ三人の祝婚者のひとりとして加わり（あとはSと軍隊生活のときおなじ部隊に居たJなのだが）…中略…まず、ひとりで（伊東静雄に）会うようになったのは私が結婚をした昭和二十一年の三月のあとさきのころからか。それはその障害を克服することで疲れきっていた私が彼だけにその苦痛を訴えることができたのだから。…中略…戦争が終わり、心もからだもむしばまれて家に帰って来た私に待ちもうけていた生活。それはほぼ二年にわたる徒食の日々。つとめ口もさがさず、基礎の学習もせず、雑書の中にふみ迷い、先々の見通しもつかぬまま、なほ反省も悔いもなく、しかも妻をめとり、周囲に嫌悪し、部屋にこもって文字を書きつけ、巷をさまよい歩き、あらゆる場所で違和を覚え、そのしわよせを妻に向け、彼女にだけ自分の感情をむきだしにしてあやしまずに居たような日々の累積、しかも私は結婚と同時に病にたおれ、いっそう混迷の中に自分を見失って、妻に献身を強いていたのだった。

私について言えば、敗戦のあとの虚脱が全身を浸蝕しはじめ、戦争中の退廃の潜伏が顕われて来たのだ。そしてひと月に二度か三度の伊東静雄訪問が私を支えだす。（「伊東静雄との通交」）

敗戦直後の日本では、特別攻撃隊の隊長や隊員は、特攻クズレとの陰口をささやかれた。それに加え、はるか南の島から嫁を迎え、父親の屋敷で家庭生活を始めた無職の島尾にとって、当時伊東静雄や伊東サロンを形成していた林富士馬、庄野潤三、富士正晴たちとの交流に心の安らぎを得たのである。そして富士正晴が大阪にある日本デモクラシー協会への就職を世話し、昭和二十二年一月よりしばらく勤務した。

その後島尾は大学の教師を経て、作家として上京し、作品『死の棘』に現出する家庭の事情とよぶ修羅場に身を置くことになるのである。

昭和二十八年、伊東静雄は四十七歳で持病の肺結核により死亡した。島尾は東京移住後一年たって彼の死の知らせを受けとったのだ。

奇妙ななつかしさが惑乱の私を襲い、…中略…彼の忘棄が取り返しのつかぬ悔いとなって私を打ちのめした。私は彼との通交を自分でさえぎったのだから、彼の社会にはいる資格はないのだと心をくくったのだった。それはひとつの運命のすがたとも言えそうだ。彼は詩人としてあらわれ、それはしだいにかがやきを増してくるが、私は彼と詩に於いてかかわったのではなかった。

（「伊東静雄との通交」『全第14』）

と回想している。

「伊東静雄詩碑」

手にふるゝ野花は／それを摘み／花とみずからを／さゝえつゝ／歩みをはこべ

この碑は昭和二十九年（一九五四）一月二十三日伊東の故郷、諫早城址に三好達治の選辞、揮毫で建立された。島尾が胸に抱いていたのは、病める葦も折らないとのイザヤの言葉であり、伊東は「花とみずからを／さゝえつゝ／歩みをはこべ」と自励の文面が三好によって刻まれている。大阪陸軍幼年学校を転用した、国立病院で死去した伊東静雄の詩について、島尾はどのような感想を抱いていたのであろうか。

それでもなお彼（伊東）※の詩が、わかるわけではなかった。ただなにかふりすてることのできぬ親密なはたらきを感じ、ついそちらの方に向いてしまう。…中略…詩の理解には届かぬながら、そのようなことばを含んだ詩に私はひかれ、そういう詩を書く詩人に、私はいつもひそかに屈服する無念を味わわなければならぬ。

（「私の内部に残る断片―伊東静雄の詩」『島尾敏雄全集第14巻』）

また、「詩人たち」（『島尾敏雄全集第14巻』）から引用してみよう。

伊東静雄を私は自分で見つけたのではない。偶然のかさなりで私は彼をこの目で見ることができた。だから私は詩人の生身を見たことにはなるが、…中略…生活にからみつかれたその地盤に私も歩いて行けば行きつくことができた。…中略…残された彼の詩は、遂に私が歩いて行きつくことのできぬ位相にそびえている。…中略…ことばはどこまでふしぎな生きもの。それを詩人たちは、背後に可能世界を背負わせて一点に射止めるが、その射撃の姿勢のところで私は伊東静雄にとりこにされたのかもしれない。

射撃の姿勢以外では島尾と伊東とはどのような繋がりがあったと言うのだろうか。繋がりよりも差異のほうに注目される。たとえば伊東静雄の日記を引用してみよう。

国文学者蓮田善明（旧制成城高校教員）との大阪駅頭での別れの、昭和十八年十月二十六日の項に、「蓮田善明君大阪駅通過。黄菊一枝と本（春のいそぎ）※をわたす。」その蓮田陸軍中尉は、昭和二十年（一九四五）八月二十一日マレー半島ジョホールで反天皇、反軍的発言があったとして直属の上官の連隊長を射殺し、中隊長である蓮田自身も即座に自決したのである。奥村芳太郎は『学徒兵の青春』（角川書店刊）にてこの上官射殺事件について次のように言っている。

官僚的な職業軍人で、むしろ合理主義的だった連隊長を〝神がかり〟とまでいわれた蓮田善明の至純な魂が受け入れなかった。彼が向かったのは、敵ではなく、彼が賭けていたものへの諫争であった。それは大君のために戦って死んでゆくこと、これが日本国民の美しい生き方だと彼は信じていたからではないか。

奄美の特別攻撃隊基地において終戦時、島尾部隊長は部下からの射撃の対象となり、また上官にたいし島尾が銃口を向ける可能性もあったといえる。しかし島尾部隊は整然と佐世保に帰り、解隊復員したのである。

付言すれば、先の蓮田善明が三島由紀夫十六歳の処女作『花ざかりの森』を自分の雑誌『文芸文化』に紹介し、その三島が戦後昭和四十五年の自衛隊の中で割腹自殺を遂げ、その首が介添えの日本刀でたち切られる事件を起こした。伊東静雄の影響を受けるか、その同心円に存在した二人の文学者のすさまじい自裁を見るとき、伊東静雄詩碑の文面と、名瀬にある島尾文学碑の旧約聖書の詩句の文面とに二人の資質の違いが鮮やかに示されていると思う。

そして「私は彼との通交を自分でさえぎったのだから、彼の社会にはいる資格はないのだと心をくくったのだった。」

（「伊東静雄との通交」）との島尾の回想に理解が届くのである。

ただ「ことば」の持つ二つの方向性——詩に向かうか、散文におもむくかの方向の違いだけではなく、文学者の立つ「位相」の違いを二つの文学碑から考えるのである。

## 三、学生の分際で文学を説く勿れ

【分際】ぶんざい—社会における身分・地位・身のほど（『岩波国語辞典』）

神戸の外国語学校では「文学や小説書きなどにあこがれてはいけません。東京の中央線沿線、たとえば中野、高円寺あたりでは売れもしない文学青年が掃き捨てるほどいて、不潔な貧乏な暮らしをしています。作家志望などは捨てて語学の勉強に励みなさい」と薄暗い廊下で学生を呼び止めては江戸言葉で語りかける先生がいた。

そんな学園の外側では「ヴァイキング」とよぶ新しい文学集団が活躍していた。

昭和二十四年（一九四九）外国語学校の教師宅で開催されたその例会に下駄履きの文学青年三名が維持会員の資格で参加した。

『ＶＩＫＩＮＧ』十五号掲載の例会記録には次のように書かれている。

一九五〇年一月二十日　日曜日　伊丹市　松川秀郎宅　例会記録…　「松本光明」

床柱を背中にしてあぐらをかいた富士正晴を起点に時計の針の進む方向に従って、同人、松本真三※　庄野潤三　広瀬正年　岸本通夫＃（仏語・言語学）　松川秀郎＃（露語）　松本光明　戸田叡こと三沢玲爾＃　久坂葉子　島尾敏雄＃（歴史学）　続いて維持会員　寺内邦夫※　萩原康則※　岡見裕輔※　次は同人　桂田重利＃（英語）　伊藤某　再び維持会員　山崎某、こういう順番に輪を描き、そして夫々がそれぞれの姿勢で着坐し、何となく嬉しそうにしていた。円満な家庭で家族が一室へ集ったような案配に。

（注・＃印は外国語学校教官　※印は学生）

「それでは表紙から行きます」。この切口上は司会の久坂葉子だ。こんな集まりでこのような口上は使うものじゃない。

皆が白い硬い顔になった。…中略…

丁度この時、休憩の意を含めて島尾敏雄からヴァイキングニュースが報道されることになり、僕は何となくほっとした。…中略…

「岸本通夫の詩《ちえ子》に行きましょう」との司会の声で意見がでたところ、
突然、維持会員岡見裕輔君の言あり。

「優秀なる先輩諸氏の前で批評がましいことを申すのはどうかと思うのですが（純然たる学生口調にしてアルコールの余勢顕著）前作トロイメライのよりは悪いと思います。ところでヴァルパライソとは何であるか、皆さん御存知でしょうか。」彼は学生であり、平素試験に苦しめられている関係上、この時とばかり皆を試験する気持になったものらしかった。しかしこの試験問題は、エンサイクロペジア・ブリタニカを読んだことのある博学伊東幹治が見事に答えてしまった。

「それは地名、南アメリカ…」…中略…

「しかしうまいですよ、これ、特に第四聯なんかは…中略…」（岡見）「そのうまいのがいかんねん。岸本君の詩はセロファンに包まれているから、それを破らないといかんのだ」（富士）……。

こうした岡見裕輔の発言直後、私たち三名の維持会員（半年三百円）の席へ富士正晴が宝焼酎の瓶を片手ににじり寄り「学生の分際で先生の詩に何をいうのか」と一喝した。この新しい文学集団の中で戦前の「分際」概念が横行していることに私（寺内）は憤激して、やせた胸をはり、眦を決し、五時四十分に例会が解散されると下駄の音も高く松川宅の門から阪急新伊丹駅へ向かった、と記憶している。

同席した萩原康則によれば次のようである。

富士正晴が酔ってからんできた様子は、「小生意気な学生ども」を脅かしてやろうといった感じの、一寸からかい気分があったようだ。さらに駅へゆく阪急電車の線路脇の道路で、あの小さい身体で跳びはねるようにして、富士正晴はその味噌歯をむき出して、同じくらいの背丈の寺内と言い合っていたさまはもっと〝おかし味〟や、可愛げのあるオッサン風に見えた。

また、病弱そうな痩せた島尾敏雄と、体格のよい健康そうな庄野潤三とが火鉢を挟んでボソボソと話しあっているのが印象的だった。

（萩原康則　談）

列席したもう一人の岡見裕輔の記憶によれば、

《ちえ子》という詩は覚えています。岸本さんの詩は大そう例会で評判がよかった。この詩は中原中也の詩句に似たところがあると発言したことがあります。

その時以後、「富士ヴァイキング」への参加は遥かな彼方に去り、そして学生分際同人会「タクラマカン」は教師島尾敏雄の上京まで、先生に伴われて成長した。

それから四十年の年月が流れ、平成二年、詩人岡見裕輔は三冊目の詩集『サラリーマン・定年前後』を編集工房ノアより刊行し、平成六年には増刷が行われた。平成五年には第十四回「兵庫詩人賞」を作品「海の落雷」で受賞した。富士正晴の微苦笑が天界から落ちてくるようだ。

二十一世紀に入った現在、新伊丹の同人会場の屋敷は、阪神大地震にも耐え、往年の重厚な姿を留めている。その住人、松川秀郎翁をはじめとして一同は文芸老人誌『タクラマカン』に健筆を振い続けている。

## 四、作家　久坂葉子について

### ①久坂葉子（クサカ　ヨウコ）という筆名の由来

明治維新の長州出身若武者久坂玄瑞の凛々しい遺影にあやかり、また有島武郎作『或る女』の作品に描かれた葉子という女の生き方にひかれ、川崎澄子（一九三一〜五二）の名を捨て新時代の女性「久坂葉子」を誕生させたと久坂自身の説明を聞いた。神戸大丸前の三宮神社裏のぜんざい喫茶「紅花堂」で、紫煙をお互いに吹きかけ、何杯もお代わりした無料の番茶をすすりながら長時間言葉を交した。たとえば戦争たけなわ時代に、神戸山手高等女学校の体操台に立ち、級長として「宮城遥拝」や「天突き体操」を号令したときは気持ちがとても良かった。しかし人員算定には掛け算の九九が十分応用できず、両手の指を使い、チューチュータコカイナと数え「総員何名　事故何名　現在員何名」と大声で報告したなどと、薄汚い私たち文学少年には他愛もない話題で応対したのであろう。このような挿話は葉子の作品「灰色の記憶」

（昭和二十五年）に詳しく書き込まれている。

**②久坂葉子の描いた島尾敏雄との出会い**

……ところで、その友人が、私をあわれだとみたのか、島尾氏に、こんな女が居るんだと語ったらしく…中略…三十枚ばかりの小説をもって、六甲へ行ったわけなのだ。その小説は、アカンとされたのだが、私が、はじめて、久坂葉子なる名前を附したもので、一週間位して、第二作、「入梅」を、島尾氏のところへ持って行き、それが『ＶＩＫＩＮＧ』にのったのだ。

島尾氏は無口な人であった。だから、私は、傍らのベッドに、キョトキョトしていた赤ん坊ばかりをみて居り、かわいいですね、位は云ったように記憶している。二度目の訪問は、私一人であったから、余計その対面は、かたくるしく、縁側の椅子に、浅くこしかけていた私は、膝の上のぼろぼろのハンドバックを、一度ならず二度程、ガシャンと落した。

（久坂葉子『久坂葉子の誕生と死亡』昭和二十七年）

**③読売新聞東京本社宣伝部への採用のこと**

当時『タクラマカン』同人の東京外国語学校出身、三笠書房の編集者寺前禮三（一九二八～二〇〇二）が来神し歓談したとき、久坂自身から作家生活に専念するための就職斡旋依頼があり、芥川賞候補作家の売り込みで、寺前が奔走して友人記者を通じて東京読売新聞宣伝部採用に力を尽くした。大阪・茨木にある富士正晴記念館所蔵資料集に、次のハガキが葉子生前受領として収録されている。

寺前禮三・三笠書房より　久坂葉子・神戸市生田区山本通3―33　あて葉書

面やつれが気になっていた。

芝居（「女達」葉子作の戯曲）※、具合良くすんだとの事、お目出度う。センイ会館のポスター一枚失敬に及んだ。これは三笠書房の中へ張り宣伝これつとめたが、観劇の勇者は出て来なかったのは残念。

読売（東京）宣伝部に就職口あり意志ありや否や至急連絡ありたし。給は三笠よりよし、宣伝文作成の仕事。カラダを大切にして下さい。

（二十五日迄忙しいので、その後手紙したいと思っています）

この葉書にたいする葉子からの返信が来たかどうかは記録がないので分からないが、生前の寺前の話では、当時久坂自身すぐには関西より離れたくない模様だった。

**④東京在住の島尾敏雄へ久坂葉子死去の電話連絡のこと**

昭和二十七年（一九五二）大晦日の夜、同宿していた大学の先輩、M新聞神戸支局の記者が、阪急六甲駅で電車に投身した若い女性がいた、と酔顔モウロウでいい終わると万年床に倒れこむ。たたき起こして水を飲ませて聞けば、「神戸港にそびえ立つ巨大ガントリークレンのある川崎造船所の川崎男爵の令嬢で作家だ」という。何やらキングの同人だともいう。詳しいことは明日の紙面を見よともいう。問い詰めると「クサカ　ヨウコの事だ」という。国鉄六甲道駅前から三笠書房に架電するが無人。高知男児の新聞記者と二人で駅前の屋台で逝く年の酒を酌み交わし、肩を組み、ふらつきながら「どん底」の歌を唄い急坂をはい登り下宿に戻った。

その日より二十七年経過した昭和五十四年十月、神戸市外国語大学の元教官であった島尾敏雄は同大学市民講座の講師に招かれ「ヤポネシヤ考」を講演のあと、歓迎会の席で「久坂が死んだと、東京小岩まで電話してきて、テラウチ……」と突然言われた。小岩に移転された電話恐怖症の先生に、わざわざ「呼び出し電話」をしてまで不祝儀のことを伝えたのだろう、と赤面の思いがしたが、ただ目をパチクリして、ごまかすほかに即座に応答のしようがなかった。そして島尾先生一家の東上を大阪駅で見送ったあと、久坂が階段で転び支えたことを思い出した。

この葉子の死去は次のように島尾敏雄の作品「死人の訪れ」に描かれている。

　僕は康子の自殺のしらせを聞いたときに、頬に白い手で平手打ちを食ったと思った。…中略…Qは…中略…康子が死んだことを報告に来た。声がへんにしわがれていたように思える。片方の眼が血走って気味が悪い程赤かった。…中略…「せんせい、矢坂康子は死にました。おとついの午後九時三十五分。急行電車に轢かれたのです。事故です」

**⑤蛇の目傘をさした和装の女性の来訪をうけたこと**

久坂葉子遺稿集出版の知らせを聞いて、購入申し込みをした（葉書久坂葉子遺稿集編集部宛、寺内邦夫差出）。春雨のなか、蛇の目傘をさした和装の婦人が神戸須磨寺前の拙宅に来られ、玄関先で風呂敷包みより一冊の書物を大事そうにとりだし「進呈致します」と手渡された。これは澄子供養のための刊行で無料だと言い深ぶかとお辞儀をされ、雨傘をたたく小雨の音を残して去っていかれた。

その「書物」は、青春の行くえ定まらぬ朝な夕なに姿を消してしまって、今や私の手元にはない。

**付記**

(1) 富士正晴記念館―大阪府・茨木市立中央図書館併設（ＪＲ茨木駅下車）

富士正晴資料は、昭和六十三年富士家より茨木市へ寄託され、その内容は書籍約八千八百点、雑誌約二千七百点、同人誌約五千八百点、原稿二千点、日記・創作ノート約千百点、書簡約五万二千七百点、絵画等約二百点、その他約五千三百点の合計約七万八千六百点などが収録され、数冊の目録が刊行されている。

（また、野間宏も富士正晴同様すべてを自宅に保存し、その死後野間家の提供で膨大な資料は県立神奈川近代文学館に寄託され平成13年整理収納が終わっている。）

『タクラマカン』は2号（市川謹介編集、高津満也発行　昭和五十年三月二十日）以降11号（萩原康則）12、13、14、18（阿部正躬）、19、21号まで富士正晴記念館に収録保存。復刊の23号以後は編集部より毎号寄贈。先述した寺前禮三の葉書も同記念館に保存。

(2) 島尾敏雄「久坂葉子らのことなど」（神港新聞　昭和二十五年六月二十八日）

…『ドミノのお告げ』というのがその作品の題名だが、彼女も悲劇をでっち上げようとしているのだろうか。しかしそのことに今はあまり性急ではないようだ。今は久坂葉子は自分の周囲に鏡をたて並べて、自分の姿を美しくながめ見てそれを確かめることの方が緊急事のようにさえ思えるのだ。そしてそのことのためには一個の確信を持っているので、まだかなり未熟で未選択の言葉と文章の中からもどきりとした何かを読む人に感じさせることが出来るのであろう。それがあるいは女の言葉だなどと、小ざかしくいってみても始まらないだろうし、素質のある良い眼を持っているということも、間違いはなさそうに思えるのだ。……

（『島尾敏雄全集第13巻』六一頁）

(3) 後年、久坂葉子が在籍した神戸山手女子高等学校や神戸山手女子専門学校の関係者との会合の席で、「文学同人誌『VIKING』に勧誘しなければよかった」と元同校教員島尾敏雄は述懐したとのことである。
(4) [「女太宰治」と称された伝説の夭折作家」と謳われて『ドミノのお告げ』他三篇は『べんせいライブラリー』に収録されている。解説・志村有弘　平成十五年二月刊。勉誠出版
(5) 『久坂葉子全集』全三巻　小説、随想、詩歌、日記をほぼ収録。佐藤和雄編　平成十六年一月刊。鼎書房。
(6) 富士正晴の著した『贋・久坂葉子伝』など一連の作品が想起される。
(7) 野間宏の妻は富士正晴の妹・野間光子である。宏の没後十年を記念して『作家の戦中日記』（昭和十七年より二十年まで）が藤原書店から刊行された。なお野間家の墓は京都東山の大谷墓地に設けられ、墓標に野間宏の名も刻まれている。宏の父親は熱心な西本願寺派の在家門徒であったが野間宏が親鸞聖人の『歎異抄』論を東大谷派の機関誌に掲載したことなど関連が深く、東本願寺の祖廟脇の平坦な一劃に建立したと野間夫人の光子氏が語られた。また富士正晴の本名は「冨士正明」とのことである。大阪に「富士正晴記念館」また横浜の神奈川近代文学館に「野間宏コーナー」設置実現に野間光子の存在が重要な役割を果たし、また当時、日本の良好な経済状態が資料整理・格納に寄与した。

## 五、小川国夫と島尾敏雄のもつ「暖風」

こちらの申し出を静かに聞き、一言二こと質問をこころみ、ついで自分の意見を短く投げかけ、たとえその時容認できないような言い分にたいしても、即座に全面否定は示されず部分否認が短く語られる。その上問題解決への第一歩を共に踏み出そうとの姿勢――つまり自分の肩を貸そうとの心意気が静かに示されるのだ。島尾敏雄の生存中のふれあいの中でも、一夜すごした会合での小川国夫の息遣いも、双方に共通しているのは寛容そのものであった。こちらを包みこむ温かさである。

この対人姿勢は、ご両人の持つ、きわめて傷つきやすい自己の皮膚感覚に発しているに違いない。相手の柔らかい心の外壁に手荒な切り傷をつけないようにとの心くばりがなされるのである。

島尾と小川のお二人は容姿が良く似ていると言われるが、そればかりではなく、その存在から放たれる［慈しみ］という魂の放射が、ご両人共通のたぐいまれな特性ではないだろうか。

「自分が幸せだというのは主観に過ぎない。自分の周囲の者が幸せだというのが本当の幸せだ」との小川国夫のことばを粂田和夫が伝えている。

樹木は外皮に包まれた中心部に柔組織の髄をもち植物の生存を維持している。人間にも魂のまなかに髄核があると考えそれを［人間核］と造語したい。ご両人はそれぞれの［核］を冷却することによって周辺の存在に春風を送り続けていると考えてみたい。この孤独な営みはご本人たち自身に負荷を与えることである。その癒しは文章をかき連ねること以外に方途はない。文学作品『死の棘』創作過程においてミホ夫人をいやし、敏雄自身もよみがえった事実は島尾敏雄の文章に見ることができる。

また日記記載について次のように島尾敏雄は『東欧紀行』に書いている。

気持ちに緒をひくいろいろのできごとをノートに書きつけることによって自分の執着から引きはなし、屑籠に投げ捨てる気分に追いこむと、いくらかはさわやかな気持ちをとりもどすことができそうだったからだ。…中略…なるべく単純のことばで過去をくくって捨て去る操作を施さなければならない。

（「トウシチにて」）

小川国夫は「戦争の傷あとを癒したいという自然の意志に導かれて」旅に身をおき一連の地中海作品を書き残した。

私たちは、癒し作業の果実である文章を読み返し、ふたたびご両人の暖風を体得する。

生身の体からでるふくよかな放射をいま一度この身に浴びたいと希求する人達は「いまは亡き島尾さんに再会させていただきたい」と念じ、「いま一度小川さんの声咳に接したい」と思うものである。

心すべきは、ご両人の人間核の中央にまで無作法に立ち入ろうとすれば冷厳な拒絶に圧倒されるであろう。

「文学は不滅だ」との若々しい宣言が白髪に包まれた小川国夫の口からほとばしり出たのを平成十三年三月十七日夜明けの静岡・油山温泉でしっかりと魂に刻みいれた私であった。吹き出されるたばこの煙とともに春風が心のなかに漂うような言葉であった。共通項である［慈しみ］は生得のものであり、キリスト信仰以前のものであろうと考えられるが、性急には論及できないことでもある。

印刷・製本／和泉書院
平成19年11月11日

島尾敏雄の指導の「タクラマカン」同人会に参加した神外大生たち。
右から四人目が島尾敏雄。昭和26年（1951）12月 神戸六甲にて。

**著者略歴**

寺内 邦夫（てらうち くにお）

1928年（昭和3年）神戸市に生まれる。
関西学院中学部より陸軍特別幹部候補生として従軍（17歳）。
1945年末までの戦死予定が果たせず、敗戦の8月15日を迎えて復員。
その後神戸市立外事専門学校を経て、神戸市外国語大学ロシヤ学科中退。
港運業務・英米海運代理店に勤務後、社会福祉法人理事を歴任。

神戸市外大にて、1950年第一回戦後文学賞を受けた島尾敏雄先生の指導によるタクラマカン文学同人会発足に参加し島尾先生の薫陶をうける。

「タクラマカン」「青銅時代」同人
島尾敏雄文学研究会会員

著作：『遥かなる青春』共著　1988年　仰雲会編
　　　『悲しみの袋』　1995年　大宝文庫刊
　　　『島尾敏雄』共著　2000年　鼎書房刊
　　　『南島へ南島から』島尾敏雄研究　共著　2005年　和泉書院刊
　　　『神戸残照・久坂葉子』共著　2006年　勉誠出版刊

**島尾紀—島尾敏雄文学の一背景—**　**和泉選書 161**

2007年11月11日　初版第一刷発行©

著　者　寺内邦夫

発行者　廣橋研三

発行所　和泉書院

〒543-0002　大阪市天王寺区上汐5－3－8

電話06-6771-1467／振替00970-8-15043

印刷・製本　大村印刷／装訂　森本良成



ISBN978-4-7576-0426-1　C1395　定価はカバーに表示

# 和泉選書

管野須賀子の生涯　記者・クリスチャン・革命家　清水卯之助著　131　二六二五円
北村透谷　「文学」・恋愛・キリスト教　永渕朋枝著　132　二九四〇円
石橋秀野の世界　西田もとつぐ著　133　二六二五円
プロレタリア詩人　鈴木泰治　作品と生涯　尾西康充・岡村洋子編　134　二九四〇円
アカツキの研究　平安人の時間　小林賢章著　135　二四一五円
西鶴　矢数俳諧の世界　大野鵠士著　136　二六二五円
円地文子の軌跡　野口裕子著　137　二九四〇円
柿本人麿異聞　片桐洋一著　138　二六二五円
近代文学と熊本　水脈の広がり　首藤基澄著　139　二六二五円
論攷　中島敦　木村瑞夫著　140　一八九〇円

（価格は５％税込）

## 和泉選書

小林秀雄　美的モデルネの行方　野村幸一郎著　151　三六七五円

松崎天民の半生涯と探訪記　友愛と正義の社会部記者　後藤正人著　152　三六七五円

改稿　玉手箱と打出の小槌　浅見徹著　153　三三六〇円

大学図書館の挑戦　田坂憲二著　154　二六二五円

阪田寛夫の世界　谷悦子著　155　二六二五円

犬養孝揮毫の万葉歌碑探訪　犬養孝・山内英正著　156　二六二五円

三島由紀夫の詩と劇　高橋和幸著　157　三九九〇円

太宰治の強さ　中期を中心に　太宰治を誤解している全ての人々に　佐藤隆之著　158　二九四〇円

兼載独吟「聖廟千句」　第一百韻をよむ　大阪俳文学研究会編　159　四二〇〇円

文学史の古今和歌集　森正人・鈴木元編　160　三三六〇円

（価格は５％税込）